Ulrike Ulrich

Während wir feiern

ULRIKE ULRICH

WÄHREND WIR FEIERN

ROMAN

berlin VERLAG

Mehr über unsere Autoren und Bücher:
www.berlinverlag.de

MIX
Papier aus verantwortungsvollen Quellen
FSC® C014496

ISBN 978-3-8270-1408-5

Satz: Uhl + Massopust, Aalen
Gesetzt aus der Dante
Druck und Bindung: GGP Media GmbH, Pößneck
Printed in Germany

SIE MUSS DIESE BLUMEN LOSWERDEN. Deren giftigsüßer Geruch es jetzt tatsächlich bis ins Schlafzimmer geschafft hat. Kann sein, dass sie sogar davon aufgewacht ist. Wie hat sie bloß denken können (wenn auch nur für einen Moment), dass Adrian der Absender ist. Adrian, der Schnittblumen weder mag noch schenkt, Lilien schon gar nicht. Der längst im Spital ist (die Decke neben ihr hat er aufgeschlagen), rettet wahrscheinlich schon Leben, während sie noch im Bett liegt. Und heute – mit einem Ruck setzt sie sich auf, ist ja immer gleich wach, wenn sie wach ist –, heute ist Samstag. Nationalfeiertag. Heute ist der Tag ihres Fests. Wie spät ist es denn? Alexa nimmt ihr Telefon vom Nachttisch. Zwanzig nach neun. Adrian hat *1.-August-Küsse* geschickt und wünscht ihr *eine komplett komplikationslose Partyvorbereitung*. Die ja bekanntlich nicht ihre Lieblingsdisziplin ist. Planung ja (Einladungsmails, Gäste-, sogar To-do-Listen), Durchführung selbstverständlich (darum geht es ja), aber die Vorbereitung am Tag selbst: Auf die könnte sie bestens verzichten. In den letzten Jahren hat Adrian ihr meistens geholfen, hatte tagsüber Bereitschaft und am Abend dann (völlig freiwillig) Dienst. Diesmal ist es umgekehrt. Er hat es ihr vor vier Tagen gesagt. Und sie hat sich gefreut. Aber sie weiß immer noch nicht, wieso er getauscht hat. Seine Partyphobie ist ja nicht kleiner geworden. Alles, was sie an Partys liebt, das Flüchtige, Flirrende, Außergewöhnliche, die Mischung aus Intensität und Oberflächlichkeit, all das findet er schwierig, Small Talk mit fremden und halbfremden Menschen vor allem. Dass er nach ihrer CD-Taufe noch zwei Stunden geblieben ist, war schon eine große Sache für ihn.

Und weil sie weiß, dass es ihm nicht gefallen wird, auf ihrer Dachparty, macht es ihr plötzlich ein bisschen Sorgen, dass er dort sein wird. So wie das Wetter ihr ein bisschen Sorgen macht, das mögliche Auftauchen ihrer Lieblingsautorin, ihr eigener angekündigter Auftritt. Dass sie zum ersten Mal singt auf der Party, ein neues Lied noch dazu. Lauter kleine Risikofaktoren. Und auch, dass das Fest diesmal früher beginnt. Wegen der Kinder. Wegen denen es letztes Jahr früher zu Ende war. Nein. Das lag an den Eltern, die nicht entspannt genug waren. Für ein gutes Fest (hat sie von *ihren* Eltern gelernt, die sich in nichts so einig waren wie im Feiern), für ein gutes Fest braucht es Musik und Alkohol, braucht es Menschen, die in einen anderen Modus schalten können (feierlich, denkt sie, aber gleichzeitig entspannt), die reden, trinken, tanzen, aufeinander reagieren und, ja, auch flirten.

Ob Adrian deshalb kommt, weil sie Dienstag diesen jungen Juristen eingeladen hat? Einen Tag nach ihrem 45. Geburtstag, den sie krank im Bett verbrachte, mal wieder mit Blasenentzündung (und das ist verdammt noch mal noch nicht die Menopause). Sie hat diesen jungen Juristen eingeladen, weil Männer fehlten (immer noch fehlen). Und natürlich ist das retro, da hat Adrian recht. Genauso retro wie die Gäste-Excel-Tabelle, mit gesonderten Spalten für Frauen, Männer und (inzwischen auch) Kinder. Aber es ist nun mal so, ihr Freundeskreis besteht aus Paaren und einzelnen heterosexuellen Frauen. Und Jessica hat sich letztes Jahr über den Mangel an Männern beschwert. Weshalb sie jetzt halt nach ihrem letzten Konzert diesen Jonas eingeladen hat, der zugegebenermaßen gut aussah, der ihre Lyrics so großartig fand und den sie dann auch einfach irgendwie loswerden wollte. Nein, sie könne jetzt nichts mehr mit ihm trinken. Aber wenn er am 1. August noch nichts vorhabe? Hatte er nicht.

Sie weiß ja, dass sie wirkt, auf der Bühne, beim Singen, dass sie dann eine andere ist, Punkte gutmacht, die ihr früher (besonders in diesen alles entscheidenden Teeniejahren) gefehlt haben. Aber Adrian, und darüber ist sie immer noch froh, der hat sich in sie verliebt, als sie auf einer Wolke stand, nicht auf der Bühne. Als sie beide zusammen in diesen blauen Regencapes auf der künstlichen Wolke von Yverdon standen. Wahrzeichen der Landesausstellung. Oder eigentlich richtig erst, sagt er, während sie ihn überredet hat, sich mit ihr dort auf den Boden zu legen, durch den tropfnassen Wolkennebel in die Sonne zu schauen. Nein, Adrian hat bestimmt nicht seinen Dienst getauscht, weil er auf diesen Jonas eifersüchtig ist. Sie hat auch früher schon mal jemand spontan zum Fest eingeladen. Er weiß, dass da ebenso wenig dahintersteckt wie hinter den stinkenden Blumen. Die sie tatsächlich ganz kurz diesem Jonas zugetraut hat, der ja jetzt ihre Adresse kennt. Aber gehofft hat sie, entgegen aller Wahrscheinlichkeit, Adrian hätte sie vor die Tür gelegt (schön sind sie ja doch). Sie macht ein Foto von seiner leeren Bettseite und schickt es ihm. Schreibt: *Schade, bist du nicht hier.* Zwölf Tage ist es her, seit sie zuletzt miteinander geschlafen haben, auf dem Küchentisch, der lauter knarzte als sonst, so laut, dass sie lachen mussten. Zwölf Tage. Und das liegt an ihr, nicht an Adrians Kopfschmerzen, nicht an Adrians Dienstplan und auch nicht an Adrians Sohn (auch wenn Robert neuerdings fast jedes Wochenende bei ihnen verbringt). Es liegt an ihr und ihrem Körper. Den Entzündungen. Der damit einhergehenden Reizung. Nicht mal sich selbst befriedigen kann sie, ohne Angst haben zu müssen, den Schmerz auszulösen. So will sie nicht sein. So angeschlagen. Das passt gar nicht zu ihr, denkt sie und sieht, dass Adrian zurückschreibt. *Das wär schön,* schreibt er. Und: *Morgen bin ich da, wenn du aufwachst. Kuss.* Als sie auf *Antworten* klickt, ist er schon offline.

Sie nimmt das Telefon, steht auf, zieht den Rollladen hoch. Es regnet. Nur ganz leicht. Der Himmel ist grau und von diesem feinen, bewegten Regenmuster durchdrungen, das sie an manchen Tagen nicht mal mit der Brille sehen kann. Dem Niederschlagsradar der *NZZ* zufolge hört es in zehn Minuten wieder auf. Die Regenwahrscheinlichkeit für den Abend beträgt vierzig Prozent. Sie wird also die Wohnung auf jeden Fall aufräumen müssen. Bis jetzt hatten sie immer Glück mit dem Wetter. Nur einmal wurde es plötzlich so stürmisch, dass es die Pappteller vom Dach wehte. Pappbecher gab es nie und wird es auch nie geben. Albrecht'sche Familienehre.

Sie fischt den BH und die Hose von gestern aus dem

Kleiderhaufen, nimmt eine Bluse und einen Slip aus dem Schrank und geht ins Bad. Seife und Deo, das sollte reichen, geduscht hat sie gestern Abend noch. Jetzt muss sie erst mal zur Tankstelle, wegen der Grillkohle, die sie vergessen hat (wollen ja alle unbedingt immer grillen). Und dann das Lied noch mal anschauen. Dass sie sich ausgerechnet das Guggisberglied ausgesucht hat, um es zu covern, quasi Königskinder für Schweizer. Und dann hat sie ja auch noch Robert versprochen, ihm bis zum Ende der Woche Feedback auf sein Exposé zu geben. Für die Maturaarbeit. Liest sie morgen, in Ruhe. Wo ist die Jacke? Wo hat sie die gestern ausgezogen? Küchenstuhl. Natürlich. Und da sind auch die Schlüssel. Sie zieht die Tür hinter sich zu, erst auf der elften Stufe fallen ihr die Blumen ein. Sie läuft nochmals hoch und dann schnell wieder runter, als müsse sie genau diese Minute unbedingt reinholen.

Sarah hört Alexas Schritte auf der Treppe und wartet in der Tür, vor die sie gerade den Züri-Sack gestellt hat, damit sie ihn nachher nicht vergisst. Alexa macht nie etwas leise, denkt sie. Entspricht sonst gar nicht so sehr dem Klischee. Freundlich fast immer. Redet nicht schnell oder viel. Aber die Lautstärke. Beim Singen, Klavierspielen, im Treppenhaus. Vielleicht hat es mehr mit ihrem Beruf als mit dem Deutschsein zu tun, dass sie so unüberhörbar ist. »Warte«, sagt sie, damit Alexa nicht einfach grüßend vorbeirennt. »Warte kurz.« Und dann, dass sie etwas im Treppenhaus gefunden hat. »Ich glaube, das ist von dir.«

Alexa überlegt, ob sie Sarah folgen soll, die in ihre Diele zurückgegangen ist. Obwohl sie sich manchmal länger auf der Treppe unterhalten, war sie noch nie in Sarahs Wohnung, nicht mal zum Pflanzengießen, wie bei fast allen anderen im Haus. Da ist sie schon wieder. Hält eine Karte in der Hand. »Schau, hier«, sagt sie. Und Alexa sieht sich die Karte an. *I don't believe in ageing. I believe in forever altering one's aspect to the sun.* Und auf der Rückseite: *Spät, aber doch. Wünsche dir Grossartiges. Bis morgen. Kuss J.* Natürlich: Jessica. Die nicht gratuliert hat. Muss gestern im Haus gewesen sein und die Karte verloren haben. »Wunderschön sind die«, sagt Sarah und zeigt auf die Lilien, »geradezu perfekt.« Behalten kann sie die trotzdem nicht. Und Jessica wird sie das auch erklären können, wenn's sein muss. »Sie stinken fürchterlich«, sagt sie.

Jeder ist wohl anders empfindlich, denkt Sarah. Bei ihr sind es die Ohren, bei Alexa offenbar die Nase. Sie sagt, dass sie diesen Duft gernhat. »Darf ich sie dir schenken«, fragt Alexa, »wenn dir nicht schlecht wird davon.« Fünf große Königslilien. »Willst du sie wirklich nicht behalten?«, fragt sie, und Alexa kräuselt die Nase und lacht. »Hundertpro.« – »Dann dank ich dir sehr.« – »Und ich dir. Auch für die Aufklärung des Rätsels. Wusste nämlich gar nicht, von wem die sind.« Das kann Sarah sich genau vorstellen, wie Alexa überlegt, welcher ihrer Fans die Blumen geschickt hat. Und dass sie die einfach wegwerfen wollte. »Ich muss«, sagt Alexa, tritt schon wieder von einem Fuß auf den anderen, »hab noch so viel zu erledigen. Wir sehen uns ja heut Abend. Auf dem Dach hoffentlich.« Sarah nickt.

Obwohl sie zum Grillfest ihrer Cousine gehen wird. Sie nickt und sagt: »Ciao.«

Muss sie gleich Adrian schreiben, denkt sie, das mit den Blumen, und läuft weiter die Treppe hinunter. Wie gut, dass sie die nicht hat wegwerfen müssen. Dass sie Sarah gefallen. Die vermutlich wieder nur kurz kommen wird, wie letztes Jahr, auf einen Prosecco. Und dann wieder verschwinden, ohne sich zu verabschieden. Sie hat sich trotzdem über ihre Zusage gefreut. Über alle Zusagen. Und jede Absage war eine Enttäuschung. Am meisten natürlich die von Stefan und Chrigu. Ausgerechnet die beiden fehlen. Ohne die es nur halb so lustig wird. Und die doch damals, als sie ein Jahr aussetzen wollte, gesagt haben, das könne sie nicht machen, jetzt nicht auch noch sie, ihre Party sei außerdem eine Institution. Sie stößt die Haustür auf. Ausgerechnet Stefan und Chrigu müssen im Juli nach Ligurien fahren, denkt sie und stellt fest, dass die *NZZ* recht hatte, es regnet nicht mehr. Als sie vor dreizehn Jahren in die Schweiz kam, hatte sie der *NZZ* noch eine deutlich über das Wetter hinausgehende Autorität zugesprochen, sie hatte nicht mal gewusst, dass es sich um ein Parteiblatt handelt, wie Adrian immer sagt, der sein Abo trotzdem erst Anfang des Jahres gekündigt hat (als sie den *Weltwoche*-Vize zum Chefredaktor machen wollten). Soll sie jetzt auf direktem Wege zur Tankstelle gehen? Aber sie muss eh nochmals über den Text drüber, da kann sie auch – wie so oft – im Piazza frühstücken.
Sie überquert die Straße bei Rot, nur ein schleichendes Auto in sicherer Entfernung. Sieht nach Fahrschule aus. Jessica hat bald den Prüfungstermin. Und Zoltan

jetzt auch noch angefangen. Wann immer sie sich treffen, erzählt er von seiner letzten Stunde, und einmal hat sie ihn gesehen, wie er, ganz aufrecht und ohne die Zoltan-typische Kappe, an ihrem Haus vorbeigefahren ist. Die Fahrlehrerin hat ihr Winken bemerkt, aber so geschaut, als sei es verboten, Fahrschüler auf sich aufmerksam zu machen. Sie hat Zoltan drei Wochen nicht gesehen (was ist bloß los bei ihm?), aber er hat sie zum Geburtstag angerufen und versprochen, dass sie diesmal ohne die Kinder kommen und nicht vor zwölf nach Hause gehen werden. Und Evelyne hat versprochen, Rosie bei den Schwiegereltern unterzubringen, damit sie endlich mal wieder bis zum Schluss bleiben kann. Dass Evelyne Mutter geworden ist, das hat am meisten verändert. Letztes Jahr konnte sie gar nicht dabei sein, weil Rosie krank war. Ist es schon vier Jahre her, dass sie zu zweit auf dem Dach *W. Nuss vo Bümpliz* gesungen haben? So laut, dass die Polizei kam, was von allen, die dabei waren oder nachher davon hörten, als großer Erfolg gewertet wurde. Auf einem der Feste ihrer Eltern (die legendär waren, sogar für rheinländische Verhältnisse) haben mal zwei junge Polizisten mitgefeiert, Alexa war noch klein, und sie erinnert sich, wie sie sich fürchtete, als zwei Männer in Uniform vor der Tür standen. Im ersten Moment hat sie sich auch vor vier Jahren erschreckt, irgendwer musste die Tür aufgedrückt haben, und plötzlich kamen da zwei auf das Dach und wollten die Gastgeber sprechen. Evelyne sang extra noch lauter und lachte, als sie Alexas Gesicht sah. Du wirst schon nicht ausgeschafft, hat sie gesagt, weil sie wusste, dass das Alexas abwegige Lieblingssorge ist, noch vor der Einbürgerung gegen irgendein Gesetz zu verstoßen und ausgeschafft zu werden. So wie der junge Albaner in ihrer Version vom Guggisberglied. Vor dem Kiosk sitzt wieder der Mann, der immer raucht. Trinkt seinen Kaffee. Manchmal trifft sie ihn auch auf der Straße, selten beim Coop und nur dann ohne Zigarette im Mund. Den Kopf hält er meistens gesenkt.

Manchmal grüßt die Frau mit den karierten Hosen. Manchmal nicht. Oft so, dass er sich nicht sicher ist. Rainhard wäre lieber, sie würde ihn nie grüßen. So versetzt es ihn nur in Unruhe. Er denkt dann, es gäbe Gründe. Ursachen. Immer denkt er über Ursachen und Gründe nach. Das viele Herumstudieren habe ihn krank gemacht, sagt seine Mutter, und sie meint nicht das abgebrochene Physikstudium und die drei Semester VWL. Jetzt sitzt seine Mutter beim Buure-Zmorge und spricht mit ihrem Bruder über Asylanten, Protestanten und abwesende Verwandte. Die Frau grüßt die Kellnerin, die vor dem Piazza steht, sie grüßt sie sichtbar und deutlich, er kann es bis hierher erkennen. So grüßt man. Wenn sie ihn so grüßen würde, wäre es okay.

Ihr Stammplatz ist frei, Alexa bestellt Cappuccino und Gipfeli und setzt ihre Brille ab, die neue Brille mit dem größeren Rahmen und den stärkeren Gläsern. Sie wollte sie erst gar nicht aufprobieren, eine solche Brille vor ihren eng stehenden Augen, da sehe ich wie eine schielende Comicfigur aus, hat sie zu Zoltan gesagt, aber jetzt trägt sie nur noch auf der Bühne Kontaktlinsen. Oder bei Feiern. Sie öffnet die To-do-Liste und

überlegt, was in welcher Reihenfolge zu tun ist. Text, Tankstelle, Aufräumen. Für die Küche allein wird sie eine Stunde brauchen. Dann die Bierbänke und -tische. Das hätten sie gestern zu zweit machen sollen. Die Bänke schafft sie vielleicht ohne Hilfe, aber niemals die Tische. Lichterketten, Lampions, Sonnensegel, all das kann sie erst installieren, wenn die *NZZ* sagt, dass es nicht mehr regnen wird. Den Mansardenkühlschrank kann sie auffüllen. Die Bowle ansetzen. Und Musik. Musik ist das Wichtigste. Und wenn wieder nicht getanzt wird, ist sie die längste Zeit Gastgeberin gewesen. Institution hin oder her.
Als der Cappuccino vor ihr steht, nimmt sie den Ausdruck aus der Tasche. Das Guggisberglied ist den Schweizern heilig. (Oder vielleicht nicht *den* Schweizern. Vielleicht auch nicht *heilig*.) Adrian liebt es. Evelyne liebt es. Zoltan findet es am schönsten in der Version von Sophie Hunger. Und sie wollte es immer schon gern singen. Nicht auf Berndeutsch natürlich. Gut. Ja. Bisschen witzig, bisschen politisch, hat Adrian gesagt, als sie ihm ihre hochdeutsche Version zeigte. Und auf ihre Nachfrage hin (warum muss sie auch immer nachfragen), dass das ja auch keine einfache Vorlage sei. Beim Refrain und der ersten Strophe hat er das Versmaß kritisiert. Aber das hat sie erst mal von sich gewiesen. Schließlich ist sie die Songschreiberin in der Familie. Er ist der Mann mit dem absoluten Gehör, der geniale Bassist des genialen Trios, von dem manche Leute dachten, es würde The next Big Thing. Bis er sich für die Medizin entschied. Nicht ganz. Aber doch so, dass fast nur noch die Donnerstage in der Hotelbar geblieben sind, die gemeinsamen Auftritte mit ihr sind

auf zwei oder drei im Jahr zusammengeschrumpft, seit es Robert gibt. Sie singt den Refrain vor sich hin: »Die Anna-Verena aus Rüschlikon. Und der Hashim-Elmedin aus Wiedikon.« Ist doch okay, das Versmaß ... Sie hat keine Ruhe jetzt, die Musik lenkt sie ab, sie trinkt ihren Cappuccino aus.

Monica hat gemailt, dass sie Shirin mitbringt, ihre erwachsene Tochter. Und endlich auch Nachricht von Jan und Delia. Jan ist krank, Delia kommt trotzdem. Zum Glück nicht umgekehrt (Männer-Frauen-Verhältnis hin oder her). Delia ist zwar keine gute Freundin, sie sehen sich nie zu zweit, aber wann immer sie Delia begegnet, hat Alexa dieses Gefühl, dass es ein Segen ist, eine Frau zu sein, ein besonderes Glück. Es ist dasselbe Gefühl, das sie hat, wenn sie Marlene hört, Etta, Susan oder Regina. Wenn sie die Bücher ihrer Lieblingsautorinnen liest. Und Zoltan kommt vielleicht mit Liane Steffen, heute Abend. Weil sie morgen in Wetzikon liest und er (als ihr langjähriger Lektor) sich kümmern muss. Und sie selbst hat ja *Bring sie doch mit* gesagt, als er davon erzählte. Weil er sonst vielleicht nicht gekommen wäre? Weil man die Anwesenheit von Liane Steffen als Erfolg werten könnte, wie die Polizei auf dem Dach? Weil sie gern mit ihr sprechen würde? Aber doch nicht auf der eigenen Party. Wie soll sie nachts um eins mit Evelyne Patent Ochsner singen, wenn auf der anderen Seite der Dachterrasse Liane Steffen ein Cüpli trinkt? Wie soll sie ihr Lied singen? Ihr kitschiges Lied. Das denkt sie selbst. Bisschen politisch – leider kitschig (was ja nicht selten zusammenkommt). »Zahlen, bitte!«, ruft sie. Die Kellnerin nickt und summt weiter, sie summt immer zwischen Kaffeemaschine und Tischen und Kasse, sie legt auch die beste Musik auf, deshalb ist sie Alexas Lieblingskellnerin, obwohl es andere gibt, die aufmerksamer sind, die schon den Cappuccino machen, wenn sie sehen, dass Alexa auf das Café zusteuert.

Klaus sieht, wie Alexa in ihrem Portemonnaie kramt, wie sie ihre Brille auf dem Tisch liegen lässt und noch mal kehrtmacht, sie aufsetzt. Jetzt lächelt sie, hat ihn gesehen. »Hallo Klaus«, sagt sie, »wieso hast du nicht gewunken? Ich erkenn dich doch nicht ohne Brille.« – »Du sahst so beschäftigt aus. Und hast vor dich hin gesprochen.« – »Nicht gesprochen«, sagt sie, »gesungen.« Vor einigen Wochen hat er eine CD von ihr gekauft, aber er hört doch lieber Klassik oder richtigen Jazz. Tolle Stimme, aber die Texte fand er zum Teil etwas kryptisch, außer natürlich die von Friedrich Hollaender. »Ich feile noch an einem Lied für heut Abend.« Sie tritt doch wohl nicht bei einer Bundesfeier auf. »Hast du nicht auch Lust, zu meiner Party zu kommen? Ich schick dir noch die Einladung, wenn du mir deine Mail-Adresse gibst. Die hab ich nicht, oder?« Er hat Alexa vor einem Jahr schon seine Karte gegeben, aber gleich gedacht, dass sie die verlieren würde. »Kommst du? Ich würde mich freuen. Adrian sicher auch.« Er hat nichts vor am 1. August, er mag weder Krach noch Reden, noch nationale Symbole. Adrian hat er seit der Schule nicht mehr gesehen. Er sagt trotzdem, dass er kommen wird. Und diktiert ihr die E-Mail-Adresse, die sie gleich in ihr Telefon tippt.

Alexa bezweifelt, dass Adrian sich freuen wird. Als sie ihm vor ein paar Monaten erzählte, dass sie im Café einen seiner früheren Schulkollegen kennengelernt hat, musste er nachdenken. Die letzten beiden Jahre vor dem Gymi? Doch, ja, Klaus. Ein bisschen spießig sei der gewesen. Kam uns sehr deutsch vor, meinte er lachend. Alexa hatte ihn darauf aufmerksam gemacht, dass die Mitschüler seines Sohnes das vielleicht auch über Robert sagen könnten. Aber Adrian war fest davon überzeugt, dass Robert, auch wenn er unglücklicherweise erst seit drei Jahren in seinem Einflussbereich sei, unmöglich ein Spießer sein könne. Sie hatte behauptet, als Teenager könne man sowieso noch kein Spießer sein, und war froh gewesen, dass er nicht wissen wollte, was aus Klaus geworden ist. Nun kann er sich selbst ein Bild machen. Ein Gast (Mann) mehr, aber sonst ist sie nicht weitergekommen. Immerhin hat sie gefrühstückt. Diese Knaller. *Frauenfürze* sagen sie hier. Lady Cracker. Bei Kindern versteht sie ja noch die Freude, aber die Jungs da drüben bei der Rund-um-den-Baum-Bank sind kaum jünger als Robert. Der Mann, der immer raucht, sitzt immer noch vor dem Kiosk, und sie nickt ihm zu. Er verzieht leicht den Mund, einmal hat er sogar zurückgelächelt, als sie gegrüßt hat. Das Telefon summt in ihrer Jackentasche. *Jessica*. Jessica wird doch nicht absagen. »Schon unterwegs?« Wo sie denn da rumlaufe, das klinge ja wie im Krieg. Alexa biegt ab, entfernt sich von den Halbwüchsigen. »Idaplatz. Und ich hab übrigens grad noch einen einzelnen Mann eingeladen.« Klaus und Jessica: auf gar keinen Fall. Nicht mal ein angeregtes Gespräch kann sie sich vorstellen zwischen den beiden. Deshalb rufe sie an, sagt Jessica. Sie bringe selbst einen mit.

Jessica hätte es viel lustiger gefunden, Brad einfach mitzunehmen, als Überraschung. Doch das wollte er auf keinen Fall, und eben hat Brad sie beinahe genötigt, Alexa Bescheid zu sagen. »Rate mal, wen?«, fragt sie. Und sagt dann aber gleich, dass Brad in Zürich ist, weil sie jetzt gar keine Zeit hat für Ratespiele. Das Geräusch, das Alexa macht (wie ein Aufstoßen beinahe), kann sie nicht deuten, zu der Begeisterung, die sie erwartet hat, passt es auf jeden Fall nicht. »Super«, sagt Alexa. »Super. Dann bringst du ihn mit.« Wenn Brad nicht neben ihr stünde (ohnehin schon so unentspannt aussähe), würde sie jetzt sagen, dass er noch immer 'ne gute Falle macht und man bestens die Nacht mit ihm durchtrinken kann (beruhigend findet sie, dass man auch ihm den Kater inzwischen ansieht). »Wir fahren erst noch zum Rütli«, sagt sie stattdessen, »aber spätestens um acht sind wir da.«

Dass er genau jetzt nach Zürich kommen muss, genau jetzt, denkt Alexa. Sonst hätte sie nichts davon mitbekommen. »Zum Rütli? Habt ihr denn keine Angst vor den Nazis?«, fragt sie und versucht sich wieder zu beruhigen. »Längst vorbei«, Jessica lacht. »Und heute redet ja Sommaruga. Da wird sich auch der SVP-Auflauf in Grenzen halten. Brad wollte das immer schon erleben«, fügt sie hinzu. Ausgerechnet Jessica, die sie all die Jahre wegen ihres Fests aufgezogen hat, wegen der rotweißen Deko und der hart gekochten Eier mit Schweizerkreuzen drauf, fährt mit Brad zum Rütli. »Hast du alles im Griff?«, fragt sie jetzt, und Alexa ist froh, dass sie in ihr halbfröhliches Jammern verfallen kann, dass sie erzählen kann, wie sie natürlich noch nirgends sei

und was sie noch alles machen müsse und das Wetter. »Ist Brad bei dir?«, fragt sie dann trotzdem. »Liebe Grüße.« Ja, der sei grad zum Rauchen auf den Balkon. Sie müsse noch mal schnell ins Theater, aber dann würden sie ein Mobility-Auto nehmen. »Gleich bei dir ums Eck«, sagt Jessica. Und dann, dass die Party sicher besser werde als die letzte. Und das Wetter sei doch noch nie ein Problem gewesen. Sie nehme aber sicherheitshalber die Gummistiefel mit auf die Wiese. »Wer weiß, wie der Acker nach dem Regen letzte Nacht aussieht.« Brad habe natürlich nur die schönen italienischen Schuhe dabei. Alexa wünscht ihnen viel Spaß, letztes Jahr, sagt sie, wäre sie vielleicht mitgekommen, aber jetzt, wo sie das Einbürgerungsgespräch hinter sich hat, und dann fallen ihr noch die Blumen ein. »Forever changing one's aspect to the sun? Danke dir!« Und Jessica lacht. »Genau«, sagt sie, »und sorry. Ich vergesse immer, dass du nicht am Tag selbst Geburtstag hast. Brad hat mich dran erinnert.« Und dann sagt sie, dass sie jetzt aber echt losmüsse, und legt einfach auf.
Alexa hat gar nicht gemerkt, wie sie die Kalkbreitestraße überquert hat, dass sie schon bei der Seebahnstraße angekommen ist. Sie haben sich drei Jahre nicht mehr gesehen. Nie darüber gesprochen. Brad ist wie ein Dorn im Fuß, an einer Stelle, die selten belastet wird. Oder besser: *das mit* Brad. Wenn sie mal eine Weile nicht dran denkt, wenn sie mal keine Schuldgefühle gegenüber Adrian hat, keine Angst, dass er doch noch davon erfahren könnte, wenn sie mal nicht denkt, dass sie es ihm vielleicht erzählen sollte (und Evelyne, die nur die Hälfte weiß, fand immer: auf keinen Fall), wenn ihr Glück mit Adrian so groß ist, wenn sie abge-

lenkt ist von der Musik, den Auftritten, neuerdings auch den Reisen, wenn sie schreibt, wenn sie genug Erfolg hat, Bestätigung bekommt, wenn eine Zeit (und die letzten Wochen und Monate waren so eine Zeit) ohne jeden Gedanken an Brad verstreicht, dann wacht sie mit Sicherheit irgendwann auf und hat von ihm geträumt. Manchmal etwas Irritierendes. Oft etwas völlig Banales. Sie wacht auf nach so einem Traum und Adrian liegt neben ihr, den Mund leicht geöffnet, ein paar Kissenfalten im Gesicht, sonst keine Falten oder vielleicht unter dem Dreitagebart, Adrian, den sie fast immer so schön findet, auch dann, wenn das Schönste an ihm nicht sichtbar ist, sein Blick, sein vertrauensvoll wachsamer Blick, seine waldgrünen Augen (Green are your eyes in the morning when you rise, singt sie manchmal für ihn). Adrian, der keine Ahnung hat oder vielleicht doch eine Ahnung. Schau mal, der Brad, an der Haltestelle, hat er gesagt, nur ein paar Wochen danach, und da hing er wirklich, im Weltformat, und machte wieder mal Werbung für die Bank. Sie will nicht, dass Adrian und Brad sich begegnen. Schon Adrian wegen hätte sie Nein sagen müssen. (Aber wie hätte sie Nein sagen können? Es sei schon zu voll? Das Geländer zu niedrig für Männer über eins neunzig?)
Sie steht vor der Tankstelle. Kohle und Anzünder. Was noch? Soll sie einen Vulkan kaufen? Vielleicht, wenn sie Brad vorher sieht, alles ganz locker ist. Sie schreibt ein SMS. Wenn das noch seine Nummer ist, wenn er sein Schweizer Handy noch hat. Er war doch sonst wo, in Italien. Falls er nichts zu tun habe, schreibt sie, während Jessica im Theater ist, ob er sie nicht besuchen wolle. Das Mobility-Auto stehe ja keine dreihundert

Meter von ihrer Wohnung entfernt. Und Sekunden später sein *Ja*. Jessica mache sich gleich auf den Weg, er komme gern kurz vorbei. Er kann mit den Biertischen helfen, denkt Alexa. Im Ernst? Warum hat sie das jetzt gemacht? Mit den Biertischen helfen. Um ihn davon abzuhalten, auf die Party zu kommen?
Vor ihr in der Schlange der junge Mann dreht sich um, wippt nervös auf und ab, volle geschwungene Lippen, wie sie früher. Überhaupt ein schönes Gesicht, vielleicht fällt es ihr umso mehr auf, weil auf seiner linken Wange drei tiefe Narben zu sehen sind. Wie viel Mühe sie sich gibt, um ihre eigenen zu verbergen. Und diese Narben zeugen nur von einer schwierigen Pubertät, nicht von Verletzungen – oder zumindest nicht von physischen. Ihm muss irgendwas zugestoßen sein. Auf Mitte zwanzig schätzt sie ihn. Aus dem Maghreb wahrscheinlich. Die Zigaretten, die er kauft, hat sie noch nie gesehen. Sie hat Brad eingeladen. Ist sie verrückt? Aber er bleibt ja nicht lang. Was macht er bei Jessica? Sie hat immer gedacht, dass die beiden zusammenpassen würden, optisch auf jeden Fall, auch wenn Jessica zwei Köpfe kleiner ist als er, beide auf diese natürliche Weise gut aussehend, ohne Aufwand. Und damals, bei der *Dreirappenoper*, hat Jessica ihr gesagt, dass sie mit ihm ins Bett wolle. Statt *Ich mache das Bett für jeden* hat sie (allerdings ziemlich betrunken) *Ich mach es für Brad, nicht für jeden* gedichtet. Bloß war der damals in festen Händen, und sie war es, die die Seeräuber-Jenny sang, während Jessica noch Assistentin in der Dramaturgie war. Jetzt ist Jessica Schriftstellerin. Dramatikerin. Gut. Mutig. Hat nur viel zu wenig Erfolg. Was Brad ja auch immer fand. Der junge Mann mit den Narben steht

neben dem Eisbehälter und starrt auf ein altes Handy. Eis? Braucht sie Eis? Der Kühlschrank ist doch so klein. Es knallt. Ein heftiger Knall. Und sein Blick, seine braunen, geschminkt wirkenden Augen so voller Angst, dass sie das Bedürfnis hat, ihm die Kinder mit den Feuerwerkskörpern zu zeigen, auf der anderen Straßenseite, andere Kinder, jüngere diesmal. Die viel zu nah an der Tankstelle zündeln. Er hat sie schon selbst gesehen und lächelt. Lächelt Alexa einen kurzen Moment an und schiebt dann das Handy in die Hosentasche.

Besser, er ruft Zoltan noch nicht an, denkt Kamal. Die Rotachstraße ist ganz in der Nähe. Besser, er steht schon vor der Tür, wenn er ihn anruft. Er wartet auf Grün, müsste hier bloß geradeaus, die große Straße entlang, aber da kommt ihm sicher ein Polizeiauto entgegen. Er glaubt nicht, dass sie eine Fahndung rausgeben. Aber er ist oft genug einfach so angehalten worden. Am schlimmsten vor einem Jahr, im Juli war das, bei der Bäcki. Hände gegen die Wand. Beine auseinander. Wieso er bitte lachen würde. Und er hat auf das Schild von Amnesty International gezeigt, zwischen dem Nachtclub und dem Amnesty-Büro haben sie ihn durchsucht. Irgendwer soll ihn dealen gesehen haben.
Sauna Mylord. In Regenbogenfarben. Vollkommen eindeutig. Er war mit Rashid mal im Hammam Guerin. Dass es ein Treffpunkt ist, wäre bekannt. Aber da würde sich keiner drum kümmern, hat Rashid gesagt. Seit der Revolution schon gar nicht. Das sei hier nicht wie bei ihm in der Wüste, bei seinen verkleideten Verwandten. *Amir al Sahra* hat Rashid ihn genannt. Wüstenprinz. Rennpferde heißen so. Aber Rashid ist davongerannt.

War auf einmal weg. Nicht mehr zu erreichen. Sein Facebook-Profil gelöscht. Wenn er wüsste, wo Rashid hingegangen ist, wäre er nicht hier. Manchmal denkt er, Rashid ist tot. Er hätte sich sonst doch gemeldet.
An diesen Glashäusern ist er noch nie vorbeigekommen. Zoltan hat ihn schon ziemlich am Anfang zu sich nach Hause eingeladen. Er war willkommen. Und er kann nicht in die Autonome Schule. Da ist Sommerpause. Und wahrscheinlich trotzdem noch Polizei. Immer ist überall Polizei. Diese langsam fahrenden Autos. Er spürt es im Rücken, wenn sich so ein langsam fahrendes Auto nähert. Das Handy sollte er loswerden. Es hat zwar kein GPS. Aber sie können einen ja immer orten. Er hat genug Fernsehen geschaut in der Unterkunft, Fernsehen hilft beim Deutschlernen. Ohne Zoltan wäre er längst nicht so gut.
Jetzt muss er doch wieder über so eine große Straße. Und die Fahnen, die überall hängen, an Masten und aus den Fenstern. Rot und weiß wie die Fahne zu Hause, die ständig ihre Bedeutung wechselt. Er weiß nicht, was das Schweizerkreuz bedeutet, aber er würde sofort diesen 1. August mitfeiern. Wenn sie die Beschwerde nicht auch noch abgelehnt hätten. Jetzt gebe es nichts mehr zu machen, hat der Anwalt gesagt. Jetzt sei er illegal hier. Er kann nur noch untertauchen. *Komm nicht zu den Containern*, hat Anissa geschrieben. Vielleicht haben sie da schon nach ihm gesucht. Zum Bahnhof geht auch nicht, da kann er sich gleich im Ausschaffungsgefängnis melden. Das ist es ja, was sie ihm nicht glauben, dass sie ihn in Tunesien ins Gefängnis stecken. Er könne das nicht beweisen. Dass es mit seiner *sexuellen Orientierung* zu tun gehabt hätte (*Sodomie* sagt hier

niemand). Es hatte aber damit zu tun. Sie haben ihn nicht behandelt wie einen, der Touristen beklaut. Das war das Schlimmste, wie sie ihn angeschaut haben, als er nach Hause kam. Nein. Nicht das Schlimmste. Das Schlimmste kann er nicht so erzählen, dass es wie das Schlimmste klingt. Niemandem. Nicht mal Zoltan, der ihm helfen wollte, neue Fakten für die Beschwerde zu formulieren. Er hatte es gut mit den Leuten in der Schule, bei der *Papierlosen Zeitung*, er weiß nicht, wieso er nicht mehr hingegangen ist. Nicht mehr mitgeschrieben hat. Mitdemonstriert. Er hatte keine Kraft mehr. Ohne Zoltan hätte er sowieso längst aufgegeben. Der Mann, der da vorne steht. Er hätte doch nicht hierhergehen dürfen. Die kommen ja nicht unbedingt in Uniform. Aber es weiß doch niemand von den Einzelstunden. Nicht mal in der Schule. Wir haben hier keine Geheimpolizei, hat Zoltan einmal gesagt. Und dann aber auch, dass der letzte Überwachungsskandal noch nicht so lange zurückliegen würde. Kamal geht über die Rotachstraße hinweg und wählt Zoltans Nummer.

Zoltan ist noch nicht lange wach. Heute durfte er ausschlafen, morgen dürfen sie ausnahmsweise beide, falls die Kinder bei den Nachbarn frühstücken. Nicht sehr wahrscheinlich. Es ist Kamal. »Moment«, sagt Zoltan und verlässt das Zimmer, das macht er immer, wenn er telefoniert, der Geräuschpegel ist meistens zu hoch, oft ist es beruflich. Kamal klingt, als wäre er gerannt. Er sei in der Nähe. Ob er raufkommen könne. Falls der Mann nicht mehr an der Ecke stehe. »Welcher Mann?«, fragt Zoltan und schaut aus dem Fenster, da schiebt nur eine alte Frau ihren Rollator vor sich her.

»Raufkommen geht leider nicht«, sagt er, natürlich will er Kamal sehen. Der schlechter klingt als sonst, fast so wie damals, als ihm der betrunkene Teenager ins Gesicht geschlagen hat. »Ich komme runter«, sagt Zoltan, »drei Minuten. Kennst du das Plüsch?« Kamal sagt, er warte bei diesem Hi-Fi-Laden, und legt auf. Zoltan steigt in die Jeans, zieht den Pullover an, von dem Kamal mal gesagt hat, der habe eine schöne Farbe. Er hat noch nicht mal geduscht, die Haare nicht gewaschen. Egal, er setzt ja die Kappe auf. »Was machst du?«, fragt Martina. »Ein Notfall. Schule«, antwortet Zoltan, »bin gleich wieder da.« – »Kamal?«, fragt sie, und er nickt.

Martina findet gut, dass Zoltan sich in der ASZ engagiert, dass er so ist, wie er ist, dass er sich ein Bein ausreißt für alle, ob es seine Autorinnen und Autoren sind oder die Geflüchteten, denen er Deutsch beibringt. Manchmal denkt sie, weil er das macht, die Kurse in der Autonomen Schule, die ganze Freiwilligenarbeit, und weil er dort Zeit verbringt, die ihr oder ihnen allen fehlt, dass sie deshalb auch irgendwie ihren Teil tut. Sie hat keine Zeit für so was, der Job, die Kinder, und sie macht doch immer ein bisschen mehr zu Hause, obwohl sie es aufteilen wollten, obwohl sie sich geschworen hat, dass sie eine gleichberechtigte Familie sein werden, dass sie nicht in die Falle tappen wird. Und Zoltan der Mann dafür, sie kennt kaum einen, der das selbst so sehr vertritt, außer vielleicht Adrian. Aber die haben keine Kinder, die beiden, nur neuerdings einen Wochenendteenager. Die Party. Sie hat versprochen, einen Salat mitzubringen. Wieso macht sie den

Salat für die Party von Zoltans bester Freundin? Zoltan winkt den Kindern. Leonie kommt in die Diele. »Gehst du zum Spielplatz?«, fragt sie.

Zoltan lacht. »Doch nicht ohne dich. Ich muss noch was besorgen.« Leonie nickt ernsthaft, als wisse sie, wovon er spricht. Martina ist im Bad verschwunden. Offenbar erachtet sie diesen Abschied nicht für abschiedskusswürdig. Es gibt diesen furchtbaren Gedanken, auf der Treppe kommt er ihm einmal mehr in den Kopf, dass alles wieder normal sein wird, wenn Kamal nicht mehr hier ist. Ausgeschafft. Es heißt *ausgeschafft*. Wenn Kamal irgendwie nach Frankreich kommen könnte. Aber was würde ihm das helfen, mit der ganzen Dublin-Scheiße. Wo könnte er hin?
Da steht er, so zierlich und klein, vor dem Schaufenster mit den Stereoanlagen. Sieht von Weitem nicht aus wie dreiundzwanzig. Jetzt hat er ihn gesehen, dreht sich um und lächelt wahrscheinlich. Es war Martina, die es ausgesprochen hat, nachdem Kamal letzten Frühling bei ihnen zum Kaffee war, *engelhaft*, ein Wort, von dem er sich nicht vorstellen kann, dass er es irgendeinem seiner Autoren durchgehen ließe, schon gar nicht in diesem Zusammenhang. *Ein schöner Mensch*, hat sie auch noch gesagt. Das war ihm fast ein bisschen zu viel der Begeisterung gewesen.
»Merci«, sagt Kamal, »merci, dass du gekommen bist.« Und Zoltan denkt, dass er ja kommen musste, gar nicht anders konnte, irgendwie (bloß nicht aus den richtigen Gründen). Manchmal befürchtet er, dass Kamal das auch weiß, dass er genau weiß, was mit ihm los ist. Und manchmal hofft er sogar, dass Kamal es weiß (vielleicht

sogar besser versteht als er selbst). Dass er die zufälligen oder absichtlichen Berührungen früher in der Klasse oder zuletzt, wenn sie zu zweit in irgendeinem Café vor dem Übungsbuch saßen, genauso wahrgenommen hat wie er. Kamal umarmt ihn kurz. Er riecht anders als sonst, nicht unangenehm, gar nicht. »Lass uns ins Plüsch gehen, ist nicht weit«, sagt Zoltan, und Kamal nickt, als ob er an etwas anderes denken würde. »Irgendwohin, wo keine Polizei ist«, sagt er. Und Zoltan versichert ihm, dass er in all den Jahren, in denen er schon ins Plüsch geht, dort noch nie einen Polizisten gesehen hat. Und dann fallen ihm die beiden Soldaten ein, die vor einigen Wochen draußen vor dem Lokal saßen, die Sturmgewehre an die Glasscheibe gelehnt, die einen Kaffee getrunken haben, bevor sie in den Bus stiegen.

Zoltan fragt nicht, was los ist. Und Kamal weiß nicht, wie anfangen. »Geht es dir gut?«, fragt er. Warum fragt Zoltan ihn nichts? Und warum gehen sie jetzt in dieses Café? Zoltan sieht ihn überrascht an. »Ja«, antwortet er, »alles gut, viel Arbeit, wie immer, aber sonst gut.« Zoltan hat immer zu viel Arbeit. Und er keine, denkt Kamal, er darf nichts tun, er bekommt Taggeld, Nothilfe jetzt, aber er darf nichts tun. Und das allein hat ihn oft schon wahnsinnig gemacht. So viel Zeit. So wenig Möglichkeiten. Zoltan hat ihm manchmal Manuskripte zum Lesen gegeben und nach seiner Meinung gefragt. Was nett gemeint war. Aber doch nicht ernst. Nicht wirklich. Er hat nie gewusst, was er sagen soll, nicht mal, wenn er das meiste verstanden hat.

Was passiert ist, über all das, was sowieso schon passiert ist, hinaus, fragt sich Zoltan, ob jetzt passiert ist, was nicht passieren darf. Aber Kamal scheint warten zu wollen, bis sie im Café sitzen. Wenn keine Abzweigung in der Nähe ist, geht er so schnell, dass Zoltan kaum mithalten kann, wenn eine in Sicht kommt, schaut er ihn fragend an. »Musst du sogar am Nationalfeiertag arbeiten?«, fragt er jetzt, und Zoltan lacht. »Irgendwie immer. Feiertag. Sonntag. Morgen muss ich eine Autorin zu einer Lesung begleiten.« Eigentlich besteht Martina darauf, dass er samstags und sonntags nicht arbeitet. Nicht richtig arbeitet. Lesen ist in Ordnung, lektorieren nicht. Mails auf keinen Fall. Wenn er nicht immer zurückschreiben würde, würden sie vielleicht auch nicht mehr anrufen, am Wochenende, seine Autoren, sagt sie. Das ist das Einzige, was er bis jetzt geschafft hat: am Wochenende nicht ans Telefon zu gehen.

»Wieso eigentlich der 1. August«, fragt Kamal, »ich weiß schon, der Schwur Zwölfhundertirgendwas, aber wieso genau an diesem Tag?« In Tunesien haben sie für jede Befreiung einen eigenen Feiertag. 1956, 1987 und 2011. »Oje, keine Ahnung, reine Willkür, nehme ich an«, antwortet Zoltan und zeigt auf das Café auf der gegenüberliegenden Straßenseite. Willkür. Das ist ein Wort, das er schon gehört hat, vielleicht auch gelesen. Aber er weiß nicht, was es bedeutet. »Willkür. Beliebigkeit. Das Gegenteil von …« Zoltan nimmt seine Kappe ab und setzt sie wieder auf. »Auf Französisch ist es L'arbitraire«, sagt er, »Le Fait du Prince.« Das kennt Kamal. Das kennt er gut. »Willkür«, wiederholt er. Zoltan hält ihm die Tür zum Café auf.

Die Kellnerin, deren Namen Zoltan nicht weiß, obwohl er sie fast jeden Tag sieht, lächelt und nimmt die laktosefreie Milch aus der Kühlschublade. Er fragt Kamal, ob er Tee möchte, aber der will auch einen Kaffee. Als sie endlich sitzen, in der hintersten Ecke und Kamal mit dem Rücken zur Tür, sagt er: »Ich kann nicht mehr in die Unterkunft. In die Schule auch nicht.« Zoltan erschrickt. Er weiß im selben Moment, was von ihm erwartet wird, was er selbst von sich erwartet, was auch Martina jetzt antworten würde. »Aber der Anwalt hat doch noch mal geschrieben, oder nicht? Er hat doch zumindest Zeit rausgeschlagen?«, fragt er und sieht, dass der dunkle Rand unter Kamals Fingernagel eingetrocknetes Blut ist, die Nagelhaut eingerissen. Kamals Hände, die sich dauernd bewegen, er würde sie gern festhalten, damit sie ruhig bleiben, damit er sich nicht mehr wehtut, er würde sie gerne halten. Kamal schüttelt den Kopf. »Er hat nochmals einen Brief geschrieben, das schon«, aber seine zweite Frist sei abgelaufen. Und bei Daoud sei es doch genauso gewesen. »Sie haben ihn eingesperrt, nur ein paar Wochen nach der zweiten Ausreiseverfügung.« Zoltan weiß, wie das läuft. Er weiß es doch. Und trotzdem. Daoud war ein anderer Fall. Bei dem haben alle mit negativem Bescheid gerechnet. Mit Ausschaffung auch. Aber nicht bei Kamal. Den können sie doch nicht ernsthaft zurückschicken. »Ich weiß nicht, wohin«, sagt Kamal. »Kann ich erst mal für zwei, drei Nächte zu euch?« Jetzt legt er seine rechte Hand in die Mitte des Tischs, und Zoltan lehnt sich zurück, sein Bein berührt das von Kamal. Oder ist es der Tisch? Kamal kann nicht bei ihm schlafen. Er kann nicht im Nebenzimmer schlafen. Duschen, während er in der Küche mit Martina frühstückt. Noch da sein, wenn Martina und die Kinder gegangen sind. »Tut mir so leid«, sagt er und sieht sofort, dass Kamal damit nicht gerechnet hat, dass er dachte, dass Zoltan nicht Nein sagen wird, dass er doch nie Nein gesagt hat. In Tunesien würde niemand solch eine Bitte abschlagen, denkt Zoltan jetzt auch noch. Oder doch? Vielleicht doch, wenn sie von einem jungen Verwandten kommt, der offen schwul ist. »Martinas Eltern kommen heute«, sagt er, »ausgerechnet heute, tut mir so leid.« Müsste man nicht sogar, wenn das stimmen würde, eine Möglichkeit finden, so wie sie wohnen? Aber er kann nicht, Martina würde es merken. »Was ist mit Patricia, Patricia hat Platz«, sagt er, atemlos und erleichtert. Patricia ist eine gute Idee. »Ist in Paris«, antwortet Kamal, »sie ist nicht da.«

Zoltan lügt. Kamal hat es ihm angesehen. Hat er selbst Angst vor der Polizei? Oder vor seiner Frau, mit der er immer alles abspricht? Ob sie ihn nicht dahaben will? Den schwulen Tunesier. Das kann er sich nicht vorstellen. Als er sie kennenlernte, hat sie ihm viele Fragen gestellt, zur Revolution, was davon geblieben sei. Offen. Interessiert. Und sie hat ihn, ohne ihn zu kennen, zu sich nach Hause eingeladen, keine Selbstverständlichkeit in der Schweiz, wie er inzwischen weiß. »Vielleicht hat Patricia ja irgendwo einen Schlüssel hinterlegt«, sagt Zoltan und holt das Handy hervor, »soll ich sie anrufen?« Hier fällt er auf, denkt Kamal. Hier kann er nicht bleiben. Alle in diesem Raum sind weiß. Aber vielleicht gibt es auch keine größere Sicherheit für ihn als die Gesellschaft von Zoltan, der trotz seines Barts so unverdächtig aussieht, wie es nur geht. Er nickt. Aber er macht sich keine Hoffnung. Zoltan war seine Hoffnung. Zoltan, der jetzt seiner Kollegin dieselbe Lüge erzählt. Er versteht das nicht. Zoltan war immer für ihn da. Und jetzt? Wo es drauf ankommt. »Da kann er nicht hin«, sagt er gerade, und dann wieder Patricias schnelles und aufgeregtes Reden. Zoltan sieht alt aus auf einmal. »Der wohnt doch noch zu Hause«, sagt er. Und dann, dass er schon eine Lösung fände, dass sie den Schlüssel nicht schicken müsse, noch nicht, er verabschiedet sich. »Sie hat ihren Zweitschlüssel bei den Nachbarn, aber die sind im Tessin«, sagt Zoltan zu ihm, »aber sie denkt nach und meldet sich wieder.«

Sie meldet sich wieder. Aber wie soll sie ihm helfen, denkt Kamal. Sie ist in Paris. Er steht auf. Er versteht das nicht. »Warte! Wo willst du jetzt hin?«, fragt Zoltan. Er nimmt seinen Rucksack. »Keine Ahnung«, sagt er, »aber ich kenn ja noch ein paar andere Menschen.« Natürlich kennt er Leute, aber die meisten wohnen selbst in Unterkünften. In Bunkern mit Wachpersonal. Oder er traut ihnen nicht. Zoltan ist sein einziger richtiger Freund, seit Daoud weg ist. Zoltan, der gerade zwei Hunderter aus der Gesäßtasche zieht. »Geh in ein Hotel, irgendein unauffälliges, geh nicht Richtung Langstraße. Vielleicht ins Gute Glück. Gleich hier ums Eck. Oder ins Für dich, nein, nicht ins Für dich, geh ins Kafi Schnaps, das ist oben beim Schaffhauserplatz.«
Aber er will das Geld nicht annehmen. Er hat kein Problem damit, wenn Zoltan ihm Bücher schenkt. Er hat auch kein Problem damit, wenn Zoltan ihn ein-

lädt, wenn sie (weil Zoltan das will) in ein schickes Café gehen, aber jedes dritte Mal, wenn sie zusammen gelernt haben, sind sie zu Hassan, und dann hat er den Tee bezahlt. Bester Tee in der Stadt. »Ich muss los«, sagt Zoltan, so verzagt, als wäre man hinter *ihm* her, »Martinas Eltern. Bitte geh ins Hotel. Und ich ruf dich an.« Er nimmt das Geld, und Zoltan umarmt ihn, drückt ihn so fest, dass es unangenehm ist, Zoltan weiß manchmal nicht, wo sein Körper anfängt und aufhört.

»Danke«, sagt Kamal und geht raus. Zoltan sieht ihm zu, wie er sich umschaut und dann nach links bewegt, er sollte mit ihm an der Bushaltestelle warten, aber zuerst muss er zahlen. Wo soll er ihn unterbringen? Soll er mit Martina reden? Behaupten, die Eltern hätten abgesagt. Das kann doch Kamal egal sein. Er könnte es ihm sogar erklären, er könnte ihm fast alles erklären. Kamal ist klug. Und manchmal erscheint er ihm erwachsener als er sich selbst mit seinen siebenunddreißig Jahren. Als er rauskommt, steht Kamal nicht an der Haltestelle, er hätte den Bus doch sehen müssen, wenn inzwischen einer gekommen wäre. Den großen blonden Mann auf der anderen Straßenseite, den kennt er. Woher? Dieses Gesicht. Er hat schon mit ihm gesprochen, bestimmt. Das ist Brad, der Schauspielerfreund von Alexa und Jessica. UBS-Posterboy. Der kann ihm nicht helfen.

Brad schaut auf sein Smartphone, das ihm anzeigt, wie er sich durch den Kreis 3 bewegt, in dem zu wohnen er sich immer schön vorgestellt hat, schon wegen der Nähe zum Üetliberg. Er ist in seiner Zürcher Zeit vier

Mal umgezogen, aber keine der WGs (und auch nicht seine einzige eigene Wohnung) war auf dieser Seite der Gleise. Der kleine Pfeil ist abgebogen und bewegt sich auf Alexas Haus zu. Warum schreibt Giulia nicht? Er tippt nochmals auf Alexas Nachricht. So beiläufig (well, it's been three years). Und trotzdem. Jessica dachte, er mache Witze, als er gesagt hat, dass er noch nie bei Alexa war, nicht auf ihrer Party, nicht auf ihrem Dach, nicht in ihrer Wohnung. In den Jahren vorher war er am 1. August nie im Land gewesen, und danach hatten sie keinen Kontakt mehr. Von ihren Geburtstagsgrüßen abgesehen. (Why did he say yes?) Sie wird denken, es sei seine Idee gewesen, auf die Party mitzukommen. As if he'd care for her stupid party. *Das Mobility-Auto steht keine 300 Meter von hier.* Dieselbe Beiläufigkeit, mit der sie auch ihre Affäre beendet hat. Whatever it was. It had no name. Wie soll man das nennen, drei Abende, halbe Nächte, immer im Freien, nie waren sie verabredet, nie wollte sie mit zu ihm kommen, ihre Wohnung kam sowieso nicht infrage, obwohl Adrian mit seinem neuen Sohn im Tauchurlaub war. Sie wollte doch auch immer tauchen. Wie soll man das nennen, wenn nicht einmal Intercourse stattfindet. Er weiß nicht, was ihn mehr angepisst hat, diese Beschränkung auf Hand und Mund oder ihr SMS damals, dass er heute lieber nicht in die Bar kommen solle, sie müsse nach dem Auftritt noch etwas mit der Band besprechen. Sie würden sich ja sowieso bei Jessicas Premiere sehen. Und dann ihre Krankmeldung in letzter Minute. Bei Jessica, nicht bei ihm. Wie leid es ihr tue. Und dass sie natürlich zu einer der nächsten Vorstellungen kommen werde. Ausgerechnet bei Jessicas erstem Stück in einem richtigen Theater. Made him even more angry, und Jessica nur ganz kurz enttäuscht, dann sofort Mitleid, arme Alexa, Mandelentzündung, und Adrian in den Ferien. Vier Wochen ohne sie auf den Malediven. Whatever. Der grüne Pfeil und die rote Markierung haben sich getroffen. Wieso schreibt Giulia nicht, die doch sonst immer sofort antwortet, ihre Nachrichten doppelt so lang wie seine, und es ist schon eine halbe Stunde her, seit er ihr geschrieben hat. Er hat vergessen, was sie heute vorhat. Wahrscheinlich ist sie wieder am Bahnhof. *Alexa Albrecht* und *Adrian Büchi*. Er klingelt.

Die Gegensprechanlage funktioniert schon seit Jahren nicht, was weder sie noch Adrian je gestört hat, aber nachdem Robert vor ein paar Wochen in ein längeres Gespräch mit den Zeugen verwickelt wurde, hat Alexa versprochen, sich darum zu kümmern. Sie zieht die Gummihandschuhe aus und widersteht der Versuchung, nochmals ins Bad zu gehen. Es ist eine Viertelstunde her, seit sie ihre Lippen rot umrandet und ausgemalt hat und dann alles wieder abgewischt, mit Klopapier und einer solchen Heftigkeit, dass die Haut rund um den Mund ganz rot war. Sie will nicht wissen, ob man die Spuren ihres Gewaltakts noch sehen kann. Roter Lippenstift am frühen Morgen ist das falsche Signal, hat sie gedacht. Aber vor allem hatte sie plötzlich Sorge, der rote Mund würde Brads Aufmerksamkeit auf die kleinen Falten lenken, die sie vielleicht am häufigsten damit konfrontieren, dass es bergab geht. Sie hatte sich an eine Aufwärtsbewegung gewöhnt in Sachen Schönheit, manches ist objektiv besser geworden seit der Pubertät, anderes einfach nur weniger wichtig, aber die kleinen Falten um den Mund, in die der Lippenstift manchmal verläuft, in denen manchmal Reste vom Lippenstift hängen bleiben (und jetzt geht sie doch noch ins Bad, obwohl er schon in Sarahs Stock angekommen sein muss, und die Haut ist noch immer etwas gerötet), diese kleinen Falten sagen ihr jeden Abend, wenn sie sich für die Bühne bereitmacht, dass ihr Erfolg, dieser kleine Erfolg, zu spät gekommen ist oder, vielleicht besser, spät genug, um gar keine Zweifel darüber entstehen zu lassen, dass er ausschließlich auf ihr Können zurückzuführen ist. (Aber sie sollte ihn gar nicht kleinreden, diesen Erfolg, auch wenn sie sich noch nicht traut, die Gesangsstunden vollständig aufzugeben.) Sie zieht die Schuhe an und tritt vor die Tür. Er ist leicht außer Atem und schaut sie ein bisschen vorwurfsvoll an, als wäre es ihre Schuld, dass es keinen Lift gibt in diesem Haus. Und groß ist er. Wenn sie einander umarmen wollen (sie weiß nicht, ob sie einander umarmen sollen, aber auch für drei Küsschen), sollte er auf der vorletzten Stufe stehen bleiben, mit Zoltan macht sie das, Zoltan und sie umarmen einander so (ohne dass ihr Herz dabei penetrant klopft). Zoltan hat angerufen. Aber nicht draufgesprochen.

Alexa lächelt ihr großes Lächeln. Sie sieht aus, wie sie immer aussieht (der Pagenschnitt bis zum Kinn, immer genau bis zum Kinn), außer dass sie ein Kleid trägt. Normalerweise trägt sie Hosen. Aber beim dritten Mal (on that playground), da hat sie auch ein Kleid getragen. Und er weiß noch, dass es sich gut angefühlt hatte. Dieses Kleid fühlt sich auch gut an und ebenso ihre

Haut, ihr Oberarm, mehr Muskeln als ich, hat er mal gesagt, das dritte Küsschen (in Italy it's only two), sie schaut verwirrt, weil er sein Gesicht schon wieder weggezogen hat. »Schön, dass du da bist«, sagt sie, und es klingt, als ob sie es so meint.
Ob sie nicht im Stress sei, fragt er, ob er nicht störe. »Ich bin noch nirgends«, sagt sie, »aber das ist normal.« – »Ich kann dir was helfen«, sagt er, und nach einem Blick in die Küche: »Du bist ja wirklich noch nirgends.« Sie schlägt die Hände vors Gesicht und seufzt tief, ihre großen Gesten kippen fast immer in Selbstironie. »Lass uns ins Wohnzimmer gehen, da sieht es besser aus«, sagt sie. »Willst du Kaffee. Oder Prosecco?« Sie schaut auf die Uhr. »Ist schon fast elf.« – »Ja, wieso nicht.« Und sie verschwindet in der Küche. Das ist ein richtiges Wohnzimmer, mit Sofa und Esstisch. The whole shebang. Sogar ein Kronleuchter, er muss den Kopf einziehen. Keine Bücher, das wundert ihn, nur ein paar auf der Kommode und auf dem kleinen Tisch, was liest sie (oder Adrian, der liest sicher auch)? Sagt ihm nichts, die Autorin. Ob diese großen gelben Turnschuhe Adrian gehören? Oder dem Sohn, dessen Namen er vergessen hat. Jessica hatte ihm davon erzählt, von Adrians verlorenem Sohn. Ein Verlust, von dem der Vater nichts gewusst hatte, die Mutter hat ihn erst bei ihrer Rückkehr in die Schweiz informiert. By the way, that's your son. Könnte ihm auch passieren. Wem nicht. Dieser Gedanke, irgendwo ein Kind zu haben, diese Mischung aus Angst und dem Wunsch, dass es eine Fortsetzung gibt, dass er bleiben wird, etwas bleiben wird, nicht nur die wenigen Filme, in denen er mitgespielt hat. Mit Giulia jetzt nicht mehr nur ein Gedankenspiel.

Es knallt. Dieses unverkennbare Geräusch, a bit like a sting, und es war Alexa, die ihm einmal erzählt hat, wie konditioniert sie sei, wie sehr dieses Geräusch für sie mit bevorstehenden Freuden verbunden sei und dass es an der niedrigen Decke ihrer Eltern lauter Macken von Sektkorken gegeben habe, manche von ihnen mit Bleistift-Datum versehen. Bei ihm zu Hause gab es keinen *Champagne*, seine Eltern haben immer lieber harte Sachen getrunken. Alexa kommt mit Flasche und Gläsern zurück, er hätte Kaffee nehmen sollen.

»Wie geht es dir?«, fragt sie und rückt einen Stuhl an den Couchtisch, Brad ist schon wieder am Handy, wie früher. »Was machst du in Zürich?« Er sitzt ein bisschen steif auf dem Sofa, dabei kann er nicht wissen, dass er auf Adrians Lieblingsplatz sitzt, er lehnt an dem Kissen, das sie Adrian in Berlin gekauft hat, und sieht zu groß aus für das niedrige Sofa, obwohl er Adrian nur um zehn Zentimeter überragen würde, wenn sie nebeneinanderstünden. (Und vielleicht stehen sie heute Abend nebeneinander und Adrian bietet Brad etwas zu trinken an. Und vielleicht wäre dann alles wieder normal.) »Ich hatte gestern ein Casting«, sagt Brad, legt das Handy nicht aus der Hand. Am Montag müsse er nochmals dorthin. »Sieht gut aus«, sagt er.

Und das ist noch untertrieben, er hat den Job, bloß ist der so bescheuert, dass er vor sich selbst so tut, als müsse er sich noch entscheiden, obwohl er sich das gar nicht leisten kann. Was es denn sei, will Alexa wissen, natürlich will sie das. »Schweiz Tourismus. I'm done with the financial sector.« Aber sie lacht nicht, ihr Gesicht, eben noch ganz Interesse und Zuwendung, sieht plötzlich so aus, als hätte sie selbst Sorgen, und bevor sie beginnen kann, ihn zu fragen, was genau er da machen muss, vorsichtig und freundlich, aber zweifellos davon überzeugt, dass er mal wieder ein Stückchen Seele verkauft, sagt er: »Ich schreibe an einem Programm. Kabarett. Über die Schweiz.« Ihr Gesicht hellt sich auf, sie nimmt das Glas in die Hand. »Es heißt *Will Tell Show?*. Mit Fragezeichen, aber auch …« Jetzt lacht Alexa. »Will Tell Show?«, wiederholt sie, »super! Ask Brad. Brad will tell?« Sie lacht immer noch, und er sagt: »*Watch out. I'll tell Will* war auch in der Auswahl.« Ob es denn auf Englisch sei, das Programm, fragt sie jetzt wieder ernst. Schade, er mag das, wenn sie so herauslacht und, sobald sie sieht, dass er sich darüber freut, dem Lachen nachgibt, es verlängert, wie wenn man einen Ton länger hält.

»Auf den Titel hat mich ehrlich gesagt dieser Willy Tell von der SVP gebracht«, sagt er. »Vorgestern, als ich am Hauptbahnhof ankam, mitten in der Halle, SVP-Barbecue.« Sie hat davon gelesen, Fotos gesehen, die versammelte Elite der Schweizer Rechtsaußenpartei und davor ein zwanzig Mann starker Kordon (eine Frau), alle in voller Montur, volle Bewaffnung, das Pfefferspray im Gesicht der Demonstrierenden, das Transparent unter der Decke, der rötliche Rauch der Nebelpetarden. Sie hat sich gefragt, was *Eine Frau wurde verletzt* bedeutet.

»Hast du gesehen, wie es eskaliert ist?«, fragt sie, schlüpft aus dem Schuh und setzt sich auf ihren rechten Fuß. Hat er nicht, leider. »Als ich gekommen bin, stand da nur noch dieses absurde Aufgebot, und die eine Frau, die sie haben, die blonde, hat davon geredet, wie demokratisch sie bei der SVP sind und wie undemokratisch diese Chaoten, die Häuser besetzen.« Sie runzelt die Stirn. »Im Netz stand, ein SVP-Anhänger hätte mit der Provokation begonnen«, sagt sie, »hab schon gehofft, du könntest das für mich aufklären.« Kann er nicht, leider. Und ärgert sich, dass er sie noch immer beeindrucken will. Sagt: »Nächstes Mal, wenn es clasht, bin ich rechtzeitig dort.« Sie lacht. »Und was war nun mit Willy Tell?«, fragt sie. »Ja, eben, so hieß der fürchterlich aussehende Typ, der ein fürchterliches Lied über die Schweiz gesungen hat. Und ich dachte, der Tell muss gerettet werden.« Die Idee zu einem Schweiz-Programm ist schon viel länger in seinem Kopf. Kein Schnellschuss. Und Giulia unterstützt ihn darin. Wo er doch fast perfekt zweisprachig ist. Sogar ein bisschen Züridütsch kann. »Finde ich super, ein Schweiz-Kabarett aus deiner Sicht oder du als Tell, der sich befreit«, sie beugt sich nach vorn, ihm entgegen, zupft an ihrem Ausschnitt und fragt: »Wo willst du das machen?« In solchen Dingen ist sie konkret. »Miller's wäre gut«, denkt sie laut, »oder Jessica kennt doch die Leute vom sogar-Theater.« Jessica hat er schon davon erzählt, und er will sie tatsächlich um Hilfe bitten. Nicht nur, weil sie so viele Leute kennt, sondern auch wegen des Textes. »Piano, piano«, antwortet er. »Und apropos. Wo steht eigentlich dein Klavier?« Sie lächelt.

Alexa weiß die Eleganz seines Ablenkungsmanövers zu schätzen, auch wenn es sie nervt, dass er schon wieder nach seinem Smartphone gegriffen hat. »Im Musikzimmer, aber ich spiele auch oft in der Schule.« Er steckt das Telefon weg. »Gibst du immer noch Stunden? Jessica hat mir erzählt, wie gut es grad läuft bei dir. Congratulations!«, sagt er und hebt sein Glas. Ihres ist schon fast leer, aber sie wird sich nicht nachschenken. »Danke«, sagt sie, und dass es wirklich erstaunlich gut laufe mit der neuen CD. »Ein paar Ausgewählte quäle ich trotzdem noch.« Sie hatte gehofft, er hätte mitbekommen, dass sie für die Swiss Music Awards nominiert war, dass sie auf Tour war, in Deutschland. Eigentlich hatte sie sogar gehofft, dass er ihre neue CD besitzt (und den Bonustrack, der schon fünf Jahre alt ist, nicht auf sich bezieht). »In der Musikschule steht ja ein Flügel. Und außerdem haben wir mit den Nachbarn bestimmte Zeiten abgemacht. Vor allem mit denen hier auf dem Stock, die ihr Schlafzimmer gleich neben unserem Musikzimmer haben.«

Es ist das erste Mal, dass sie *wir* sagt. Should he say that he'd like to see the flat. But he wouldn't like to. Er sagt, er müsse aufs WC. »Gleich neben der Eingangstür. Licht ist außen«, sagt sie. Und er hat es nicht von Jessica. Das mit dem Erfolg. Er hat Alexa gegoogelt. Hat ein paar Zeitungsartikel gelesen. Fotos angeschaut. Und Lieder gehört. Aber alles erst gestern. Warum ist er hergekommen? Was soll das? Warum will er immer alles verstehen? Er steht auf.

Sie mag seine Arme, immer hat er schnell Farbe bekommen. Er ist richtig braun. Sie muss ihn nach Italien fragen, ob er jetzt fix dort wohnt, was er da macht und mit wem. Er lächelt sie an, im Vorbeigehen. Er trägt ihr nichts nach. Erst jetzt merkt sie, dass sie Angst hatte, er könnte ihr Vorwürfe machen, eine Szene sogar, auf ihrem Dach, auf der Party, vor Adrian. Was für ein Unsinn. Wahrscheinlich hat er das Ganze vergessen, abgelegt, eine von unzähligen ähnlichen Episoden, er hat ja nicht mal nachgefragt, wie es ihr geht, als sie krank war, nicht so krank, wie sie Jessica gegenüber behauptet hat, aber er hätte doch fragen können. Sie erinnert sich gut an die Sommertage, als sie im Bett lag, mit Fieber, die Rollläden immer unten, als sie ihre Krankheit halb als Strafe und halb als Segen aufgefasst hatte. Als hätte der liebe Gott, der ihr bloß im Zusammenhang mit Fehlverhalten oder Angst in den Sinn kommt, zu Viren gegriffen, um sie auf den rechten Weg zurückzuführen. Wenn sie damals nicht so schwach gewesen wäre, so grippig, so eingeschränkt, dann wäre der liebe Gott außen vor geblieben. Ihre Liebe zu Adrian stand nie infrage. Sie waren sich nur ein bisschen fremder in dieser Zeit, als er mit einem Mal Vater wurde. Als er das sofort und ohne Einschränkungen für ein großes Glück hielt, auch wenn er behauptete, das mit Tara sei wirklich nichts Ernstes gewesen. Sie waren sich fremder, aber es war keine Erklärung. Das mit Brad hatte mit Brad zu tun, nicht mit Adrian. Das mit Brad hatte mit ihr zu tun. Sie steht auf. Wieso kommt er nicht wieder? Sie hat doch die Spülung gehört, eben schon. Noch immer hätte sie lieber, Männer, die ihr gefallen, würden nicht aufs WC gehen. Nicht davon sprechen, keine Geräusche machen. Adrians offener Umgang damit, die Weise, wie er (inzwischen mit Robert) Witze macht, um sie zu provozieren, hat sie ein bisschen kuriert, aber Brad müsste nun wirklich nicht. Wenn er eine halbe Stunde bei ihr zu Besuch ist. Und schon gar nicht so lange dortbleiben. In der Diele kommt er ihr entgegen.

»Ist das das Zimmer von Adrians Sohn?«, fragt er und bereut es gleich, aber irgendwie will er wissen, ob das schmale Bett in dem kleinen Zimmer Adrian gehört, auch im Bad hat er nach Zeichen gesucht, sogar den Badezimmerschrank geöffnet. Als könne dessen Inhalt etwas über die Beziehung von Adrian und Alexa preisgeben. Alexa schüttelt den Kopf. Das sei das erwähnte Musikzimmer. Dort schreibe sie, sie geht hinein, und da hinter der Tür stehe Adrians Bass. »Can't be fun, mit dem Monstrum immer die drei Stockwerke hoch und runter.« Den habe Adrian im Hotel, hier stehe nur der E-Bass, sagt sie und dann: »Oh nein, die Biertische. Jetzt hätte ich beinahe die Biertische vergessen, wegen denen du hier bist.« Seriously? They're back on terms for that kind of joke? »Hab ich mir schon gedacht, dass da noch was kommt, du wolltest mich mit Prosecco gefügig machen«, sagt er. Sie dreht sich um und geht aus der Wohnungstür. Obviously not for *his* kind of jokes.

Kein Wunder, wenn sie so blöde Witze macht. Und sie weiß nicht, ob sie ihn vielleicht damals tatsächlich überrumpelt hat. Weil sie den Filmriss hatte. Sie geht vor ihm die Treppe rauf und fragt nach dem Rütli-Ausflug, fragt ihn, wieso er da hinwill. »Für das Programm«, antwortet er, »Jessica hat mir versprochen, dass wir zum Tell fahren.« Sie musste zwar keine Prüfung machen, nur eine Broschüre auswendig lernen und ihre Finanzen offenlegen, aber das wüsste sie doch, wenn der Tell was mit dem Schwur zu tun hätte. »Auf die Rütliwiese? Bist du sicher?«, fragt sie und schaut ihn jetzt wieder an. »Nein, zur Kapelle und zum Tellsprung. Das ist auch dort irgendwo. Ich mach Fotos für dich.«

Überall Türen, manche mit Namen, als ob hier oben auch Leute wohnen würden. »Das hier ist Roberts Zimmer«, sagt Alexa (Robert, right, like De Niro) und zeigt auf die Tür mit dem *Südkurve*-Aufkleber. »Auch unser Gäste- und Notfallzimmer. Solltest du mal eine Unterkunft brauchen …« Nice. Aber hier will er nicht Gast sein, auch nicht im Notfall. Sie sieht auch nicht aus, als ob sie sich das selbst glauben würde, geht weiter zur nächsten Tür. »Müssen zuerst die Klappe zum Dach aufmachen«, sagt sie und steigt die steile Treppe rauf, er müsste ihr gar nicht folgen, er hätte unten warten können, helfen kann er ihr doch nicht. Stattdessen sieht er ihr zu, wie sie an dem Hebel herumhantiert, sich streckt und dann mit aller Kraft die Klappe hochdrückt. Er denkt daran, wie sie sich aufs Gerüst geschwungen hat, the second time, wie sie vor ihm das Baugerüst hochgeklettert ist, immer weiter hinauf, und wie er Angst hatte, ihr könne dabei die Flasche aus der Hosentasche rutschen. Kurz nach dem Vollmond, und die Stadt lag so still unter ihnen, dass sie dachten, man müsse sie überall hören können. Jetzt hört man Autos, eine Sirene, und irgendwo knallt es schon wieder. Spectacular view. Die Sonne kommt hinter den Wolken hervor, und Alexa sieht stolz aus, dann zieht sie die Augenbrauen zusammen und sagt: »Alles noch nass.« – »Das trocknet doch bis heute Abend«, sagt er, und sie geht an ihm vorbei, ist schon wieder auf dem Weg nach unten ins Estrichgeschoss. »Die Tische sind im Trockenraum«, hört er sie rufen. She's always moving. Moving around. Moving things. Moving people.

Und das muss der Raum sein. Hinter den aufgehängten Betttüchern hantiert sie schon mit einem der Tische, als wolle sie den doch allein tragen. Er schiebt die Tücher zur Seite und lädt sich das Ding auf den Rücken. »Die enge Treppe hoch muss ich dir aber helfen«, sagt sie. Und das stimmt, das kriegt er nicht ohne sie hin. Als sie die untere Kante nimmt, spürt er kaum noch Gewicht. Ihre starken Arme. Ob sie noch immer den Handstand kann? »Bisschen mehr links«, sagt er. »Vorsicht, dein Kopf«, ruft sie. Und sagt oben dann: »Danke, das war meine Rettung.« – »Kommt Adrian denn nicht?«, fragt er. Das hat sogar er mitbekommen, dass Adrian keine Partys mag. Aber auf die seiner Freundin wird er ja wohl gehen. (They could be married now. Probably not.) »Doch, doch«, antwortet Alexa, »aber wird knapp, er hat Dienst.« Er schaut auf sein Smartphone, und wirklich, Giulia hat geschrieben, von *SOS Emergenza* aus, aber nur dass es mal wieder heftig sei und sie Verpflegungsnachschub holen müsse, dass sie sich nachher in Ruhe melde.

»Du musst los, oder?«, fragt Alexa. Er will gehen, denkt sie. Natürlich. (Und soll sie noch etwas sagen? Aber ist es nicht besser so?) Er folgt ihr und schließt die Klappe, glaubt offenbar doch nicht, dass es trocken bleibt. Sie muss die Wohnung aufräumen, alles außer dem Schlafzimmer, das Musikzimmer werden sie auch brauchen. Wo soll sie denn dekorieren? Wenn er das mit dem Kabarett macht, wird er wieder öfter in der Schweiz sein. »Bis heute Abend«, sagt er, »du schaffst das schon!« Sie schaut ihn irritiert an. Natürlich schafft sie das. »Ich freu mich«, sagt er, »meine erste 1.-August-Party.« – »Vielleicht meine letzte«, antwortet sie. Nicht so sehr, weil es ein Flop werden und sie dann keine Lust mehr haben könnte, sondern wegen der Tatsache, dass sie sehr wahrscheinlich im nächsten Jahr Schweizerin sein wird. Ob sie dann noch so locker wird nationalfeiertagfeiern können?

Wie meint sie das? Sie ist doch nicht krank? Unsinn. Sie strahlt. Sie sieht gut aus, älter schon, aber noch immer nicht so alt, wie sie ist. Er wird auf die Party gehen. Als vorhin ihr SMS kam, dachte er kurz, sie wolle ihn ausladen, habe sich nur nicht getraut, Jessica zu sagen, dass sie ohne ihn kommen soll. Oder doch noch darüber reden. And it's not that he wanted to. Aber dass es *so* sein würde … As if nothing. Er umarmt sie, keine drei Küsschen, und sie bleibt auf dem Absatz stehen und lächelt, solange er sie sehen kann. Dann hört er die Tür zufallen.

Viertel nach elf schon, Alexa geht ins Wohnzimmer, nimmt Gläser und Flasche. Was für eine Schnapsidee mit dem Prosecco. Und es regnet. Es regnet schon wieder. Dabei scheint doch die Sonne. Tatsächlich ein Regenbogen. Schade, dass sie nicht mehr auf dem Dach steht. Sie schreibt *Schnell, ein Regenbogen* an Adrian und sieht, dass er online ist, dass er geschrieben hat: *Schau mal aus dem Wohnzimmerfenster*! Und ein Regenbogen-Icon. Fast zeitgleich. Sie macht ein Foto und ändert das Profilfoto. *Extrem peinlich* findet das Robert, dass sie andauernd ihr Profilfoto ändert. Geh doch gleich zu Instagram, sagt er. Instagram findet er auch peinlich. Sie hat schon so viele Fotos von Regenbogen gemacht. Doppelte Regenbogen. Regenbogen über Zürich, Paris, Köln, Berlin. Fotos von Regenbogen sind wie Küsse per Whatsapp. Aber dass es gerade heute einen gibt. Und dass sie ihn beide gleichzeitig gesehen haben. *Kommst du voran?*, schreibt er. *Geht so. Immerhin alle Tische und Bänke auf dem Dach. Brad war kurz hier. – UBS-Brad? – Er kommt heute Abend auch. – Der 15. Mann? – 16. Hab auch noch Klaus getroffen. Wie ist es bei Dir? – Relativ ruhig*, schreibt er, *gehe bald essen*. Der Regenbogen verblasst, was insofern gut ist, als dass der Regen nachlässt.

Ein Regenbogen, denkt Kamal. Na klar. Und dass er nicht in dieses Hotel gehen wird, er kann da nicht rein. Die werden was sehen wollen, irgendwie wird er sich ausweisen müssen. Auf keinen Fall kann er in dieses Hotel gehen, das gar nicht aussieht wie eins. Er nimmt einen Schluck aus der Flasche. Was kann er jetzt machen, mit seinen 180 Franken, die er noch hat, vielleicht jemanden dazu bringen, ihn bei sich schlafen zu lassen? Aber wer könnte das sein? Kennt er denn jemanden, der nicht unter Beobachtung steht? Die Frau. Die Frau, wegen der er überhaupt in der Deutschschweiz gelandet ist. Sylvia. Die am See wohnt. Polizeistreife. Er tritt noch ein Stück weiter hinter das Tor. Ist das hier privat? Die sehen aus, als ob sie wen suchen. Kann das sein? Dass sie ihn hier suchen? Dass sie ihn geortet haben. Er nimmt die Klappe vom Handy. Die SIM-Card kann man doch rausschieben. Wieso geht das nicht? Er nimmt einen kleinen Stein zu Hilfe. Oh nein. Jetzt ist das Ding in die Pfütze gesprungen. Er wischt es ab und steckt es in die Hosentasche. Das Polizeiauto biegt ab, am besten, er geht über den Berg und zu Fuß.

Brad sieht einen pastellfarbenen Streifen am Himmel. Er wartet darauf, dass er kräftiger wird, ein richtiger Bogen. Und darauf, dass Jessica kommt. Pünktlich ist sie nie, aber ansonsten kann man sich auf sie verlassen. Auch auf ihre Gnadenlosigkeit. Wie sie gestern gesagt hat, solchen Schund schaue sie nicht, auch nicht, wenn er darin vorkommt. *Vorkommt*, hat sie gesagt. Der Streifen verblasst. Alexa würde so etwas nie sagen. Ihre Missbilligung ist immer mit Aufmunterung verbunden. He should have talked about Giulia. Really.

Jessica sieht ihn von der anderen Straßenseite aus und folgt seinem Blick. Brad lehnt an dem roten Auto, er raucht und starrt in die Luft (immerhin schaut er mal nicht auf sein Telefon). Ein Rätsel, der Mann. Nach all den Jahren noch. Jetzt hat er also wieder eine feste Freundin. Offenbar klug und schön, nichts anderes hat sie erwartet. Hilft auch noch Flüchtlingen am Mailänder Bahnhof. Aber Brad wirkt noch immer wie ein Teilchen auf der Suche nach dem nächsten Magnetfeld. Kein bisschen, als wäre er angekommen. Sie auch nicht. Aber sie macht wenigstens keinen Hehl draus. »Frierst du nicht?«, fragt sie, als sie neben ihm steht. »Doch«, sagt er und zeigt seine Arme, »aber wir fahren ja in den Süden.« Jessica pappt das blaue *L* auf den

Kofferraumdeckel, auch deshalb ist sie auf die Idee mit dem Rütli gekommen, kaum dass Brad von seiner Will Tell Show erzählt hat, weil es eine gute Gelegenheit ist, um Autobahn zu fahren. Brad, der seinen Führerschein mit siebzehn in Oklahoma gemacht hat, hat ein paar Witze über die allgemeine Unsicherheit auf den Schweizer Straßen gemacht, all diese losgelassenen L-Fahrer, aber aufs Rütli habe er immer schon mal gewollt. Er schiebt seinen Sitz nach hinten. Komische Kupplung, dieses Auto hatte sie noch nie. »Brauchst du das Navi nicht?«, fragt er. »Sicher nicht. Ich lass mir von niemandem sagen, wo ich hinfahren soll.« – »Auch nicht von mir?«, fragt er lachend und startet Google Maps. »Sicher nicht. Und auch nicht von Google.« Die Route nach Brunnen ist wirklich nicht schwierig. »Ich wollte dich etwas fragen«, sagt sie, kaum dass sie auf der Straße sind. Die Idee ist ihr gestern Nacht gekommen. Als sie ihn gefragt hat, ob er ein Vorbild habe. Und er sofort: Meryl Streep, was irgendwie so zu ihm passt. »Fire away«, sagt er, klingt aber ein bisschen alarmiert. Ob er für möglich hält, dass sie noch in ihn verliebt ist? Wenn er bloß nicht so eitel wäre. »Ich habe doch diesen Monolog. Die Frau, die ein Mann wird. Kurz vor der großen OP steht. Sie ist schon ein Mann, eigentlich. Er. Ist ein Mann, aber war eine Frau.« Er gibt keinen Ton von sich, und sie muss auf die Straße gucken. Ahnt er noch nicht, was sie will? »Ich hab gedacht, wenn du das übernehmen würdest, dann könnten wir an kleinere Spielorte herantreten, könnten das zusammen machen. Und du wärst gut in der Rolle, das weiß ich.« Der Manesseplatz, den hat sie nicht gern, nie weiß sie, ob sie reinfahren darf, bis zur Mitte, manchmal muss man hier ewig warten. »Ich weiß nicht. Bin ich denn nicht zu groß?« Sie lacht. »Zu groß, um eine Frau zu sein. Ich bitte dich.« Sie hat das Stück an so viele Bühnen geschickt, schon so vielen Leuten gegeben. Aber niemand ist eingestiegen. Zu explizit. Zu experimentell. Sicher nichts für ein Stadttheater. Dabei ist sie sich sicher, dass es ein guter Text ist. Sie hatte nicht Brad im Sinn, als sie den Monolog geschrieben hat. Eher eine Frau, um ehrlich zu sein. Aber Brad könnte durchaus eine große Frau gewesen sein. Ist ihr schon bei der ersten Premierenparty aufgefallen, dass er tanzt, als hätte er sich das bei einer großen Schwester abgeschaut, einer Schwester, die in den Achtzigern jung war. »Du musst mir den Text geben«, sagt Brad. »Vielleicht passt es ja. Wer würde denn inszenieren?«

Das Gute daran, denkt Brad, wäre, dass es etwas Seriöses wäre, anspruchsvoll. Der Film mit Mastronardi war nur eine Romanze und seine Rolle barely credited. Vorgekommen. Ja. Es ist Jahre her, dass er in einem richtig guten Film gespielt hat, dass er auf einer richtigen Bühne stand. Vierzig wird er im nächsten Jahr. Und hatte seinen größten Erfolg im letzten Jahrtausend. Highly unlikely, dass er noch richtig groß rauskommt. Aber das hat sein Vater ja schon damals gesagt, als sie ihn von der Studentenbühne weggecastet haben, kurz bevor er dann einfach gestorben ist: The kid just hasn't got what it takes. Ein Fahrradfahrer biegt plötzlich vor ihnen auf den Zebrastreifen, er hat eine unförmige Rolle auf dem Gepäckträger, Jessica bremst abrupt, und der Wagen säuft ab. »Idiot«, schreit sie und sagt dann, schon wieder ganz ruhig: »Das war Robert.« Aber er hat nicht richtig hingeschaut und sieht im Rückspiegel nur noch, dass der Junge mit der Rolle jetzt hinter ihnen auf dem Trottoir weiterfährt.

Typisch, denkt Robert, Sonntagsfahrer. Aargauer wahrscheinlich. Er dreht sich kurz um, jetzt hat die ihre *Mobility*-Möhre wieder gestartet, selbst schuld, in dem Alter noch ein *L* hintendrauf. Er hat schon mit dem Lernen begonnen. Tara sagt zwar *erst Abitur*, und Adrian sagt *erst die Einbürgerung*. Aber er meldet sich nächsten Monat zur Theoretischen an. Einbürgerung macht er nicht. Militär macht er nicht. Und Zivi schon gar nicht. Er schließt das Velo an die Laterne, wird schon keiner sein Transpi klauen, das er so mühsam da festgezurrt hat. Adrian fand ja, sie sollten wegen der Festnahme in Aarau was unternehmen. Dass das nicht rechtens war, dieser Mega-Kapo-Einsatz. Und die ganze Fichierung. Jetzt ist er auch in der Datenbank. Egal. Es hat sich auf jeden Fall gut angefühlt, dass sie hingefahren sind, trotz der Aussperrung und der Medienhetze. Samir wusste das vorher schon, die nehmen uns sicher mit, hat der gesagt, das wird lustig. Helden in Kabelbindern. Geradezu das Highlight der Saison. Traurig, aber wahr. Und die hatten wirklich nichts in der Hand, die Aargauer Bullen.
Der Verkäufer im Kiosk grinst und hält schon den Tabak in der Hand. »Aber morgen, morgen bestimmt«, sagt er. Immer kauft er hier Tabak und Blättchen. Und immer reden sie über das letzte oder das kommende Match. Robert sagt: »Zweistellig.« Dann legt er das Geld hin und sagt noch: »Um eins auf der Fritschi!« Aber der Typ schüttelt den Kopf, macht ein Gesicht, als hätte

ihm seine Mutter verboten, zum Derby zu gehen. Ist vielleicht auch einer von denen, die immer nur reden. Robert holt das iPhone aus der Tasche. Seit Adrian und Alexa dabei sind, hat er *unsichtbar* eingestellt. Und kann nun selbst nicht sehen, ob Vlora online ist. Und ob sie heut Nachmittag kommt, weiß auch keiner. Adrian hat ein Foto von einem Regenbogen geschickt, der in der Gegend vom Letzi beginnt. *Du weißt ja, wer zuletzt stirbt*, hat er geschrieben. Was meint er damit?, denkt Robert und steigt wieder aufs Rad. Wenn sein Vater GayC-Fan gewesen wäre, dann hätten sie ein Problem miteinander gehabt, aber Adrian hält immer mit ihm für den FCZ, außer es geht gegen Luzern. Bei FCZ gegen Hertha wüsste Robert auch nicht, was machen. Zu Hause bleiben vielleicht. Der Russe hat Glück, dass Ferien sind. Der hätte sich was anhören können (auch wenn das Weißrussen waren). Aber wenn der irgendwas zu diesem beschissenen Handelfer gesagt hätte, hätte der sich richtig Ärger eingehandelt. Der eine Tunesier untrainiert, der andere am Boden, mit der Hand am Ball. Was ein Tiefpunkt. Und Minsk wär doch machbar gewesen. Er fährt über Rot. Der Tramfahrer bimmelt. Er zeigt ihm den Finger.
Sie wollten ihn sogar mit aufs Klingelschild nehmen, Adrian und Alexa. Dabei hat sein Stock eine eigene Klingel, und wer das wissen muss, weiß es. Außer Samir war noch niemand mit in der Mansarde. Die Tür geht auf, bevor er noch seinen Schlüssel gefunden hat, nur einen Spalt, er lehnt sich dagegen, war ja klar, Blockwart kriegt wieder die Tür nicht auf. Er trifft nie gern wen im Treppenhaus. Aber Blockwart trifft er am wenigsten gern. Der hängt immer Fahnen ins Fenster,

die ihm die SP schickt. Mindestlohn oder so. Arbeitet selber schon lange nicht mehr. Er sagt *Grüezi* und hält Herrn Egger die Tür auf.

Netter Junge, aber ein bisschen bullig geworden. Sieht seinem Vater trotzdem noch ähnlich. Vor allem wegen der Lücke zwischen den Schneidezähnen. Aber sagt dem Jungen denn keiner, dass so ein Haarschnitt nicht opportun ist, wenn man deutsch ist und blond? Franz Egger sagt extra laut *Grüezi*. Irgendwann muss der Junge doch lernen, wie man das richtig ausspricht. Jetzt hat er das Velo wieder direkt neben der Tür festgemacht, als gäbe es hinter dem Haus keinen Unterstand.

Die Tür fällt hinter ihm ins Schloss, er überlegt, das Transpi hier unten zu lassen, es ist verdammt schwer, aber Blockwart wär zuzutrauen, dass er es wegräumt, sobald er zurückkommt. Wär super, wenn niemand zu Hause wäre. Dafür was Gutes im Kühlschrank. Er nimmt zwei Stufen auf einmal. Oder er geht gleich ganz hoch in seine Mansarde. Ohne sich bei Alexa zu melden. Die Tür zur Wohnung steht offen. »Alexa?« In der Diele stapeln sich drei Bierkisten, er nimmt zwei Flaschen raus und geht weiter nach oben. Stimmt. Sie macht ja heute wieder diese Feier. Kein Grund, in seiner Mansarde rumzuwühlen. »Tut mir leid, aber wir brauchen wieder den Kühlschrank«, sagt sie und schaut kritisch auf die beiden Flaschen, die er auf den Boden stellt. »Super, dass du kommst, kannst du mir tragen helfen?« Er schüttelt den Kopf. »Muss gleich wieder weiter.« Sie sieht übertrieben enttäuscht aus. »Außer du machst mir Eier mit Speck«, sagt er und lächelt.

Berührt ihren Arm. Hat er irgendwo gelesen, dass die helfen sollen, solche kleinen Berührungen, besonders im Umgang mit Müttern oder ähnlichen Personen. »Und einen Latte macchiato.« Alexa zögert kurz. Dann sagt sie »Deal«. Er denkt, dass er immer noch abhauen kann, wenn es ihm zu viel wird. Nach dem Frühstück. Sobald Samir sich meldet, ist er weg. Vlora meldet sich sowieso nicht. »Was soll ich denn tragen?«

Sie zeigt ihm den Kugelgrill. Robert hat sich so sehr verändert, seit sie sich kennen, an die zehn Kilo zugelegt, fast alles Muskeln. Sie denkt, dass er mit irgendwas nachhilft. Aber Adrian meint, dann hätte er schlechte Haut, so was würde man ihm ansehen. Und außerdem sei Robert nicht blöd. Er hat das Riesenteil angehoben und steigt die Treppe hoch, sie hört ihn nicht mal schnaufen. Mit der Kohle und zwei Klappstühlen folgt sie ihm. Einen Kaffee kann sie jetzt auch gebrauchen.

Er muss hier auch mal feiern, wenn die beiden nicht da sind. So viel Platz. Aber bis jetzt war er nur allein hier oben, zum Rauchen. Und mit Samir. Schon wieder muss er an Vlora denken, wie sie dann auch da sein wird, wenn er alle einlädt, wie sie mit einem Bier am Geländer lehnt – und ihren magersüchtigen Freundinnen. Wie sie dann irgendwann nur noch zu zweit sind. »Kommst du denn auch heut Abend?«, fragt Alexa. »Bin schon verabredet«, antwortet er. Die Idee allein findet er *weird*. »Shirin kommt, die Tochter von Monica.« – »Und?« – »Ich dachte, die fandst du so hübsch?« Er verzieht das Gesicht und geht Richtung Dachklappe. »Hab bloß gesagt, dass sie besser aussieht als ihre Mutter.« –

»Zeigst du mir noch das Transparent?«, fragt Alexa. Er lacht. »Das ist riesig.« – »Aber hier auf dem Dach?« – »Ich kann dir sagen, was draufsteht.« – »Nieder mit den Niederhaslis?«, sie zieht die Klappe hinter sich zu. »Dafür brauchte ich wohl kaum ein so langes Teil.« Als wenn sie eine Ahnung hätte. Mit Fußball kennt sie sich ein bisschen aus, aber sie schaut bloß Nationalmannschaft, im neuen Stadion war sie zum ersten Mal, als Springsteen gespielt hat. Jetzt überholt sie ihn und rennt die Treppe runter, als wär ihr irgendwas eingefallen. Vielleicht sollte er ihr was anderes sagen, sich irgendeinen Spruch ausdenken. Vielleicht will sie es gar nicht mehr wissen. »Was steht denn nun drauf?«, fragt sie dann aber und schaltet die Kaffeemaschine ein, das Geräusch verbessert sofort seine Laune. »Ihr händ oiärs fürwerk scho geschter verschossä. Mir händ oisäs für oi ufbewaart.«

»Was?« Manchmal versteht sie ihn nicht sofort, wenn er Züridütsch spricht, aber wenn sie es so gut könnte wie er, würde sie's auch tun. »Ihr habt euer Feuerwerk gestern schon verschossen, wir haben unsres für euch aufbewahrt.« – »Super. Ist das von dir?« – »Die Idee mit dem Feuerwerk ist von mir, aber der Satz ist von Samir.« Samir natürlich. Und jetzt fällt erst der Groschen bei ihr. Das mit dem Feuerwerk ist gar nicht so übertragen gemeint. In das Aufschäumen der Milch hinein fragt sie, ob sie ihnen so ein Transparent nicht am Eingang abnehmen.

Einmal haben sie tatsächlich eins einkassiert, da war er erst kurz dabei, sie hatten sich aber auch speziell verdächtig verhalten. Er am meisten. »Soll'n sie versuchen«, sagt er. Alexa stellt die große weiße Tasse mit dem Kaffee vor ihn hin, wie ein Grande bei Starbucks, denkt er, dann dreht sie sich wieder um und wirft den Speck in die Pfanne. Er liebt diesen Geruch, nie könnte er Vegetarier werden, nicht nur wegen der Proteine, sein Körper braucht das, da kann Vlora noch so böse schauen. »Wie bringt ihr die Leuchtkörper denn ins Stadion?«, fragt Alexa, mit dem Rücken zu ihm. Er versenkt seine Nase in die Tasse. Typisch, dass sie das so fragt, so pseudoneutral. »Keine Ahnung«, murmelt er, wischt sich die Nase, da ist gar kein Schaum. »Kein Kommentar, meinst du wohl.« – »Muss mal pinkeln.«

Sie sagt es nicht. Sie will nicht wieder die sein, die es sagt, aber sie will auch nicht die sein, die hinterherputzt. Und er geht immer hier unten. Das Klo oben passt ihm nicht, weil es noch andere benutzen. Neulich war sie kurz davor, so ein hässliches Icon aufzuhängen, aber Adrian hat sie davon abgehalten. Nachher falle das noch auf ihn zurück. Sie weiß, dass Robert zu denen gehört, die Pyros zünden, im Stadion, bestimmt macht er das. Samir auf jeden Fall. Und was der macht, macht Robert auch. Außer die Schule schmeißen, dafür ist er dann doch zu pragmatisch. Er will ja BWL studieren. Sie schlägt ein Ei auf und lässt es in die Pfanne gleiten. Hinter sich hört sie den Stuhl rücken. »Lass dich nicht erwischen«, sagt sie, ohne sich umzudrehen.

Recht hat Alexa schon. In ein paar Wochen ist er volljährig, und dann ist das alles nicht mehr so locker. Mit oder ohne Einbürgerung. Dass sie ihn ausschaffen würden, kann er sich aber nicht vorstellen. Dass sie überhaupt Deutsche ausschaffen. »Weißt du, was ich nicht verstehe?«, sagt sie. Sie wendet die Eier. Er hat ihr gesagt, dass er es nicht mag, wenn das Dotter ausläuft, und sie macht alles richtig. »Das ganze Risiko, nur wegen Fußball.« War ja klar. Alexa wär's wahrscheinlich lieber, er würde Steine in Fenster von Banken schmeißen. »Eben, verstehst du nicht«, sagt er. Sie stellt den Teller mit den Eiern vor ihn auf den Küchentisch. Er lächelt sie an und sagt: »Danke. Sieht super aus.« Er will essen, will weder über Politik reden noch über die Gefährlichkeit von Pyros. Einmal ist es ihm passiert, da hat sie ihn irgendwie gelinkt, und dann steckten sie mittendrin in einer Diskussion über Drogen. Heute weiß er, wie er ausweichen kann.

Robert schaufelt mit der linken Hand die Eier in sich hinein, während er mit der rechten auf seinem iPhone herumwischt. Das hat sie total vergessen. Zoltan. Den muss sie zurückrufen. Sie geht ins Wohnzimmer. Ganz kurz hat sie den Impuls, Brad zu schreiben. Aber was? Dass sie sich gefreut hat, ihn zu sehen? Hat sie das? Irgendwie schon. Zu spüren, dass da noch was ist. Bei ihr selbst. Eine Zuneigung, die ihr das Ganze verständlicher macht. Das Verteufeln hat ihr nicht gutgetan. Wie übel sie ihm genommen hat, dass er einfach verschwunden ist. Ein Casting in Berlin. Ein Shooting in München. Ein Dreh in Italien. Und plötzlich war er ganz weg. Und nichts. Kein Wort. Keine Postkarte. Kein SMS. Aus Enttäuschung hat sie alle seine Nachrichten gelöscht, die waren ohnehin nichtssagend. Es ist ihr bewusst, wie absurd das ist, dass sie auf diese

Aussprache, die sie so erfolgreich verhindert hat, noch immer irgendwie wartet.

»Endlich«, sagt Zoltan. »Ich wollte mich grad auf den Weg zu dir machen.« Er klingt ungewohnt aufgebracht. »Dir auch schönen guten Morgen.« Das sei aber kein schöner guter Morgen, sagt er, überhaupt nicht. Sie wisse doch von Kamal. Und dem Bescheid von der Behörde. »Sie suchen ihn schon. Jetzt droht ihm die Ausschaffungshaft.« Kamal ist einer von Zoltans Schülern. Der, von dem er am häufigsten spricht. Sein größter Erfolg. Dürrenmatt und Ágota Kristóf lesen sie zusammen, dabei konnte Kamal vor zwei Jahren noch kein Wort Deutsch. »Oh nein«, sagt sie, »und was jetzt?« – »Jetzt braucht er eine Unterkunft, eine, wo ihn niemand vermutet«, sagt Zoltan, »und ich hab gedacht: eure Mansarde!« Sie überlegt kurz. Robert hätte kaum das Transparent mitgebracht, wenn er nicht hier übernachten wollte. Aber der kann auch mal ins Musikzimmer. »Und das Fest?«, fragt sie. »Da sehen ihn ja vierzig Leute.« Nicht dass jemand von ihren Freunden den Mann verraten würde, das kann sie sich nicht vorstellen, weiß ja auch keiner, dass er gesucht wird. Er könnte sogar mitfeiern. (Vielleicht trinkt er keinen Alkohol.) Im Zimmer bleiben könnte er auch, wenn ihm das lieber ist, einfach die Tür zumachen. Zoltan sagt, er wisse keinen anderen Ausweg, nichts, er habe schon hin und her überlegt. Bei ihm gehe es nicht, wegen der ASZ. Das sei zu naheliegend. »Okay«, sagt sie, »ja, klar.« Sie sollte noch Adrian fragen, aber eigentlich ist sie sich sicher, dass er nichts dagegen hat, wenn dieser Kamal doch in Not ist. »Danke, danke. Du bist super. Ihr seid super.« Zoltan klingt so erleichtert, als hätte sie für Kamal eine Aufenthaltsbewilligung aus dem Hut gezaubert. »Warte noch zehn Minuten, ja, bevor du ihm Bescheid gibst, ich muss es noch Robert beibringen, der ist grad hier.« – »Sicher, ja«, antwortet Zoltan, und sie fragt ihn, ob er etwas früher kommen könnte, sie brauche dringend noch Hilfe – und gute Gesellschaft. »Geht leider nicht, wegen der Kinder, Martina muss noch irgendwohin.« – »Verstehe.« Versteht sie nicht, wieso haben alle Kinder, wieso hat niemand Zeit, ihr zu helfen? »Tut mir leid«, sagt er. »Macht nichts, aber jetzt muss ich auflegen. Bis gleich.« Sie muss mit Robert reden. Sie müssen die Möbel verschieben. Oder eben gerade nicht schieben, wegen des Parketts. Und nun kommt noch Kamal. Dann muss sie sich um ihn kümmern. Aufräumen. Das Bett neu beziehen. Und es ist Mittag. Beinah schon Mittag. Die Lyrics wollte sie auch noch mal anschauen (selbst schuld, wenn sie eine halbe Stunde mit Brad verplempert).

Robert steht schon in der Diele und sagt, er müsse jetzt los. »Oh, nein«, sagt sie, »das Sofa kann ich echt nicht alleine bewegen.« Er schiebt seine Ärmel bis zu den Schultern hoch. »Und wohin soll das Teil?« – »Ins Schlafzimmer. Und der Tisch an den Rand.« Mit dem Sofa mühen sie sich ein bisschen ab, es will nicht durch die Tür. »Wir müssen es kippen«, sagt er, sie spürt, wie es rutscht. Und wenn es dann doch nicht regnet, heut Abend? Sie fasst nochmals nach, er hat sowieso drei Viertel des Gewichts. »Hier, hier kann es bleiben.« Der Tisch ist leicht. Kein Problem. »Danke«, sagt sie. Und weiß nicht, wie sie beginnen soll. Ob sie ihn einweihen soll, an sein Mitgefühl appellieren. Was das angeht, kann sie ihn einfach nicht einschätzen. »Kein Problem. Morgen hätt ich gern Omelette zum Frühstück«, sagt er. »Omelette geht klar, bloß, du kannst ein paar Tage nicht in die Mansarde. Blöd. Ich weiß.« – »Was? Spinnst du. Erst lässt du mich Möbel rücken und dann …« – »Ich hab's erst gerade erfahren«, sagt sie. »Was hast du erfahren, wieso fragst du mich nicht?« Sie weiß, dass er am Wochenende gern dort ist, weil ihn da niemand kontrolliert, weil er machen kann, was er will. Versteht sie auch. Aber es ist immer noch ihre Mansarde. »Du kannst doch ins Musikzimmer, wenn du nicht nach Hause willst.«

»Ach. Ist das jetzt nicht mehr Zuhause!?« Das kann sie nicht machen. Er ist so wütend jetzt, dass er gar nicht wissen will, weshalb sie ihn ausquartiert. Weshalb sie ihn einfach rausschmeißt. Ein paar Tage. Ausgerechnet am 1. August. Ausgerechnet in den Ferien. Und das Musikzimmer bringt's überhaupt nicht. Da wird er wach, sobald sie die Kaffeemaschine anschmeißen. Da hat er null Privacy. Ausgerechnet heute. Wo Vlora doch vielleicht auch kommen wollte. Er muss seinen Vater sprechen.

»Du hast Glück, ich geh grad in den Mittag.« Wenn Robert anruft, dann sagt er was ab. Seit er ihm gesagt hat, dass Absagen per Textnachricht nicht drinliegt. Aber er kann sich gar nicht erinnern, dass sie verabredet wären. »Deine Freundin schmeißt mich aus der Mansarde«, sagt Robert. An der Art, wie Robert das sagt, merkt er, dass Alexa danebensteht. »Ich wusste auch nicht, dass du heute bei uns bist«, antwortet er.

»Muss ich mich jetzt anmelden, oder was?« – »Du hast da doch sowieso keine Ruhe, wenn Alexa die Feier gibt.« Robert lacht künstlich. »Als ob da um eins noch ein Mensch wäre.« – »Du warst doch noch nie dabei.« Er selbst ja auch nicht. Aber er erinnert sich noch gut, wie Alexa ihm letztes Jahr um halb eins auf der Treppe entgegenkam, er war völlig fertig von der sechsstündigen OP, und das Erste, was sie sagte, war: Es hat niemand getanzt. Was nicht mal stimmte, aber die fünfzehn Minuten mit Chrigu und Stefan hätten nicht gegolten. »Außerdem werde ich gleich für ein paar Tage entfernt.« – »Wieso denn?«

»Was weiß ich. Für irgendwelchen Besuch. Vielleicht hat sie ja einen Lover.« Robert funkelt sie an. Egoistisches Testosteronmonster. Dass er genauso guckt wie sein Vater, wenn er wütend ist, macht es auch nicht besser. Adrians Wut kippt immer schnell in Lachen oder Traurigkeit. Die von Robert aber kann leicht ein ganzes Wochenende anhalten, sofern er alles hat, was er braucht. Sie hat keine Lust, das länger mit anzuhören. Sie geht raus.

»Du nervst, Robert. Wieso hast du sie nicht gefragt? Sie hat ja bestimmt einen Grund.« Adrian fällt allerdings auch keiner ein. Und er findet es gar nicht lustig, dass sie ihm nichts von Besuch gesagt hat, wo sie doch weiß, dass er die Feier und das ganze Drumherum schon anstrengend genug findet. »Gib sie mir mal.« – »Sie ist raus. Aufs Dach oder so. Ich renn ihr nicht nach.« – »Hat sie gar nichts gesagt, weshalb?« Robert antwortet nicht. Hört sich an, als ob er eine Zigarette angezündet hätte. Er schnauft oder pustet. »Du hast doch gesagt, das ist meine Mansarde.« Adrian seufzt. Vielleicht hat er so was gesagt. Aber zu Alexa hat er gesagt, dass es immer noch das Gästezimmer bleibe und Robert ja nur an den Wochenenden da sei, wenn überhaupt. Er hat das auch zu Robert gesagt, zumindest so ähnlich. »Was ist denn mit dem Musikzimmer?«, fragt er. »Scheiß Musikzimmer. Und wenn es regnet, braucht sie das sicher auch.« Adrian schaut auf die Uhr über der Tür. *11:59 Uhr*. Um zwölf ist er mit Conny unten zum Essen verabredet. Ob Alexas Schwester kommt? Aber das hätte sie ihm doch gesagt. Er sagt, dass er Alexa gleich anrufen werde. »Du kannst auf jeden Fall bei uns schlafen.« – »Ja, mach das«, sagt Robert, und dass er jetzt erst mal von hier verschwinde, er solle ihm dann eine Nachricht schreiben. »Wir sehen uns morgen, außer du kommst zur Feier.« – »Damit sich *Monicas hübsche Tochter* nicht langweilt? Am Arsch.«

Adrian versucht, Alexa zu erreichen. Aber er landet gleich bei der Voicemail. Sie hat ihr Band neu besprochen. Ihre Stimme tiefer als sonst, ein bisschen lasziv. Könnte sie seinetwegen wieder ändern, denkt er und dann an ihren Text von heute Morgen. *Schade bist du nicht hier*. Er denkt an heut Abend und daran, wie sehr sie es mag, nach ihrer Feier oder wenn sie von einer Feier nach Haus kommt, mit ihm zu schlafen. Wie sie, wenn er selbst noch nicht vom Spital zurück ist, manchmal wach bleibt und auf ihn wartet. Wenn sie etwas getrunken hat, hat sie auch fast nie diese Schmerzen. Er weiß nicht, ob es an der Betäubung liegt oder an ihrer Stimmung, dass es ihr dann oft besser geht. Aber er ist ja nicht der einzige Arzt, der nicht versteht, wieso diese Schmerzen immer wieder auftreten. Er steigt in den Aufzug. Wenn Robert im Musikzimmer übernachtet, werden sie nicht miteinander schlafen. Weder heut Abend noch morgen früh. Jetzt denkt er tatsächlich in diesem Aufzug an Sex. Alexa zieht ihn manchmal auf (schaut zu viel *Grey's Anatomy*, wo offenbar der Aufzug eine erotische Funktion hat und wo die Anästhesisten neben dem OP-Tisch Zeitung lesen, bevor sie irgendwo im Spital postoperativen Sex haben), sie fragt ihn dann, ob es bei ihnen im On-Call-Room auch so zugehe. Als mache es ihr Freude, sich ein spannendes Doppelleben für ihn auszudenken. Als mache es ihn interessanter, wenn eine Chirurgin auf ihn stünde oder eine Frau in der Bar. Auch so eine Fantasie von ihr. Dass eine von denen nachher noch den Bassisten mit aufs Zimmer mitnehmen will. Es gibt tatsächlich manchmal Frauen, die ihn anflirten, wenn er spielt. Und manchmal flirtet er auch zurück. Aber Alexa ist es, die immer wieder angesprochen wird, auf Drinks eingeladen (und die irgendwelche Typen aus dem Publikum zu ihrer Party einlädt). Im Gegensatz zu ihr fragt er nicht groß danach, versucht, dem gar keinen Raum zu geben. Und sie tut es vermutlich auch nur, weil sie weiß, dass sie keinen Grund zur Eifersucht hat. Zwar kommt es ihm manchmal (obwohl der Sex immer noch sehr schön ist) seltsam vor, nie mehr mit einer anderen Frau zu schlafen als mit Alexa. Aber er kann sich keine offene Beziehung vorstellen, auch wenn er das Konzept theoretisch okay findet. Würde er gar nicht aushalten. 12:02 Uhr ist es schon. Und er fragt sich, warum er jetzt diese Gedanken hat. Und warum er auf diese Party geht, die so sehr Alexas Sache ist. Und so wenig seine. Fragt sich, wozu sie die Mansarde braucht. Wen sie noch eingeladen haben könnte. Jede weitere Person ist eine weitere Herausforderung für ihn. Und er weiß, dass Alexa sich manchmal wünscht, sie wären so ein Party-Paar wie Chrigu und Stefan. Oder wie ihre Eltern es gewesen sein müssen, als sie noch zusammen waren. Die perfekten Gastgeber.

Der Aufzug hält an und zwei aus der Inneren steigen ein, den einen kennt er, aber der Name fällt ihm nicht ein. Sie nicken einander zu. Die letzte gemeinsame OP war eine Darmperforation. Patient mit Lidocain-Unverträglichkeit. Aber wie heißt er? Der andere schimpft über die Dreistigkeit eines Kollegen. »Es gibt einfach zu viele von denen«, sagt er und dreht sich kurz zu ihm um. Was meint er denn? Ach. Wieder die Deutschen. *Es hätt zviil Tüütschi.* Wie ihn das nervt. Hier im Triemli. Aber am meisten ja in den Medien. Die lieben diesen Antagonismus. Und haben jetzt offenbar lauter unzufriedene Deutsche gefunden, die mit *Nichts wie weg hier* kontern. (Wenn nur Tara nicht wieder zurückwill. Aber vielleicht würde Robert inzwischen auch ohne sie hierbleiben.) Conny spricht tatsächlich fast wöchentlich davon, zu kündigen, weil sie es in der Schweiz nicht mehr aushält (oder auf ihrer *Chauvi-Station*). Während Alexa sich einerseits heftig über die ganze Debatte aufregt und ihn andererseits im Lokal plötzlich leise fragen kann, ob er das auch mitgekriegt habe, dass die Deutschen am Nebentisch gerade mit Euro zahlen wollten. Er hat nie viel darüber nachgedacht, wo jemand herkam, die meisten seiner Schulfreunde hatten mindestens noch eine

andere Nationalität. Aber Klaus, das stimmt, den haben sie immer aufgezogen mit seinem Akzent, *schlimmer als Thurgau* haben sie gesagt. Und dann war er noch unsportlich. Robert ist auch nicht sehr sportlich. Und das ganze Krafttraining macht es nicht besser. Adrian war erstaunt, wie unkoordiniert er ist, sein Sohn, kann weder Bälle werfen noch fangen. Dass Alexa jetzt auch noch Klaus eingeladen hat. Seit sie weiß, dass er damals ein Außenseiter war, ist er in ihrer Gunst gestiegen. So wie sie beim Fußballgucken immer für die Mannschaft hält, die zurückliegt, auch wenn sie schlechter spielt. *Dr. Berner* und *Dr. Wicky*. Jetzt kann er die Schildchen lesen. Beides Leitende. Und darum sollte sich doch die Debatte drehen, darum, dass es noch immer kaum Leitende Ärztinnen gibt im Spital. Chefärztinnen gar nicht.
Der Aufzug hält, und er steigt hinter den beiden aus, ruft noch einmal bei Alexa an. Wieder das Band. Draufsprechen mag er immer noch nicht. (Wer übernachtet bei uns? Warum hast du mir nichts erzählt?) Sie wird doch nicht UBS-Brad in der Mansarde unterbringen. Den sie schon vor ihm kannte. Und von dem sie einmal, vor vielen Jahren, erzählt hat, wie toll sie ihn fand, als Mackie Messer, in dieser *Dreirappenoper*, wie gut er damals gewesen sei (was ihm immer ein bisschen übertrieben vorkam). Jessica muss ihm sogar, vor lauter Begeisterung, zur Dernière einen Strauß roter Nelken geschickt haben. (Und eigentlich hätten sie gleich drauf kommen können, dass diese dramatischen Lilien von ihr waren.)
Er hört seinen Namen. Aber er sieht Conny nicht. Doch. Da draußen. Sitzt schon am Tisch, mit zwei von

ihrer Station (ausgerechnet Jürg und Olivia, über die sie sich doch sonst immer beschwert). Jan macht das auch manchmal. Bringt irgendwen zu einer Verabredung zu zweit mit, den er grad zufällig getroffen hat. Blöd. Wegen fünf Minuten Verspätung. Dass sie jetzt über den Kopf der beiden hinweg mit den Augen rollt, nützt ihm auch nichts. Immerhin heute mal keine Schlange beim Buffet.

Conny ärgert sich. Sie ärgert sich, dass Adrian zu spät ist. Sie ärgert sich, dass Jürg einen Vortrag über Schweizer Fleisch hält. Und sie ärgert sich, dass sie nicht Nein gesagt hat, als die beiden gefragt haben. Außerdem ärgert sie sich über diese blöden Bratwürste mit Schweizer Fähnchen (Adrian hat jetzt auch noch so eine auf seinem Tablett). Sie findet das ganze Bohei bescheuert, das die Schweizer um ihre Schweiz machen. (Und die, die keinen besseren Ort als die Schweiz kennen, das sind ja genau die, die sich pausenlos über die deutsche Arroganz beschweren. Oder auch mal 'nen kleinen Nazi-Witz machen.) Adrian ist eigentlich der einzige Schweizer, mit dem sie sich gut versteht (hat sie ihm auch schon gesagt). Was sie aber überhaupt nicht versteht: dass er sich mit dem Oberarzt zufriedengibt. Sie wird definitiv Chefarzt. (Hier allerdings nicht, hier wird sie überhaupt nichts, wenn sie nicht bald von dieser Station wegkommt.) Wie Adrian mit seinen Chancen umgeht. So privilegiert zu sein. Und nichts draus zu machen. Aber vielleicht sollte sie froh sein. Einer weniger. Einer weniger, an dem sie vorbeimuss. Hat sich für Kind und Hobby entschieden (aber das darf sie nicht laut sagen über seine Musik). Und wie er jetzt auf sie zukommt und lächelt (mit diesem Diastema, das sie definitiv sexy findet), denkt sie, dass sie doch mal in die Bar gehen sollte, wo er spielt. Wollte sie längst machen.

Sie hätte wenigstens schauen können, dass sie einander gegenübersitzen, denkt Adrian und nickt Olivia und Jürg zu. »Tut mir leid«, sagt er zu Conny, »Robert hat angerufen, grad als ich in den Aufzug steigen wollte.« – »Doch hoffentlich nicht wieder aus dem Polizeigewahrsam?«, fragt Jürg und grinst. Adrian weiß nicht, wie es damals die Runde gemacht hat. Weder Tara noch Alexa waren erreichbar, und er musste Robert von der Wache abholen. »Da muss er jetzt aber aufpassen«, sagt Olivia, »wenn die SVP mit der Durchsetzungsinitiative durchkommt, reichen schon zwei Mal Sprayen für die Ausschaffung.« Sie scheint das ganz ernst zu meinen. »Unsinn«, sagt Jürg und schaut dabei ihn an. Jürg ist einer von den Männern, die immer zu Männern reden, wenn welche da sind. »Das hängt vom Strafmaß ab, im Falle des Sprayens vom Grad des Schadens«, erklärt er. »Was soll die denn überhaupt durchsetzen, die Initiative?«, fragt Conny. Und Jürg redet von kriminellen Ausländern. Offenbar erwartet niemand von ihm, dass er am Gespräch teilnimmt. Hauptsache, es geht nicht mehr um Robert. Oder um ihn. Dafür, dass er nicht gern auffällt, hat er es zu einiger Spital-Berühmtheit gebracht. Teilzeitarzt, Musiker, plötzlich Vater eines Teenagers (und seit Kurzem auch noch der Freund von der Sängerin, die bei *music night* aufgetreten ist). »Auf jeden Fall«, hört er Jürg sagen, »gäbe es die Durchsetzungsinitiative nicht, wenn Sommaruga versucht hätte, die Ausschaffungsinitiative entsprechend dem Volkswillen umzusetzen.« Jetzt hat Jürg tatsächlich die Volkswillen-Keule gebracht. Da muss er wohl doch mal was sagen. »Auf jeden Fall gäbe es die Durchsetzungsinitiative nicht«, sagt er, »wenn die SVP nicht eine völkerrechtsverletzende, verfassungswidrige und innerhalb von geltenden Verträgen nicht umsetzbare Initiative nach der anderen lancieren würde.«

Die Seite von Adrian kennt sie noch nicht, denkt Conny. Steht ihm gut, mal aus der Reserve zu kommen. Jürg hält kurz die Luft an, dann sagt er irgendwas über die Deregulierung des Migrationsrechts in den Nullerjahren. Und dass er nicht in die SVP-Ecke gedrängt werden wolle. Sie interessiert sich noch immer nicht für Schweizer Politik. Aber die SVP-Plakate mit den weißen Schafen, die schwarze Schafe außer Landes kicken, hat sie natürlich gesehen. Die waren damals sogar in der *Tagesschau*. Und kurz bevor sie die Stelle angenommen hat, haben die Schweizer auch noch gegen die Personenfreizügigkeit abgestimmt, und sogar ihr Vater hat gemeint, das sei doch zu unsicher und Geld sei doch auch nicht alles. »Wie ist diese ganze Ausländerfeindlichkeit für dich?«, fragt sie Olivia, die jedes Salatblatt einzeln in den Mund schiebt. »Wie meinst du?« – »Als Italienerin?« Was hat sie jetzt wieder Falsches gesagt, dass sogar Adrian die Stirn runzelt. »Olivia ist Tessinerin«, sagt Jürg, »und hat doch auch wirklich kein Mü italienisches Temperament.« Das ist der einzige Vorteil an Jürg. Er schafft es fast immer sofort, den Unmut wieder auf sich umzulenken. Olivia sagt, so abwegig sei diese Frage gar nicht. Sie sei in Zürich ja auch so eine Art Ausländerin. »Aber mein Aufenthaltsstatus ist derzeit nicht gefährdet«, sagt sie und lächelt Adrian an. Versucht ihm zuliebe heute sogar mal Ironie. »Oh, die armen diskriminierten Tessiner. Ihr seid doch unser Labor für rechten Populismus«, sagt Jürg, »und apropos Ausländerfeindlichkeit. Zeig mir mal ein anderes Land, das fünfundzwanzig Prozent Ausländer aushält.« Adrian sieht nicht sehr glücklich aus, er versucht, das blöde Fähnchen in der Gewürzgurke zum Stehen zu bringen. Ist nicht ihre Schuld, er ist schließlich zu spät gekommen. Aber sie muss wohl in die Bresche springen. »Und Fontani«, fragt sie, »ist der auch Tessiner?« Fontani rettet im Triemli bekanntlich jedes Gespräch. »Hast du ihn noch nie von *La bella Milano* schwärmen hören?«, fragt Olivia. »Man nennt ihn auch *Mailänderli*«, lacht Jürg. »Ist ein Gebäck«, sagt Olivia. »Ein Guetzli?«, fragt sie. Und auch das hat geklappt. Die beiden lachen. Wie immer, wenn sie versucht, ein Schweizer Wort zu sagen. Adrian lächelt. »Grüezi, Herr Professor Guetzli!«, sagt Jürg und macht ihren Akzent nach. Aber so sehr der Herr Konsiliararzt aus der Privatklinik auch zu Einheit am Mittagstisch führt, so sehr ducken sich doch immer alle, wenn er anwesend ist. Adrian weniger. Das ist wohl der Vorteil, wenn einem Karriere egal ist.

Adrian ist dankbar für Connys Manöver. Sie hat genau die Small-Talk-Qualität, die ihm fehlt. (Er würde das gern können, auch wenn Alexa ihm das nie recht glauben will. Sie denkt, er fände das oberflächlich, dabei beneidet er sie darum.) »Er kommt übrigens heute Nachmittag«, sagt Jürg plötzlich ernst und wieder nur zu ihm, als würde es die anderen nicht betreffen. »Fontani?«, fragt Olivia. »Ja, hab ich eben gehört. Gibt Probleme mit der Spondylodese von letzter Woche. Muss wahrscheinlich nachoperiert werden.« – »Na super. Fontani in the house. Aber vielleicht darf ja diesmal eine von uns die Fräse reichen«, sagt Conny. »Zur Feier des Feiertages«, sagt Olivia, die ihm gar nicht so verschupft vorkommt, wie Conny sie dargestellt hat. »Wieso bist du eigentlich schon hier?«, fragt Jürg. »Bei dir geht es doch erst richtig am Abend los. Wenn die ersten Schlägerei-Opfer reinkommen, die Alkoholleichen und abgesprengten Hände.« – »So geht bei euch also Nationalfeiertag«, sagt Conny. »Wenn das Wetter mitspielt«, sagt Jürg, der sich wie ein Fachmann für 1.-August-Notfälle gebärdet. Dabei kann sich Adrian weder erinnern, dass er jemals am Abend da war, noch dass am 1. August schon mal irgendwas passiert wäre, was die Neuro betroffen hätte. »Und ich hab so gehofft, dass sie nicht zündeln dürfen«, sagt Olivia, »sah erst so gut aus, aber dann hat es doch wieder geregnet.«

Olivia nervt schon seit Tagen mit ihrem Hund, den sie zu ihrem Bruder bringen muss, wenn es Feuerwerk gibt. Wieso Adrian schon hier ist, hat er gar nicht beantwortet. Vor einer Woche hieß es doch noch, er hätte am Abend Dienst. »Feiert ihr alle gar nicht?«, fragt sie in die Runde. Olivia sagt, sie habe nicht mehr gefeiert, seit sie zwölf ist. Das Einzige, was sie vermisse, seien die Höhenfeuer. Jürg sagt, er warte noch auf eine Einladung. »Deine Freundin macht doch immer eine große Party, oder nicht?«, sagt er zu Adrian. »Jan hat mir erzählt, dass einmal sogar die Polizei gekommen sei. Aber stimmt es, dass du selbst nie dabei bist?« – »Ich geh hin, doch. Wo ist überhaupt Jan? Den hab ich schon gestern vermisst«, sagt Adrian. Wieso hat er ihr nichts von der Feier erzählt? Hat er Angst gehabt, dass sie sich selbst einlädt, die Deutsche ohne Freunde? »Jan ist krank«, sagt Olivia und nimmt ihr Tablett, »ich muss hoch. Kommt ihr auch?« Adrian sieht aus, als sei er grad ganz woanders. Sie würde schon gern noch mit ihm allein reden. »Ich nehm noch einen Kaffee. Und du?«, fragt sie ihn. »Ja, ich auch«, sagt er, »aber ich muss erst noch telefonieren.«

Drei Anrufe in Abwesenheit. Dreimal Alexa. »Hallo«, sagt sie, in diesem Tonfall, der für ihn reserviert ist, ein bisschen klingt es wie gesungen. Und darum sagt auch er »Hallo«, und dann: »Ich war beim Mittagessen, wie geht's dir?« – »Okay«, sagt sie, »hab gerade die Playlist bearbeitet, dabei gäbe es Dringenderes.« Sie seufzt. »Kann ich dir irgendwas helfen?« – »Kannst du denn früher kommen?«, fragt sie hoffnungsvoll. »Das wäre toll.« – »Ich dachte an Tipps. Logistik, was musst du denn noch machen?« – »Nein, nein, ich brauch Hilfe vor Ort«, sagt sie, und er hört ihr die Enttäuschung an. »Was ist mit Evelyne?«, schlägt er vor.

»Moment«, sagt sie und steckt die Kopfhörer ein, damit sie herumlaufen und Sachen wegräumen kann. Sie hat selbst schon daran gedacht, Evelyne anzurufen. Die würde sie nicht nur davon abhalten, unsinniges Zeug zu machen, mit der hätte sie es auch noch lustig. »Ja«, sagt sie, »vielleicht, wenn Rosie schon bei Philippes Eltern ist.« Sie hätte es trotzdem schön gefunden, wenn Adrian gekommen wäre, vorher schon, nicht bloß als Gast. Sie wäre gern noch mit ihm allein gewesen.

»Wegen der Mansarde«, sagt er jetzt aber doch endlich und versucht, weder vorwurfsvoll noch misstrauisch zu klingen, »wieso kann Robert nicht in die Mansarde?« – »Weil es Wichtigeres gibt als den Ausgang deines Sohnes«, sagt Alexa. Wieso fährt sie ihn so an? Als ob er sie angegriffen hätte. Er wird ja wohl fragen dürfen, was los ist. Doch bevor er reagieren kann, sagt sie: »Zoltan hat angerufen«, sie klingt wieder ruhig, sanft sogar, »der Flüchtling, weißt du, der aus Tunesien, Kamal, seine Frist ist abgelaufen. Er kann jeden Moment abgeholt werden. Er muss irgendwo unterkommen.« Das ist ein guter Grund, denkt er und fragt, wieso sie das Robert nicht gesagt hat: »Das hätte er doch verstanden.« – »Er hat ja gleich dich angerufen.« Er weiß, dass sie Robert nicht traut, ihm alles Mögliche zutraut, vielleicht sogar, nicht dichtzuhalten. »Was soll ich ihm denn sagen, dass Kamal ein Freund ist, der zufällig zu Besuch kommt?«, fragt er.

Das hat sie sich noch nicht überlegt, dass Robert Kamal ja begegnen wird. Und Adrian hat recht, sie ist Robert eine Erklärung schuldig. Bloß ist sie sich nicht so sicher wie er, dass sein wunderbarer Sohn Verständnis aufbringen wird. Er ist bestimmt nicht ausländerfeindlich, aber wenn seine Bequemlichkeit gefährdet ist, würde sie auf seine Solidarität nicht unbedingt wetten. »Ja, vielleicht, oder so was in der Art?«, sagt sie. »Ist doch besser, wenn er da nicht mit reingezogen wird. Nachher heißt es noch, er habe jemanden in seiner Mansarde versteckt.«

Manchmal stellt sie sich dumm oder tut, als wisse sie nicht, dass sie ihn für dumm verkauft. Das nimmt er ihr übel, besonders deshalb, weil er sie für ziemlich klug hält. Und sich auch. Wenn es um seinen Sohn geht, nervt es ihn noch mehr als sonst. »Es ist unsere Mansarde, und Robert ist minderjährig«, sagt er. »Du könntest ihm sagen, dass Kamal aus seiner Wohnung geflogen ist«, schlägt sie vor, »ganz dringend eine Unterkunft braucht, dass er ein Freund von …« Er unterbricht sie: »Hast du denn keine Angst wegen deiner Einbürgerung?«

»Wir können das auch sagen«, antwortet sie. Natürlich ist ihr dieser Gedanke schon selbst gekommen, sie hat sich eine vollständige Verteidigungsrede überlegt, während sie die Mansarde aufgeräumt hat. »Wir sagen, dass Kamal gesagt hat, er sei aus seiner WG geflogen. Oder eine schwierige Trennung. Wir wissen nichts von seinem Status. Man muss sich ja wohl nicht den Pass zeigen lassen, bevor man jemanden als Gast aufnimmt.« Und trotzdem denkt sie noch, dass es ihr schaden könnte. Und nimmt es Zoltan ein bisschen übel, dass er sie in diese Situation gebracht hat. Wo er doch genau wusste, dass sie Ja sagen würde. »Robert will ohnehin nur per Message Bescheid. Erklär ich's ihm später. Aber das Musikzimmer …«, sagt Adrian. »Natürlich, natürlich kann er ins Musikzimmer, hab ich ihm doch gesagt«, Alexa ist froh. Jetzt kann sie endlich Zoltan schreiben, der schon eine halbe Stunde auf ihre Bestätigung wartet. Und Kamal ist die ganze Zeit in Ungewissheit. Wie blöd von ihr. Sie hätte sich längst melden, hätte Zoltan einfach schon antworten sollen. Sie weiß doch, wie Adrian denkt. »Dann schreib ich Zoltan schnell, ja. Telefonieren wir später noch mal?« Adrian sagt, er wisse nicht, ob das nachher noch klappt. Aber sie solle doch Evelyne anrufen. Und sich keinen Stress machen. Er komme ja auch um halb sechs.

Sie küssen ins Telefon, erst er, dann sie, es klingt immer ein bisschen albern, aber auch schön. »Freust du dich?«, fragt sie. Wieso fragt sie das jetzt? Er lacht: »Auf dich. Für dich. Und auch ein bisschen aufs Guggisberglied mit dir.« Darauf freut sie sich auch. Dass er sie begleitet. Er hat es ihr gestern sofort angeboten, als Regula abgesagt hat. »Schön«, sagt sie und: »Ciao«. Und auch er sagt »Ciao«, dann legt er auf, und sie ist wieder allein. Mit ihrer Wohnung und ihrem Dach. Immerhin, die Mansarde ist aufgeräumt, die Küche auch. Sie schreibt an Zoltan: *Alles klar! Sorry, dass es so lange gedauert hat. Kleine Probleme*. Vielleicht ist es gar nicht so viel, was noch zu tun ist. Vielleicht sieht es bloß so aus. Sie konsultiert ihre Liste und hakt ein paar Punkte ab. Das Lied leider noch nicht. Es ist doch für ihre Freunde. Aber gerade deshalb. Warum hat sie es nicht schon mal in der Bar ausprobiert? Egal. Jetzt macht sie zuerst die Bowle. Die muss ziehen. Ihren Vater muss sie noch fragen, wegen der Mengenverhältnisse. Gekocht hat er nie, jedenfalls nicht, als er noch mit ihrer Mutter zusammen war. Aber er war für die Bowlen verantwortlich und hat auch die Früchte geschnitten. Nur nicht bei der Hawaii-Bowle, bei der gibt es Ananas aus der Dose. Und sie hat die vorgeschnittenen gekauft, *Dosenananas* (aber immerhin bio und fair trade).
»Alex, hallo«, sagt ihre Schwester. Sie schaut aufs Dis-

play, nein, nicht verwählt, da steht *Leopold Albrecht*. »Bist du in Köln?«, fragt sie, obwohl das ja offensichtlich ist. Aurelia sagt: »Ja, ja, das bin ich.« Sie scheint gleichzeitig mit ihrem Vater zu kommunizieren, sagt: »Doch, Vati«, und dann: »Er war gestern im Krankenhaus.« Alexa atmet tief ein. Nicht wieder ein Infarkt. Aber dann wär er ja nicht schon wieder zu Hause. »Warum, was ist passiert?« – Dass sie einen Katheter gemacht hätten, sagt ihre Schwester, aber es sei alles in Ordnung, kein Stent, kein Bypass nötig gewesen. Geradezu Grund zum Feiern. »Warum hast du mich nicht angerufen?« Sie ist viel zu weit weg, natürlich, in der Schweiz, und das war ihre Entscheidung. Wegen eines Engagements ist sie hergekommen, wegen der Liebe ist sie geblieben. Aber das ist doch kein Grund, ihr nicht Bescheid zu geben, wenn ihr Vater im Krankenhaus liegt. »Er wollte dich nicht beunruhigen. Du regst dich doch immer so auf.« Bei dem Herzinfarkt hat sie sich aufgeregt. Keine Frage. Sie hat Angst gehabt. Ist das so unverständlich? Adrian hatte sie zu beruhigen versucht, sogar mit dem Arzt telefoniert, der ihren Vater behandelte. Und sie ist mit dem nächsten Zug nach Köln, um ihn zu sehen. »Was bedeutet das denn, gibst du ihn mir mal, er kann doch sprechen?« Wieder raschelt etwas, wie das Zusammenknüllen von Papier, als würde sie die Hand vor den Hörer halten. Dann ihr Vater: »Hallo Alex, wie geht es dir?« – »Wie geht es *mir*? Wie geht es *dir*, Vati? Was machst du denn?« Er seufzt tief, die großen Seufzer hat sie von ihm. »Ja, Kind, du weißt ja, wie das ist, aber ich hab Glück gehabt, wieder mal. Sagt Dr. Weber auch. Wie geht es Adrian?« – »Gut, Vati, prima«, ihr Vater ist ein großer Fan von Adrian, auch wenn sie sich selten sehen. Er findet, sie habe eine gute Partie gemacht. Das heißt: wenn Adrian sie heiraten würde. Das versteht ihr Vater nicht, dass sie nicht heiraten. Er denkt, es liege an Adrian. »Wieso machen die denn einen Katheter, wenn alles so gut aussieht?« – »Ach, das soll Adrian dir erklären. Du hast doch heute das Fest. Oder nicht? Habt ihr gutes Wetter?« Aurelia ist wieder am Telefon: »Du, ich glaub, Vati ruht sich jetzt besser aus. War ja doch anstrengend.« Alexa hört ihn im Hintergrund: »Frag sie noch, ob sie gutes Wetter haben. Sie feiern doch auf dem Dach.« Alexa sagt, dass das Wetter okay ist und sie ja deswegen anruft, wegen der Feier, sonst hätte sie wohl nie von dem Eingriff erfahren. »Das Wetter ist okay in Zürich«, gibt Aurelia weiter und sagt dann wieder zu ihr, dass sie sich keine Sorgen machen solle. »Alexa soll ihr Fest feiern und Fotos machen«, ruft der Vater im Hintergrund. »Ich bin ja bei ihm«, sagt Aurelia, »und bleibe sicher bis morgen Abend. Vielleicht nehm ich ihn auch mit.« Aurelia lebt mit ihrem Mann und den drei Kindern in Duisburg, sie fahren oft am Wochenende hin, die beiden Männer gehen ab und zu Rad fahren. »Weißt du das Rezept von der Hawaii-Bowle?«, fragt Alexa. Aurelia lacht. »Hawaii-Bowle, im Ernst? Dann komm ich natürlich auch noch vorbei.« Und im Hintergrund wieder er: »Hat sie die Ananas schon eingelegt?« – »Hab ich nicht, weil ich nicht weiß, wie viel Blue Curaçao.« – »Dass es den überhaupt noch gibt … Weißt du noch, wie wir mal eine ganze Flasche nach einem Konzert von den Furys getrunken haben, da war uns sooo schlecht.« Alexa erinnert sich. Sie war siebzehn. Und Fury in the Slaughterhouse spielten auf der Lore-

ley. »Curaçao trinkt man ja auch nicht pur«, hört sie ihren Vater. Wie wahr, wie wahr. Sie hatte einen Typ geküsst, der hoffnungslos in ihre Schwester verliebt war. *Won't forget these days.* Und dann ist er wieder am Telefon: »Hast du was zum Schreiben?« Und als hätte er in den letzten Jahren nichts anderes gemacht als Hawaii-Bowle, diktiert er ihr die genauen Mengenangaben. »Nach zwei Stunden aufgießen«, sagt er noch, und dass sie selbst nicht zu früh zu viel davon trinken solle, dann übernimmt wieder Aurelia und sagt, sie melde sich morgen. Alexa solle sich wirklich keine Sorgen machen. Dr. Weber mache sich auch keine. »Viel Spaß, und liebe Grüße an Adrian.«
Ihr erster Impuls wie so oft: Adrian anrufen. Ihn tatsächlich fragen. Oder einfach nur seine Stimme hören. Aber sie macht es nicht. Vielleicht versucht sie es erst noch mal bei Aurelia, nachher. Sie öffnet die Ananasdosen, misst ab, kippt Früchte, Saft und Curaçao zusammen und stellt die blaugrüne Mischung in den Kühlschrank. Sie holt den Text aus der Tasche, geht ins Musikzimmer und setzt sich ans Klavier, spielt das Guggisberglied. »Was soll denn jetzt aus uns werden. Wenn du in Elbasan bist.« Betont man das auch wirklich so, wie sie es singt? »Die Anna-Verena aus Rüschlikon. Und der Hashim-Elmedin aus Wiedikon.« Bitte nicht, denkt sie. Weil der Schmerz wieder da ist. Auf einmal. Und erst jetzt, wo er wieder beginnt, bemerkt sie, dass es gut war, den ganzen Vormittag über. Als Brad da war, als Robert da war. Während sie geräumt und geputzt hat. Und kaum, dass sie sich hinsetzt, ans Klavier setzt, ist er wieder da, dieser schmerzende Reiz, den sie nicht in den Griff bekommt und den sie nicht

mal richtig beschreiben kann. Das Gefühl, dass da unten alles zusammenhängt. *Da unten.* Dass sie noch immer keine Worte für ihre Geschlechtsorgane hat, die sie mit sich in eins bringen kann! So alt und noch immer so sprachlos, was Sex angeht. Adrian hat zu Beginn gar nicht zusammengebracht, wie sie auf der Bühne wirkt, wie laut sie beim Sex ist, und dann aber solche Mühe, darüber zu sprechen. Seinen Schwanz habe sie in der zweiten Nacht in den Mund genommen, das Wort erst Monate später, hat er einmal gesagt. Soll sie schon eine Tablette nehmen? Manchmal helfen die ja. Und Adrian meint, das sei kein Problem, ab und zu Ibuprofen. Ansonsten empfiehlt er ihr Ruhe und Entspannung (dabei weiß er ja, dass sie die nicht im Repertoire hat). Vielleicht sollte sie einfach noch laufen gehen. Laufen ist immer das Beste, wenn sie nervös ist. Sie schaut auf die Uhr. Halbe Stunde. Doch. Das muss drin sein. Sie zieht die Jogginghose an, das Kapuzenshirt. Pulsmesser braucht sie nicht. Einfach laufen, zur Sihl runter. Vielleicht kommt ihr ja noch eine Idee für die zweite Strophe. Oft fallen ihr Texte beim Joggen ein (oder beim Radfahren), manchmal auch Melodien. Franz Egger hält ihr unten die Haustür auf, dabei ist sie noch auf der Treppe.

Er würde auch gern noch joggen können. Oder wenigstens wandern, besser für die Gelenke. Wie weit er früher gewandert ist, von Winterthur aus, ganze Tage. Und jetzt geht er mit der Bahn auf den Üetzgi, mit dem Seniorentransport. Zur Felsenegg rüber schafft er's schon lang nicht mehr. Alexa nimmt die letzten drei Stufen im Sprung. Sie wird sich noch verletzen. »Heut

Abend?«, fragt sie und lächelt. Heut Abend, denkt er. Natürlich, die Feier. Das letzte Mal, dass er einen 1. August gefeiert hat, war in Adelaide, vor siebzehn Jahren, mit Fondue und Schweizerpsalm. Er nickt, auf ein Bier ginge er schon gern rauf, wenn es bloß nicht so viele Stufen wären. Und erst jetzt fällt ihm ein, dass Adrian ihn gestern versetzt hat. Mit dem Bienenhotel.

Alexa überquert die Birmensdorferstraße, ein bisschen knapp vor dem Tram, das ist auch beflaggt. Im Kopf singt sie das echte Guggisberglied. S isch äben e Mönsch uf Ärde – Simelibärg! Und s Vreneli ab em Guggisbärg. Und ds Simes Hans-Joggeli änet em Bärg. Eigentlich erstaunlich, dass der Refrain so abweicht, dass der nicht auch aus der Ich-Perspektive vom todunglücklich liebenden Vreneli ist. Das kryptische Berndeutsch hätte sie ohne die Ursprungsgeschichte ohnehin nie verstanden. Ein reicher Bauernsohn, der das Vreneli für sich will und darum dem Hans-Joggeli auflauert. Und dann prügeln sich die zwei Männer. Und Hans-Joggeli, von der Schattenseite des Berges, glaubt, er habe den anderen erschlagen, und flieht außer Landes, wird Söldner. Vreneli stirbt vor Kummer, bevor er zurückkommt. 1600 und noch was. Irgendwie archaisch. Weshalb sie ja erst was Abstraktes machen wollte. Die Schweiz und die EU als verhindertes Liebespaar. Und der reiche Bauernsohn, der den beiden im Weg steht, wär der Blocher gewesen. Was natürlich eine Schnapsidee war. Vor der roten Ampel trippelt sie wegen dem Kind auf der anderen Seite auf der Stelle, dann läuft sie doch, das Kind muss schließlich auch lernen zu entscheiden, wann es sinnvoll ist, Regeln zu beachten.

Oder als die SVP angefangen hat, Stimmen zu sammeln für die – quasi – Aufkündigung der Europäischen Menschenrechtskonvention. Wenn sie daran denkt, wird sie gleich wieder so wütend wie im April. Da hat sie mit *Ich habe eine Beschwerde* begonnen. Da wollte sie mit Verve und Empörung singen (*die* hat sie im Repertoire). Aber das Guggisberglied ist kein Protestsong, sondern ein todtrauriges Liebeslied in Moll (*Europäische Menschenrechtskonvention* im Versmaß ging natürlich ohnehin nicht). Das Ausschaffungsthema hat eigentlich so nahegelegen. Und doch ist ihr der Hashim-Elmedin erst vor zwei Wochen in den Sinn gekommen, als sie gelesen hat, was für eine krasse Rechtslage die Durchsetzungsinitiative schaffen würde. Was das für alle, die keine Schweizer Staatsbürgerschaft haben, bedeuten würde. Ein Viertel der Gesellschaft. Für solche wie Hashim-Elmedin, der in der Schweiz geboren ist, nie in Albanien gelebt hat, aber trotzdem das Land verlassen muss, weil er in eine Trafostation gefahren ist. Und sein Kollege mit Schweizer Pass, der beim selben Rennen zwei Autos gerammt und ein Haus demoliert hat, kann bleiben. (Kamal müsste bald kommen, sie hätte Zoltan schreiben müssen, dass sie joggen geht, hoffentlich war Kamal nicht schon da. Aber sie hat ja das Handy dabei.)
Wenn sie doch nur Mundart könnte. Dann wäre das weniger kitschig. Immerhin stirbt ihre Anna-Verena nicht vor Kummer. Die hat Facetime und Whatsapp, und wenn sie mit der Schule fertig ist, will sie nach Albanien reisen. Warum ist das Vreneli damals nicht mit geflohen mit ihrem Hans-Joggeli? Sechzehnhundertirgendwas. Aber der ist ja wohl auch ruckzuck davon,

bei Nacht und Nebel, sonst hätte er doch gemerkt, dass er seinen Nebenbuhler gar nicht umgebracht hat. Das hat sie schon bei *Romeo und Julia* so aufgeregt. Sie hasst Geschichten, in denen Leute sterben, weil die Kommunikation nicht funktioniert. Sie mag überhaupt nicht, wenn Leute offensichtlich in ihr Unglück rennen. So wie die Anna-Verena, die nicht abstimmen gegangen ist, obwohl sie schon achtzehn war. Aber das muss sie ändern. Das kann nicht die Moral von der Geschichte sein. Nachher wird sie noch mit dem Lied in die Schulen geschickt, um die Wahlbeteiligung zu heben (und was wäre so schlimm daran, Evelyne macht auch Workshops in Schulen). Jetzt ist sie falsch abgebogen, das wär ja die Schanzengrabenstrecke, nein, dann dreht sie lieber um, da kann die alte Frau auf der Bank noch so komisch gucken. Am Schanzengraben war sie mit Brad. Nach dem Rimini. Da haben sie sich geküsst. Wie es dazu gekommen ist, weiß sie nicht mehr. Filmriss. Sie weiß, wie es weiterging und wo es aufhörte. Aber der Anfang fehlt. Eigentlich hat alles mit ihrem Fest begonnen, mit ihrem Fest vor drei Jahren. Und Brad wird auf das Fest kommen, weil sie nicht gesagt hat, er solle sich was überlegen, krank werden oder so. Weil sie zu feige war. Zu unentschlossen. Und sie hat auch Angst, dass er es Jessica erzählt. Erst jetzt begreift sie das. Dass er es Jessica erzählt, die Adrian immer gemocht hat (wer mag Adrian nicht?) und sich sicher nicht vorstellen kann, was passiert ist, nachdem sie vor drei Jahren auf dem Drachenfest zu ihm gesagt hat: Komm doch auch zum Open-Air auf die Werdinsel. Gleich zwei von ihren Freunden waren im Line-up, Freunde von Jessica und Brad. Und ausgerechnet dann. Anfang August 2012.

Adrian auf den Malediven, mit Robert. Hatte schon ihren Geburtstag verpasst. Wegen der Schulferien ging es nicht anders. Als ob festgelegt wäre, dass man exakt vier Wochen bräuchte, um seinen neuen Sohn kennenzulernen. Bei diesem Kuss, diesem Küssen, da hat sie an Adrian gedacht, an Adrians Küsse, die zart sind und sanft, außer beim Sex, an Adrian hat sie gedacht, an seine Lippen, seinen Blick, bevor sie sich küssen, sie hatte sogar (ihr bescheuerter besoffener Kopf) gedacht, dass es gut sei, das vergleichen zu können. Mit und ohne Liebe. Als hätte es die Zeit vor Adrian nie gegeben. Als hätte sie diesen Referenzrahmen verloren. Es war schön gewesen beim Werdinsel-Open-Air. Drei Tage zuvor. Sie hatten getanzt und gesungen und Feuerzeuge geschwenkt. Sie hatte sich wie in den alten Fury-Zeiten gefühlt. Und Brad hatte versprochen, zu dem Auftritt ins Oberland zu kommen, so was würde sie heute niemals mehr machen, schlecht bezahlt, üble Technik und gleich zwei Abende ohne die Band. Sie erzählt sich das so: dass sie ihn da ins Herz geschlossen hat. Ihr Herz, von dem sie gern glauben würde, dass es groß genug ist, damit Adrian wunderbar darin wohnen kann, und trotzdem gibt es noch Platz für Besuch. Für andere Menschen. Evelyne hat das mal gesagt. Wenn man jemanden sehr liebe, dann könne man alle Menschen lieben, dann sei das Herz offen. (Ihre Schmerzen, der Reiz ist zurückgegangen, ein bisschen.)
Alexa liebt Adrian. Evelyne (wenn auch momentan mehr aus der Ferne). Sie liebt Zoltan. Ihre Familie. Brad liebt sie nicht. Aber sie wird ihm nie vergessen, wie er mit der S-Bahn da rausgefahren ist, wie er in diesem Gemeindezentrum im Publikum saß (am zwei-

ten Abend *war* er quasi das Publikum), und dann noch die Schallplatte. *Ich weiß nicht, zu wem ich gehöre.* Was auf ihn selbst am besten passte. Ihn retten zu müssen, ist auch so ein Impuls. Adrian muss man nicht retten. Er ist auch kein Retter. Will jedenfalls keiner sein. Außer in seinem Beruf. Die Liebe selbst (das ist etwas, was man in ihrer Familie sein kann). Großmutter war die Liebe selbst. Onkel Engelbert ist die Liebe selbst. Adrian auch. Irgendwie. Was Evelyne sagt, trifft auf ihn zu. Und damals hat er sein Herz für Robert geöffnet. Ohne zu zögern. Ein Teil ihrer Eifersucht ist mit Sicherheit Projektion, aber nicht bei Robert (dem Adrians Liebe doch unbedingt zusteht). Alle fanden großartig, wie Adrian plötzlich zum Vater wurde. Als niemand mehr fragte, ob sie eigentlich keine Kinder wollten. Wollten sie nicht. Sie hatten einander und die Musik (Adrian noch die Medizin). Das reichte. Das wäre noch immer so, glaubt sie, wenn es Robert nicht gäbe. Sie wollte Kinder nie genug, um sich dafür zu entscheiden (sie muss umdrehen, muss nach Hause), und er wollte sie nicht genug, um sie überreden zu wollen. Als sie doch noch ganz kurz dieses Letzte-Chance-Gefühl hatte (und vielleicht, weil auch Evelyne Mutter geworden war), kam der Brief von Robert. Und Adrian fühlte sich beschenkt und nahm vier Wochen Urlaub.

Brad war nie freigiebig. Gefallen hat er ihr immer, in der *Dreirappenoper* fand sie ihn unwiderstehlich. Aber er ist geizig. Mit Gefühlen, mit Gesten und auch mit Geld. Er hat sie nie eingeladen. Und dann steht er da plötzlich mit dieser uralten Schallplatte, das Cover in einer Plastikschutzhülle, und sagt, dass sie doch Geburtstag gehabt hätte. *Siebenunddreißig, oder nicht?* Und sie weiß bis heute nicht, warum (sie muss schneller laufen). Dass er sie selbst geschenkt bekommen haben könnte, hat sie gedacht. Weil sie sich einfach nicht vorstellen kann, dass er Geld ausgibt für sie. Adrian hat keine Mühe mit Gesten und Geschenken, überhaupt nicht. Niemandem gegenüber. Das ist schwer auszuhalten. Manchmal. Der Tauchurlaub, das ganze Programm. Und nicht, weil sie das Geld reuen würde. Es war von seinem Konto. Aber so einen Urlaub haben sie nie gemacht, kam gar nicht infrage. So viel Zeit. So viel Geld. So viel verpasste Proben und Auftritte. Es gehe, hat er gesagt, nicht darum, Robert etwas zu bieten, ihn zu beeindrucken. Es gehe nur um das gemeinsame Erlebnis. Zusammen etwas zu lernen. Nur sie beide. Ohne Tara. Und ohne Alexa. Er hat sich darauf gefreut, als wäre er das eingeladene Kind.

Kann ja wohl nicht wahr sein, dass es schon wieder anfängt zu tröpfeln. Vielleicht, wenn sie ihre Anna-Verena noch ein bisschen tougher machen würde. Vielleicht, wenn sie die Schule doch nicht zu Ende macht: »Ich scheiß auf die Matura. Die Anna-Verena aus Rüschlikon. Und der Hashim-Elmedin aus Wiedikon. Ich scheiß auf die Matura. Und fahr nach Elbasan.« Oder: »Und alle dürfen bleiben. Und alle bleiben hier.« Nein, so ist die Anna-Verena nicht. Der geht's nicht um Politik, der geht's um Liebe. Wenigstens ist der Typ, der in die parkenden Autos gerast ist, kein Nebenbuhler. Da gibt es keine Dreiecksgeschichte in ihrer Version. *Drei sind einer zu viel* hieß eine Serie, die sie als Kind mit ihrer Mutter geschaut hat. (Die irgendwo in Afrika unterwegs ist, fast immer auf Reisen, die ihr Leben umgekrempelt hat. Sie wollten doch wieder mal skypen.) Und ein kleines bisschen ist Alexa auch dankbar, dass sie erst heute von der Katheter-OP erfahren hat. Dass sie den Tag der Angst, den ihre Schwester hatte, nicht erleben musste. Vielleicht hat ihr Vater gesagt, ruf bloß nicht Alexa an, die hat morgen die Party (weil man so denkt in ihrer Familie). An ihrem Geburtstag hat er auch nicht angerufen. Erst zwei Tage später. Er habe sie nicht stören wollen, sie sei sicher mit Adrian unterwegs gewesen. Er konnte ja auch nicht wissen, dass sie krank im Bett lag (und hätte doch auf dem Handy anrufen können, eine Nachricht hinterlassen). Es kracht wieder. Knallt. Sie dreht sich um. Das sind keine Knallfrösche. Ein richtiges Feuerwerk, jetzt schon, um 13:50 Uhr. Wer verschießt denn um diese Zeit schon Raketen?

Das GayC-Pack. Drüben im Seefeld. Ganz schön früh dran. Krasses Feuerwerk. Für'n Arsch, so hell, wie es jetzt ist. Aber die haben's ja. Robert überlegt, ob er sich noch ein Bier holen soll. Hunger hat er auch schon wieder, hat ja auch gut gepumpt, eben im Studio. Vielleicht bleiben sie überhaupt unterwegs heute Nacht. Zum Draußenschlafen ist es aber zu kalt. Scheiß Musikzimmer. Er ist gespannt, was für ein Grund das sein soll, den Adrian *gut* nennt. Bei Samir geht's nicht. Will sein Bruder nicht. War dessen Bedingung. Samir kann bei ihm übernachten, solange er keine kleinen Scheißer mitbringt. Nett ist das nicht von Arsel. Aber der hat nun mal immer gutes Zeug. Das iPhone vibriert auf der Wiese. SMS schreibt normalerweise nur Tara. Unbekannte Nummer. *Amok@Schönenberg*. Wer schickt ihm so was? Wer kann denn denken, er würde zu *Rock fürs Vaterland* gehen? Weil er Deutscher ist oder was? In der Schule lagen Flyer aus. Nur kurz. Wilhelm Tell als Rechtsrocker. Haben sie konfisziert. Na endlich, Samir. *am drü bim lette*. Hängen und Schwimmen. Gute Idee. Er schreibt *K* zurück. Und leitet Samirs Text an Vlora und die anderen weiter. Um drei erst. Da kann er gut noch ein Bier trinken. Hier unterm Baum bleibt er auch trocken. Der beste Platz in der Bäcki. Und die Spritzen sind um diese Zeit auch weggeräumt. Dafür hat's jetzt krass viele Kinder. Und immer sind irgendwo Bullen. Sollten besser nach Schönenberg fahren. Oder den Umzug bewachen. Vlora schreibt! *wrsl am vieri. händ ihr chrüütli? vlg* Sie hat ihm geschrieben. Sie kommt! Aber *VLG*? Vlora Grüße? Voll liebe Grüße? Quatsch. Vlora, Lilly, Gresa. Händ ihr Chrüütli – was für eine Frage! Samir hat doch immer was zu rauchen dabei. Er schreibt: *ofc!* Und ist jetzt doch irgendwie aufgeregt. Ziemlich.

Kamal steht wieder auf. Der Schreck ist vorbei. Heute kann es überall dauernd knallen und krachen. Das weiß er doch. Und das hier sieht wenigstens schön aus. Gold und Silber. Silvester hat er das Feuerwerk noch mit Daoud geschaut. Der war der Einzige in der Unterkunft, dem er erzählt hat, wieso er hier ist. Dem er erzählen konnte, dass er schwul ist. Obwohl er aus Tunis kam und es Leute gab, die ihn für einen Spitzel hielten. Ausgerechnet Daoud, der einfach nur hierbleiben wollte. Wir hätten sagen sollen, wir wären Syrer, hat er gemeint, warum haben wir das nicht gesagt? Und dann haben sie ihn geholt. Am Todestag von Bouazizi. Vier Jahre nachdem sich Bouazizi verbrannt hat. Daoud gegenüber hat er sich nach ein paar Wochen geoutet. Weil der Leute von Shams kannte, weil es hätte sein können, dass er Rashid kennt. In der Schule haben es auch nur ein paar gewusst. So viel anders als zu Hause ist es hier auch nicht für ihn. Aber manchmal, wenn er eine Werbung sieht, in der ein Mann für seinen Lebenspartner eine Versicherung abschließt, oder mitten auf der Straße zwei, die sich küssen, dann weiß er wieder, wie anders es sein könnte. Wenn er nur einen F-Ausweis bekäme.

Die nächste Straße müsste es sein. Jetzt sollte er anrufen. Sylvia Lüthy. Das ist keine Handynummer. Wenn sie drangeht, ist sie zu Hause. Er nimmt die SIM-Card aus der Tasche und schiebt sie wieder in die Vorrichtung. Das Handy erkennt sie nicht. Er nimmt sie wieder raus, putzt sie mit seinem T-Shirt. Wieder rein. Es geht nicht. Er macht einen Neustart. Aber das Ding hat immer noch keinen Empfang. Da kann er das Kreuz drüber machen. Und kurz sieht er Zoltan vor sich, wie er ihm diesen Satz aus *Das große Heft* mit Beispielen erklärt: November in Zürich. Da kannst du das Kreuz drüber machen. Er hat ihm immer alles mit Beispielen erklärt. Wie soll er jetzt Zoltan erreichen? Das ist die Hausnummer, hier wohnt sie, eine Schaukel im Garten, ein Eimer, ein Auto aus Plastik. Mehrere Klingelknöpfe. Lüthy & Weiss. Er ist müde. Er geht nochmals zurück zum Tor, schaut am Haus hoch. Alle haben Gardinen. Er hat fast die halbe Flasche geleert. Früher kaum was. Ab und zu mal ein Bier, einen Dattelschnaps. Gekifft hat er gar nicht. Seine Cousins, sein jüngerer Bruder, die Freunde. Alle haben gekifft und getrunken. Nur er nicht. Als die Frau, als Sylvia in Douz war, da hatte er gerade damit begonnen. Er hat seine SIM-Card kaputt gemacht. Jetzt ist er ganz allein. Sie muss ihm helfen. Du hast mir das Leben gerettet, hat sie gesagt. Sie hat das geglaubt. Und gesagt, er sei willkommen, wenn er mal in die Schweiz käme. Sie hat sich nach ihm erkundigt, als die Unruhen losgingen. Als Ben Ali weg war, hat sie ihm »zur Jasminrevolution« gratuliert. Die niemand so genannt hat. Und zu der er nicht viel beigetragen hat. Er kann in ein Internetcafé. So einen Kiosk. Muss man da auch einen Ausweis zeigen? Er könnte ja Terrorist sein. Zu Hassan. Der lässt ihn vielleicht ins Internet. Aber wem soll er schreiben? Eine Gardine bewegt sich. Die rufen die Polizei, wenn er vor dem Haus rumlungert, ein junger Nordafrikaner in dieser Gegend, er muss klingeln. Seit dem Anschlag in Sousse ist es noch schlimmer geworden.

Es schellt, Sylvia legt Sebastian in sein Bettchen, wer kann das jetzt sein: »Hallo?«, fragt sie in die Sprechanlage. »Hallo. Hier ist Kamal. Aus Douz.« Sie hält den Atem an. Kamal aus Douz. Was will der denn hier? Einmal haben sie sich getroffen, als er plötzlich in Zürich war. Sie muss ihn reinlassen. Es surrt. Er sagt *Danke*. Sylvia weiß nicht, was sie machen soll. Wenn sie den Kleinen wieder auf den Arm nimmt, vielleicht, dann sieht er gleich, dass sie beschäftigt ist. Sie hat ihn zwar gerade gestillt, aber das muss sie Kamal ja nicht sagen. Wie schön sie diesen Mann gefunden hat. Damals in der Wüste. Sie nimmt Sebastian hoch, geht zur Tür. Kamal lächelt. Ein so schönes Lächeln, aber auch diesmal erschrickt sie über die Narben. In ihrer Erinnerung hat er keine. »Komm herein, das ist Sebastian.«

Sylvia hat ein Baby auf dem Arm. Das kann noch nicht lang auf der Welt sein. Sie hat auch einen älteren Sohn. Aber vor fünf Jahren in Douz, da war sie noch allein. Er geht hinter ihr ins Wohnzimmer, sie setzt sich auf ein knallrotes Sofa. Bietet sie ihm nicht mal ein Wasser an? Er hat das gehasst, wenn sein Onkel ihn angepriesen hat. Immer hat er das gemacht, bei den Touristinnen. Schöner gesunder Mann zum Heiraten (augenzwinkernd, das schon, aber nur um sich abzusichern). Und Sylvia war es auch peinlich, sie hat dann ihren Ehering gezeigt. Der war nicht echt, das war ein Trick. Zwei Frauen allein in Nordafrika, aus Vorsicht, sie hat ihm davon erzählt, nachdem das mit der Schlange passiert war. »Wie alt ist er?«, fragt er höflich, der Ledersessel ist kalt und schief. »Fünf Monate«, sagt sie.

»Er ist schön«, sagt Kamal und dann, dass es ihm leidtue, sie so zu stören. Er würde es nicht machen, wenn es nicht dringend wäre. Er stehe kurz vor der Ausschaffung. »Ich muss irgendwo unterkommen«, sagt er, »wo sie mich nicht finden.« Ausschaffung? Was würde das für ihn bedeuten? Damals wusste sie nicht, dass er schwul war. Sie hat ihn immer anschauen müssen. Auf der Tour in den Grand Erg Oriental. Mit dem Quat'quat in die Wüste. Die Kamele waren ja nur für die Touristen dabei. Ob sein Name etwas mit Kamel zu tun habe, hat sie ihn gefragt. Und er hat gelacht und gesagt, Kamal bedeute *perfection*. »Warum haben sie dich abgelehnt?«, fragt sie, um Zeit zu gewinnen. Sebastian ist auf ihrer Schulter eingeschlafen. Wie soll sie da behaupten, er habe Hunger? »Sie glauben mir nicht. Es gibt wohl einige Leute, die nur vorgeben, sie seien schwul.« Er riecht nach Schnaps.

»Aber du hast doch gesagt, du seist quasi verstoßen«, sagt Sylvia, »kannst du das nicht beweisen?« Es würde nichts nützen, das zu beweisen. Sie haben gesagt, er solle in einer anderen Stadt neu anfangen, wo niemand etwas von seiner *sexuellen Orientierung* weiß. Sich unauffällig verhalten. Er hätte in Tunesien Anklage erheben müssen, gegen die Polizisten, sagen sie. Und dass es vor 2013 gar keine Analtests gegeben habe. Sie haben gesagt, dass er das erfunden haben könnte, weil er es bei der ersten Anhörung nicht gesagt hat. Auch nicht das mit der Flasche. »Ich hab keine Beweise, nur die Narben aus dem Gefängnis, ich könnte das auch selbst gemacht haben. Sagen sie. Oder jemand aus meiner Familie.« Nicht nochmals, nicht für ein Dach über dem Kopf nochmals das alles erzählen.

Sie weiß nicht, was sie sagen soll. Könnte er nicht nach Tunis gehen? Oder in eine der anderen größeren Städte? Das war doch ein Einzelfall. Sie kann das ja gar nicht glauben. In Douz, wo das Festival ist. Wo all die Touristen sind und alles so locker ist, sie hat es doch selbst gesehen. Und Kamal wollte ja damals schon unbedingt nach Europa. Nach Frankreich. Von ihr wusste er, dass man in der Schweiz auch Französisch spricht (sie sind ja nach der Revolution in Scharen gen Norden aufgebrochen). Aber er hat sie festgehalten. Sie hatte die Schlange im Sand nicht gesehen. Nur eine Schlange, hat er gesagt. Aber das Tier sah aus wie eine Viper, das hat sie später im Internet nachgeschaut.

Sie steht auf. »Moment«, sagt sie, »ich muss den Kleinen ins Bett legen. Möchtest du einen Tee?«

Er nickt. Ja, einen Tee. Vielleicht muss er es doch noch mal erzählen. Alles. Er weiß nicht, was sonst tun. Wohin? Wenn nicht mal Zoltan ihm hilft. Sein Cousin hatte zu ihm gesagt, er solle zu der Frau ins Zelt gehen. *Siehst du nicht, wie sie dich anschaut? Sie wartet darauf.* Ihre Freundin konnte ein bisschen Arabisch. Die hat seinem Cousin die Meinung gesagt. Er selbst tat so, als habe er nichts mitbekommen, und weiter auf seiner Darbouka getrommelt. Schön ausgesehen. Er war trotzdem gut fürs Geschäft. Einmal hat eine Frau ihn direkt gefragt, ob er nachher noch zu ihr komme. Sein Cousin hat sich dann um sie bemüht. Ich vertrete dich gern, hat sein Cousin gesagt. Aber irgendwann musst du eine Frau nehmen. Egal, ob sie dir gefallen oder nicht. Du musst eine heiraten. Wahrscheinlich haben es fast alle gewusst. Aber er hätte es niemals offen sagen dürfen. Dann lieber einer sein, der Touristen beklaut.

Kamal sieht so anders aus, beinahe mickrig. In der Beduinenkluft mit dem Turban wirkte er viel älter, männlicher, größer. »Moment«, sagt sie nochmals und geht in die Küche, stellt den Wasserkocher an. Wenn er die Teezeremonie gemacht hat, wirkte er immer so gläubig. Sie weiß gar nicht, ob er gläubiger Moslem ist. Müsste er sich dann nicht selber verdammen? Sie hat nur Teebeutel. Worüber haben sie damals gesprochen? Bisschen Englisch. Bisschen Französisch. Sie konnte am Schluss ein paar Phrasen Arabisch. Nie hätte sie gedacht, dass er so schnell Deutsch lernen würde. Aber sie kann ihn nicht aufnehmen. Es gibt ja nicht mal ein Bett für ihn. Auf dem roten Sofa kann man nicht schlafen, ihre eigene Schuld, sie wollte es unbedingt. Und Harry hat klein beigegeben. Wann haben wir denn schon mal Gäste, hat sie gesagt. Kamal würde sicher auch auf dem Boden schlafen. Aber das geht nicht. Er kann einfach nicht hierbleiben. Harry wäre das niemals recht. Der hat nie verstanden, wie sie zu zweit in die Wüste fahren konnten, zwei junge blonde Frauen. Ihr wart so was von leichtsinnig. Für die wart ihr Freiwild. Und als auf der Straße über den Salzsee plötzlich Rauch aus dem Kühler des Leihautos aufstieg, als sie liegengeblieben sind (und es wurde schon dunkel), da dachte sie selbst, jetzt habe ihr letztes Stündlein geschlagen. Aber dann kam dieser freundliche Mann, mit der Mutter auf dem Beifahrersitz, und hat sie nach Kébili mitgenommen. Am nächsten Tag auch noch zu ihrem Auto zurückgebracht, sie beide und einen Automechaniker, dessen Onkel er war. Dass sie einfach nur Glück gehabt hätten, fand Harry, als sie ihm später davon erzählte.

Sylvia kommt mit einer Tasse zurück und stellt sie vor ihn auf den Glastisch. »Es ist auch wegen einem Freund von mir, der sich für die Rechte von Schwulen eingesetzt hat, den sie bedroht haben«, sagt er. »Wegen ihm haben sie mich gefoltert. Und sie haben mich nicht vergessen.« Er weiß nicht, ob das stimmt. Sie haben nach Rashid gefragt. Der offen gegen Paragraf 230 gekämpft hat. Aber er weiß nicht, ob es mit dessen Posts zu tun hatte, mit dem Interview für *Gayday*. Und er weiß auch nicht, ob sie ihn und Rashid inzwischen vergessen haben. Vielleicht interessiert das niemanden mehr, nach der langen Zeit. Vielleicht waren das nur zwei alte Ben-Ali-Anhänger, die ihre Macht ausleben wollten. *Willkür.* Sie schaut ihn mitfühlend an, dann richtet sie sich auf und rutscht auf dem Sofa nach vorn. »Kannst du nicht in ein Hotel gehen?«, fragt sie. »Ich könnte mitkommen, dir helfen, brauchst du Geld?« Ja, her mit dem Geld. So wird er noch reich. Sein Onkel hat ihm auch Geld gegeben, damit er verschwindet. Der Schweiz wäre seine freiwillige Ausreise eintausend Franken wert. »Da muss ich Papiere vorzeigen«, sagt er, »das will ich nicht.«

»Und wenn *ich* das Zimmer miete? Das müsste doch gehen.« Sie hofft, dass er Nein sagt. Sie muss ihm sonst selbst sagen, dass es nicht geht, dass es keine gute Idee war. Sie müsste Sebastian mitnehmen. Und dann ein Zimmer mieten. Mit dem Kind. Und Kamal würde dann dort wohnen. Das würde ja sicherlich auffallen. »Und hier?«, fragt er. »Habt ihr nicht genug Platz?« Aber das hat sie doch schon gesagt. Hat sie es nicht gerade gesagt? Wie kann er das jetzt noch fragen? »Nein«, sagt sie, »tut mir leid. Harry wär das nicht recht.« Schiebt sie halt alles auf Harry. »Die Kinder. Und wir haben nicht mal ein Schlafsofa, geschweige denn ein Gästezimmer. Es muss doch eine andere Möglichkeit geben.« Er steht auf. Er geht hin und her. Er schlägt sich mit den Händen auf die Oberschenkel. Er kommt auf sie zu. Wieso hat sie ihn in die Wohnung gelassen? Sie kennt ihn kaum. Drei Tage vor fünf Jahren. Vielleicht ist er nicht schwul. Und getrunken hat er auch. »Kann ich telefonieren, von hier?« – »Ja, telefonieren. Ja, klar.« Er zeigt auf sein Handy. »Ist kaputt«, sagt er und tippt auf der Tastatur herum. Sie dachte, die hätten jetzt alle Smartphones. »Mach einfach«, sagt sie und geht zu dem Kleinen.

Zoltan kennt die Nummer nicht. Niemand von seinen Autoren. Vielleicht eine Callcenter-Nummer. Rufen die auch am Feiertag an? Aber die sitzen vielleicht in einem ganz anderen Land am Telefon. Seine Großeltern haben immer nur den Aufstand gegen die Sowjets gefeiert. Weder den Schweizer noch die zwei anderen Nationalfeiertage der Ungarn. (Er nimmt Tomaten heraus, Peperoni, die Gurke, Frühlingszwiebeln und Knoblauch. Wo hat Martina den Bulgur?) Dafür haben die Eltern dann Lampions aufgehängt und sind mit ihnen zum Fest auf dem Schulhausplatz gegangen. Damals war das noch toll. Als er und sein Bruder die erste eigene Rakete allein steigen ließen und beinahe die Festgesellschaft getroffen haben (nur zwei oder drei Meter über die Köpfe ging sie hinweg), damals war Bela sein bester Freund. Jetzt findet sein Bruder, dass Orban gut daran tue, einen Zaun zu bauen. Weil Ungarn den Flüchtlingsansturm nicht aushalten würde. *Das große Heft* von Ágota Kristóf, hat er geantwortet, als Kamal nach seinem Lieblingsbuch gefragt hat. Und dann wollte Kamal, dass sie es gemeinsam lesen. Von der Sprache her hat es gepasst. (Nur die Teile, in denen der Adjutant so gebrochen Deutsch spricht, haben Kamal irritiert.) Es ist schrecklich, hat er zu Kamal gesagt. Es ist herzzerreißend. Es gibt sexuelle Gewalt darin. Und Kamal meinte nur: Du musst mich nicht vor Büchern beschützen. Vor Büchern hab ich keine

Angst. Aber später hat er ihn dann doch gefragt, wie das sein Lieblingsbuch sein kann. Wo doch alles immer nur schlimmer und schlimmer wird. Und er hat geantwortet, dass *Lieblingsbuch* vielleicht das falsche Wort dafür sei. Kaum ein anderes habe ihn so beeindruckt. Kamal hat einmal versucht, ihm sein Lieblingsgedicht ins Deutsche zu übersetzen. Eigentlich das Lieblingsgedicht seiner Großmutter. Es muss doch ein Callcenter gewesen sein. Wenn niemand eine Nachricht hinterlässt. Und er will auf keinen Fall die Leitung blockieren. Irgendwann muss Kamal sich doch melden. Ob sein Akku leer ist? Aber Kamal hat das Ladekabel doch immer dabei. Warum ist er bloß nicht schon im Plüsch auf die Idee gekommen, Alexa zu fragen. Er hätte doch wissen müssen, dass sie hilft, irgendwie. So ist sie doch. Auch wenn sie sich manchmal zu wichtig nimmt, auch wenn sie sich oft die absurdesten Gedanken macht, diese ganze Geschichte mit Liane. Himmel, die ist ja auch noch da. Und müsste jetzt im Hotel angekommen sein. Vielleicht war das Liane, diese unbekannte Nummer. Alexa wird sich freuen, wenn er sie wirklich mitbringt, auf die Feier. Könnte natürlich auch zu einer Alexa-Krise führen. (Er selbst würde am liebsten absagen.) Letztes Jahr hatte sie eine, weil nicht getanzt wurde, weil alle so früh gegangen sind. Dabei war es schön. Die Kinder hatten Freude, alle haben sich unterhalten. Nur sie war gestresst. Jetzt hat er den Bulgur gefunden. Hinter den sieben Sorten von Reis.

Vielleicht ist es ja ein gutes Zeichen, vielleicht hat Kamal einen Ort gefunden, im Hotel oder bei einem Freund. Aber bei wem? Die Leute, die er kennt, haben ja fast alle selbst keinen sicheren Status, kein festes

Zuhause. Vielleicht Hassan, der war immer sehr nett, aber der durfte ja nicht mal wissen, weshalb Kamal Asyl beantragt hat. So ein Überschweizer. Wie sein Vater. Und jetzt doch eine Nachricht. Das blöde Telefon. Warum macht es das immer wieder? Kamals Stimme. »Ich bin's. Ich rufe wieder an. Aber mein Handy ist kaputt. Hotel geht nicht. Ich bin … Bis später.« Zoltan ruft sofort zurück.

»Sylvia Lüthy.« Wer ist Sylvia Lüthy? »Ja, grüezi, hier ist Zoltan Kisch. Ist Herr Fouzai bei Ihnen?« Die Frau sagt *Moment* und dann, dass er leider gerade weg sei, sie sehe ihn auch nicht mehr. Ihr Mann sei gekommen, da sei Herr Fouzai gegangen. »Aber was hat er denn bei Ihnen gemacht?«, fragt Zoltan. »Wer sind Sie?«, fragt die Frau. »Ich meine, woher kennen Sie Kamal?« Diese Frau wirkt hysterisch, aber vielleicht ist sie ja um Kamals Sicherheit besorgt. »Ich bin ein sehr guter Freund von Kamal, aus der Sprachschule«, sagt er freundlich und in der Tonlage, die er benutzt, wenn sich einer von seinen Autoren verrennt, »darf ich fragen, wo Sie sind? Und wo Kamal hinwollte? Ich sollte ihn unbedingt erreichen.« Die Frau sagt, sie wohne auf der Höhe vom Zürichhorn, ein bisschen den Berg rauf, und dass sie keine Ahnung habe, wo er hingehen wollte. Er sei aber betrunken gewesen. »Ich habe ihm Geld gegeben«, sagt sie noch. Sie müsse sich jetzt um die Kinder kümmern. Aber sie wünsche Kamal ganz viel Glück. Sie kenne ihn ja noch aus Douz.

Die Frau aus Tunesien, die Kamal eingeladen hatte. Die ihn immer so angeschaut haben muss. Offenbar fasziniert war von ihm. Das immerhin kann er verstehen. Vielleicht ist das Kamals Fluch. Dass die Menschen so auf ihn reagieren. Er hat sich nie verliebt, seit er mit Martina zusammen ist. Nie. In keine Frau. Und sicher in keinen Mann. Er hat sich noch nie in einen Mann verliebt. Oder vielleicht. In der Pubertät. Da gab es Thomas. Der älter war, ein Abstand wie zwischen ihm und Kamal, der im Buchladen arbeitete. Nicht mal dreißig geworden ist. Das ganze Dorf war auf seiner Beerdigung. (Abgestürzt, auf einer Bergwanderung. Der Thomas. Keiner hat das so richtig geglaubt.) Und er? Doch. Ihn hat das umgehauen. Das stimmt. Obwohl er ihn gar nicht so gut kannte. Wie alt war er da? Sechzehn. Ist sogar krank geworden darüber. Vielleicht war das doch auch so was wie Verliebtsein. Und diese Sylvia Lüthy. Die hat sich genau einmal mit Kamal getroffen, im Starbucks beim Bahnhof, total freundlich, nur um sich nachher nie mehr zu melden, auf seine E-Mails nicht zu reagieren. Er habe sie wohl vorher falsch verstanden, hat Kamal gemeint. Aber jetzt hat er sie offensichtlich ganz richtig verstanden und ist verschwunden. *Mein Mann ist nach Hause gekommen.* Und sagt ihm nicht mal ihre Adresse, die Frau. Wieso ist Kamals Telefon kaputt? Das kann ja wohl nicht wahr sein. Er muss ihn suchen gehen. Er ruft Alexa an.

»Ich war joggen«, sagt sie, ein bisschen außer Atem, »blöd, war er schon hier?« Alexa war joggen. Vielleicht war er wirklich schon bei ihr, vielleicht hat er die Nachricht noch bekommen, die er ihm hinterlassen hat. Nein. So hat er nicht geklungen. »Er ist irgendwo im Seefeld. Sein Telefon geht nicht mehr. Ich … es ist kompliziert. Aber wir müssen ihn suchen.« Sie pustet aus, als würde sie ihre Lippen lockern, vor dem Singen. Er sieht genau vor sich, wie sie dabei aussieht, wenn sich ihre Lippen so blähen. »Ich darf doch nicht allein Auto fahren«, sagt er schnell. »Wo ist denn Martina?« – »Im Letzi, mit den Kindern. Die wollten unbedingt schwimmen.«

»Um halb vier muss ich wieder hier sein«, sagt sie, »und du musst mir unterwegs noch kurz mit dem Liedtext helfen, hast du das Auto schon reserviert?« – »Danke! Ich weiß auch nicht, er ist vor fünf Minuten da los. Vielleicht ist es aussichtslos. Aber wir müssen es wenigstens versuchen.« Dann sagt er noch, dass er versucht, ein Auto ganz in der Nähe zu bekommen, und dass er ihr gleich eine Nachricht schicke, wenn es geklappt hat. »Danke, klar helf ich dir mit dem Text. Du kannst ihn mir vorsingen. Und … ich lad dich ganz schick zum Essen ein.« – »Schick essen immer gern«, sagt sie, »aber einladen musst du mich nicht.« Wolle er aber, sagt er. Und dann legt er auf.

Sie hat noch die Joggingklamotten an. Egal. Zoltan kann ja ein Duftbäumchen an den Rückspiegel hängen. Er ist der einzige von ihren nahen Freunden, der wirklich was tut, der nicht bloß Kampagnen unterschreibt. Nicht bloß ab und zu bei einer Demo mitgeht (oder ein paar Liedtexte produziert). Er hat mal gesagt, er tue einfach das, was er könne. Er sei kein Aktivist, wie die anderen bei der ASZ, er könne niemanden aus dem Wasser retten, würde auch nicht mit Hilfsgütern an Grenzen fahren, noch nicht einmal Menschen in der Fußgängerzone ansprechen. Könne er alles nicht. Aber Deutsch, das könne er gut. *Das Auto steht hinter dem Piazza im Hof. Ich bin schon unterwegs*, schreibt er. Sie sucht den Fahrradschlüssel. In der Schublade. Wo er hingehört. Pedro, der beste Freund von Adrian, arbeitet bei Greenpeace. Der verdient sein Geld damit. Delia und Jan haben schon mal für Flüchtlinge gekocht. Und Adrian und sie wollten das auch machen. Das heißt, Adrian eigentlich nicht. Aber dann hat er gesagt: Du redest, ich koche, dann bin ich dabei. Sie hätte sich nur um die Anmeldung kümmern müssen.

Sie versucht, das Fahrrad zwischen den anderen herauszuziehen, es hat sich mit einem Kinderanhänger verhakt. Groß ist die Chance ja nicht, dass sie Kamal finden. Bis sie im Seefeld sind, kann er schon überall sein. Aber hier bei ihr war er noch nicht. Sie hat ihn nicht verpasst. Kann man denn rechtlich gar nichts mehr machen? Aber auch dafür muss er ja zuerst in Sicherheit sein. Sie biegt auf die Zurlindenstraße ab. Jetzt hat sie gar nicht bei Evelyne angerufen, dabei wird sie deren Hilfe doch umso mehr brauchen, nach der Suchaktion mit Zoltan. Wieder eine Stunde weniger. Immerhin ist sie nicht für das Essen zuständig. Bei den ersten Malen hat sie sogar noch gekocht. Inzwischen bringen die Gäste ihr eigenes Grillzeug mit. Und Salate. Aber die Chips und Cracker und Grissini müssen in Schälchen. Die Kartoffeln in Alufolie. Sie muss das Gemüse schneiden. Dips und Kräuterquark anrühren. Das allseits beliebte Knoblauchbrot vorbereiten. Hätte sie alles schon gestern machen können. Sie wäre eine perfekte Gastgeberin, wenn sie sich nur um Musik und Getränke kümmern müsste. Und die Deko.

Sie schließt das Rad ab, kein Laternenpfahl oder Fahrradständer frei, aber in diesem Hof hier wird ja wohl keiner ihr Rad einfach einladen. Am Nationalfeiertag. Zoltan setzt schon aus der Parklücke, eigentlich dürfte er das alleine gar nicht. Wo ist überhaupt das Schild? Sie klopft an die Scheibe und öffnet die Beifahrertür. »Hast du dein *L* vergessen?«, fragt sie. »Oh nein, dann muss ich noch mal nach Haus.« – »Ist der Kofferraum offen, lass mich schnell an den Erste-Hilfe-Kasten.« Tatsächlich: Klebeband. Sie schlägt die Heckklappe wieder zu, nimmt die Rückseite ihres ausgedruckten Liedtexts und malt mit Kajalstift ein dickes *L* drauf. »Gut, oder?«, ruft sie, hält den Zettel hoch und klebt ihn dann neben dem Nummernschild fest. »Manchmal bist du geradezu unverschämt patent«, sagt Zoltan, nachdem sie die Tür zugemacht und sich angeschnallt hat. Er lächelt und schwitzt. »Und du bist latent unverschämt.« Immerhin macht er noch Witze. »War das der Liedtext?«, fragt er. Sie nickt. »Und was ist das Problem?« Jetzt kommt es ihr gerade sehr irrelevant vor, ob sie ihre Anna-Verena noch verändert. Und ob das mit dem Versmaß sitzt. »Du weißt ja, politische Lyrik«, sagt sie, oft genug haben sie sich über Brecht gestritten, »ich glaub, ich lass es jetzt. Es ist, was es ist.« Er sieht nicht aus, als hätte er ihr wirklich zugehört. »Ich dachte, ich fahre über den Limmatplatz. Und dann zum Central. Von dort weiß ich auch noch nicht so genau. Bürkliplatz und Bellevue sind, glaub ich, gesperrt. Wegen des Umzugs.« Zoltan biegt auf die Kalkbreite ab, er sitzt immer noch so angespannt am Steuer wie damals, als sie ihn mit der Fahrlehrerin gesehen hat. Sicher fühlt sie sich nicht. Und sie weiß doch gar nicht, wie der Mann aussieht, nach dem sie suchen. »Hast du ein Foto von ihm?« – »Ja, ich hab eins. Wenn du Kamal unter *Kontakte* suchst.«

Sie nimmt sein Telefon, das zwischen ihnen liegt, und tippt darauf herum. Hoffentlich löscht sie nichts, denkt er. »Das ist der Mann von heute Morgen.« Er versteht nicht. »Den hab ich heute Morgen an der Tankstelle getroffen. Der ist unverwechselbar.« Ja, das ist er. Das ist er wirklich. »Er hatte Angst vor den Knallfröschen.« – »Wann war das?«, fragt er und stellt die Lüftung hoch, Alexa hat ihn heute Morgen getroffen, sie hätte ihn einfach mitnehmen und in der Mansarde unterbringen können. »Halb zehn ungefähr, er stand vor mir an der Kasse.« Danach hat er ihn selbst noch gesehen. Hätte ihn selbst mitnehmen können, zu sich nach Hause. Ist er das nicht?, denkt er und tritt auf die Bremse.

»Hier kann er noch nicht sein, oder?«, fragt sie und versucht, ruhig zu klingen. Das war knapp. Sie glaubt nicht, dass Zoltan in den Rückspiegel geschaut hat. »Wenn er den Bus genommen hat.« – »Verstehe, dann lass uns wechseln, lass mich fahren. Du erkennst ihn viel eher.« Sie hat ihren Freund noch nie so nervös gesehen. Nicht mal damals, als er Margaret Atwood vom Flughafen abholen sollte. Wieder bremst er abrupt, aber diesmal hat er vorher geschaut. Er hält an der Bushaltestelle. Schnell steigt er aus und sie rutscht rüber, richtet sich ein, erst als er sitzt, als sie schon wieder fahren, fällt ihr auf, dass sie das Mobility-Auto nicht fahren darf, sie ist ja nicht Mitglied. Besser, sie sagt es ihm nicht. Sehr unwahrscheinlich, dass jemand sie anhält und nach ihrer Mitgliedschaft fragt, viel wahrscheinlicher, dass Zoltan einen Unfall gebaut hätte, wenn er weitergefahren wäre, so unruhig, wie er da neben ihr sitzt, die Augen überall, dabei haben sie doch gerade erst die Unterführung hinter sich. Jetzt, hinter dem Steuer, denkt sie plötzlich, dass es möglich ist. Dass sie es schaffen können, ihn zu finden. Und dass es sich sogar irgendwie gut anfühlt, ein Auto und eine Mission zu haben. »Warum ist er im Seefeld?«, fragt sie. »Da wohnt die Frau, die er in Tunesien kennengelernt hat, eine Wüstentouristin. Die hat damals gesagt, er solle sie in der Schweiz besuchen. Sie hat wohl gedacht, er käme mal eben mit Interrail vorbei.« Zoltan lacht ungewohnt böse, dann sagt er: »Ich bin ja nicht besser, Alexa. Ich hab ihn weggeschickt.« Sie hatte den Gedanken auch. Trotz der ASZ. Die beiden haben doch ein Gästezimmer, Zoltans Büro. Da ist ein Bett drin. Von außen sieht es manchmal so aus, als habe Martina das Sagen, aber Alexa weiß sehr gut, dass Zoltan seinen Willen fast immer durchsetzt, wenn es ihm wirklich wichtig ist. Sie wartet darauf, dass er weiterspricht. Aber er knetet die Kappe im Schoß. Seit ein paar Monaten trägt er die Haare millimeterkurz, einen Bart hat er sich schon vor zehn Jahren wachsen lassen, als die anderen alle noch glatt rasiert waren. Weil er sein Kinn nicht mag. »Darf ich dich was fragen?«, fragt er jetzt. »Natürlich.« Er schaut nach unten, sie hat das Gefühl, sie müsse übernehmen, die Augen offen halten, er malträtiert noch immer die Kappe mit seinen verschwitzten Händen. »Mach dir keine Vorwürfe«, sagt sie, »wir suchen ihn doch.«

Ja, sie suchen ihn. Er schaut aus dem Fenster. Sie suchen Kamal. Er muss sich konzentrieren. Jetzt hat sie ihn rausgebracht. Er weiß, dass sie es niemandem erzählen würde. Davor muss er keine Angst haben. Sie wird ihn auch nicht verurteilen. Eigentlich hat er am meisten Angst davor, dass es wächst, wenn er davon spricht. Dass es größer wird. Und es könnte gut sein, dass sie es größer machen wird. Dass ihr Blick, ihre Fragen, ihre Art, damit umzugehen, dazu beitragen werden, dass er es nicht mehr kontrollieren kann. Und was dann? Es geht ja jetzt auch gar nicht um ihn. Es geht um Kamal. Von dem er trotzdem so gerne sprechen möchte. Nicht bloß als der arme Flüchtling. Geflüchtete, sagen sie neuerdings in der ASZ. »Entschuldige«, sagt Alexa, »du wolltest mich etwas fragen.«

»Ja«, sagt Zoltan, »ja«, er schlägt die Kappe auf sein Knie, »ich wollte dich fragen, ob du dich schon mal verliebt hast, seit du mit Adrian zusammen bist.« Sie hat vollkommen auf der Leitung gestanden. Auf einmal leuchtet alles ein. Ágota Kristóf. Dass er Kamal mit dem Antrag geholfen hat. Wie oft er von ihm erzählt hat, öfter als von den Fahrstunden. Sie blickt weiter nach vorn. »Du meinst, richtig verliebt?«, fragt sie. Sie sieht ihn aus den Augenwinkeln mehrmals nicken. »So, dass es deine Prioritäten verändert«, sagt er. »So, dass du das Gefühl hast, du nimmst Adrian etwas weg.« Sie hat ihm nie von Brad erzählt. Es kam ihr bereits wie ein zusätzlicher Verrat vor, dass sie es Evelyne gegenüber angedeutet hat. Aber nein. Weggenommen hat sie ihm nichts. »Ich bin in Martina verliebt«, sagt Zoltan jetzt. »Immer noch. Immer wieder.« Sie schaut zu ihm rüber, er schaut aus dem Fenster, auf die Limmat. Er will gar nicht wirklich wissen, wie es bei ihr ist. Im Letten liegen sie in der Sonne. Oder lassen sich den Fluss runtertreiben. Gar nicht so wenige. Hoffentlich finden sie Kamal, denkt sie. Hoffentlich trennt sich Zoltan nicht von Martina.

Das nützt Martina viel, denkt er, dass er auch in sie noch immer verliebt ist. Er ist froh, dass Alexa nichts dazu sagt. Wenigstens hat sie nicht so reagiert, als hätte sie etwas geahnt, als hätte sie es ihm längst angemerkt. Sie sah vielmehr komplett überrascht aus. Vor ein paar Wochen war er schon einmal fast so weit, es ihr zu erzählen, nachdem sie zusammen im Kino waren. *Ex Machina*. Der Film hat ihn berührt, obwohl er nicht gut war. Was, wenn er Kamal bloß noch ein paar Mal im Gefängnis besuchen kann? So wie Daoud Anfang des Jahres. Als sie zusammen dort waren und Kamal die Beamten mit seinem Lächeln und seiner korrekten Ágota-Kristóf-Sprache überredete, dass er mit reinkommen und sogar den Dreikönigskuchen mitnehmen konnte, der eigentlich zu *offene Backwaren* zählt. Was, wenn sie Kamal finden und sofort ausschaffen?

»Hast du dich schon mal in eine Frau verliebt?«, fragt Zoltan plötzlich. Sie biegt auf den Neumühlequai ab. »Nein«, sagt sie, »oder jedenfalls nur auf so eine Liane-Steffen-Art. Glaub aber schon, dass das passieren könnte.« In Delia könnte sie sich vielleicht verlieben. Da gibt es auch eine körperliche Anziehung. Sie hat einmal mit ihr einen improvisierten Tango getanzt, und doch dachte sie in dem Moment vor allem daran, wie das auf diejenigen wirkte, die ihnen zusahen. »Ich versteh dich«, sagt sie und nimmt seine verschwitzte Hand, »ich hab ihn ja gesehen.« Zoltan drückt kurz zu und legt ihre Hand dann zurück auf den Schalthebel, als wäre er derjenige, der ihr das Autofahren beibringen will. »Es ist nichts«, sagt er, »alles in meinem Kopf, eine seltsame Schwärmerei, aber ich hab *Nein* gesagt, als er fragte. Ich wollte ihn nicht in unserer Wohnung.« Und sie hat Brad angeboten, in der Mansarde zu wohnen. Es lebe die Normalität. Das würde vielleicht sogar gehen, glaubt sie, jetzt, wo sie sich wiedergesehen haben. In der Theorie. Aber sie hat es nur sagen können, weil sie wusste, dass er ihre Mansarde nie brauchen wird. »Du hast ja einen Platz für ihn gefunden«, sagt sie. Zoltan lacht wieder grimmig. »Erst mal hab ich ihn verloren.« Bei ihm hätte sie das nicht erwartet. Sie weiß auch nicht, warum. Bei Adrian könnte sie es sich vorstellen. Bei Adrian kann sie sich vieles vorstellen. Sie könnte sich vorstellen, Adrian wäre eine Frau, und sie würde ihn lieben. Evelyne hat mal eine Freundin gehabt, für ein paar Monate, lange vor Philippe. »Soll ich zum Kreuzplatz?«, fragt sie. »Ja, genau«, antwortet Zoltan. »Genau.«

Kamal wird Menschenansammlungen meiden und kleinere Straßen nehmen, denkt er und sagt: »Vielleicht noch ein Stück geradeaus und dann dort irgendwo rechts runter.« Er wird doch nicht unten am See lang wollen. Bei der Seepolizei und der Chinawiese vorbei. Er wünschte, er wüsste, was Kamal vorhat. Manchmal waren sie sich sehr nah. Und wie oft hat Kamal ihm gedankt, ihm gesagt, wie wichtig er sei, als Lehrer, als Freund, dass er einen Unterschied mache.
Und er war doch Lehrer und Freund. Wann ist das gekippt? Und warum? Wie hat ihm das bloß passieren

können? Bei einem Mann? Er versteht es nicht. Ist es ein Zufall, dass die Person, die er seit Jahren liebt, eine Frau ist? Er hat ja anderes gar nicht für möglich gehalten. Dass Kamal kein Telefon mehr hat. Er versteht es nicht. Wie hat das passieren können?

»Wann hast du ihn zuletzt gesehen?«, fragt Alexa. Sie würde lieber etwas anderes fragen. Sie würde gern fragen, wie er das gemeint hat, mit den Prioritäten. Und ob Kamal seine Gefühle erwidert. Er wirkte so jung. Zu jung für Zoltan. Muss sie gerade sagen. Der Jonas vom letzten Dienstag lernt noch auf die Anwaltsprüfung. In den würde sie sich aber auch nicht verlieben, nicht mal, wenn sie Single wäre. »Gleich nach dir«, antwortet Zoltan, als hätte er lange darüber nachdenken müssen. »Wir waren im Plüsch.« – »Und weiß er …«, fragt sie jetzt doch, aber leise und mehr nach links, sodass er es auch übergehen könnte. »Nein«, sagt er, »glaub nicht, nein. Außerdem weiß er doch von Martina und den Kindern.« Alexa fragt sich, ob das sein kann, dass jemand das nicht merkt, wenn man sich so regelmäßig sieht. Und ob es vielleicht Zoltans Selbstschutz ist, davon auszugehen. »Ich will das ja auch gar nicht«, sagt er. Er will es nicht wollen, wahrscheinlich. »Manchmal glaube ich, es ist bloß ein Narrativ. Ich bin in das Narrativ *Midlife-Crisis* geraten.« Das ist Zoltans Art, Boden zu gewinnen: indem er von Narrativen spricht. Indem er versucht, sich selbst auf diese Weise von außen zu betrachten, sich eine Geschichte zu erzählen darüber, wie er sich eine Geschichte erzählt. Das kennt sie schon von ihm. Und vielleicht ist ja auch tatsächlich was dran. Aber wieso dann ein Mann? Auf sie könnte seine Narrativtheorie eher zutreffen. Sie mit ihrer Angst vor Veränderung, die nicht eindeutig Verbesserung ist. Sie mit ihrer Angst vor dem, was sie sich unter den Wechseljahren vorstellt. »Hoffentlich finden sie ihn nicht vor uns«, er nimmt seine Brille ab und putzt sie mit dem Zipfel seines Hemds, setzt sie schnell wieder auf. »Sie haben ihn misshandelt. Die tunesischen Polizisten. Aber er hat sie nicht angezeigt. Man kommt leicht wegen Verleumdung in den Knast. Leichter noch als wegen Schwulsein.« Er hat ihr mal erzählt, weswegen Kamal verurteilt wurde, aber sie hat es vergessen. »Und die Narben«, fragt sie, »war das auch die Polizei?« Zoltan schüttelt den Kopf. Das sei im Gefängnis passiert. Er wisse auch nicht genau, ob das Mitgefangene oder Wächter gewesen seien oder beides. »Nur dass es Zigaretten waren.« – »Und das haben sie ihm alles nicht geglaubt?« – »Das ist ja das Schlimme. Weil er wegen Einbruch und versuchtem Diebstahl im Gefängnis war, weil er deswegen verurteilt wurde. Ein Tourist. Der in Panik geraten ist. Es war so dumm von Kamal, mit dem aufs Zimmer zu gehen. Und dann standen plötzlich zwei Polizisten vor der Tür.« Ja, das hat Zoltan ihr schon mal erzählt. Und dass es keine Prostitution gewesen sei, das müsse sie glauben. »Soll ich hier rechts auf die Feldeggstraße, das klingt doch sehr nach Seefeld.« Er nickt.

Plötzlich sieht er Kamal irgendwo unten am See sitzen. Die Frau hat gesagt, er hätte getrunken, vielleicht hat er sich einfach an den See gesetzt, sitzt dort und trinkt und raucht und weiß nicht weiter. Und sie kurven hier zwischen den Villen herum. »Vielleicht ist er direkt runter zum See. Hier oben fällt er doch viel mehr auf.« Alexa fährt langsamer. »Auf die große Straße, meinst du, wo die Hotels sind?« – »Nein, wirklich am See.« Sie schüttelt den Kopf. »Aber da patrouillieren sie doch.« Sie hat ja recht. Aber er hat trotzdem so ein Gefühl.

»Sollen wir denn dann zu Fuß weiter?« Ein bisschen kann sie Zoltan noch begleiten, aber dann muss sie irgendwann zurück, die Zeit läuft ihr davon. »Ich kann die Feier auch absagen. Oder allen schreiben, dass es später losgeht?« Absagen, das wäre schon hart. Hoffentlich will er das nicht, denkt sie. Aber verschieben könnte sie gut. Das würde doch gehen. »Auf keinen Fall, zu Fuß kann ich ihn auch alleine suchen.« – »Bist du sicher?«, fragt sie. Sie hat sich das wirklich vorgestellt, wie Zoltan ruft: Da ist er, und wie sie einen U-Turn macht und Kamal dann hinten bei ihnen einsteigt. So ungefähr. »Bin ich. Es geht ja nicht ums Ausschwärmen. Ich geh einfach vom Casinoparkplatz den See entlang. Und hoff eigentlich vor allem, dass er mich sieht.« Zoltan sieht überzeugt aus. »Kannst du den Wagen allein zurückbringen?«, fragt er. »Natürlich. Brauch bloß deine Mobility-Karte.« – »Hast du noch viel vorzubereiten?«, fragt er plötzlich ganz ruhig, während er in seiner Hosentasche herumpfriemelt. Fast so, als ob er sich sicher wäre, Kamal am Seeufer zu finden. »Schon noch«, sagt sie. »Aber das krieg ich locker hin. Sind ja noch über drei Stunden. Soll ich wirklich nicht mitkommen?« Zoltan schüttelt den Kopf und legt das rote Kärtchen aufs Armaturenbrett. Jetzt kann sie nicht mehr sagen, dem Herrn auf dem Beifahrersitz sei schlecht geworden, sie habe übernehmen müssen, wenn jemand sie anhält. Aber auch das wäre kein Fall für den Nachrichtendienst. Seit der Stadtrat über ihre Steuererklärung 2013 hinweggesehen hat, denkt sie, dass nur noch der Nachrichtendienst zwischen ihr und der Staatsbürgerschaft stehen könnte. Was auch nur ein Narrativ ist. Manchmal wäre sie gern diese Person: eine Person, die zu überwachen sich lohnen würde. Aber dafür ist sie zu feige.

Sie fährt auf den Parkplatz beim Casino und wünscht Zoltan Glück. »Wir sehen uns heute Abend«, sagt er und gibt ihr hastig drei Küsschen. Dann setzt er die Kappe auf und steigt aus. Sie sieht ihm nach, wie er mit großen Schritten auf den See zusteuert, wie er sein Smartphone hervorholt. Ruft er Martina an? Oder versucht er es nochmals bei Kamal? Wieso ruft denn Kamal nicht von einer Telefonzelle an? Das versteht sie nicht. Sie schaut auf ihr eigenes Telefon. Schon Viertel nach drei. Jessica hat geschrieben. Zwei MMS. Auf dem ersten Bild sieht man Sommaruga, wie sie auf der Wiese vor einer Bühne steht und eine Kapelle dirigiert. *Jessica ist die einzige Schweizerin, die sitzt und nicht mitsingt. Ich sitze und summe leise.* Das zweite ist ein Selfie von beiden, Arm in Arm vor einem roten Schild, auf dem *Schwurplatz* steht. Und Brad, ziemlich sicher ja Brad, hat geschrieben: *We were here. Tell was not.*

Sie startet den Wagen und lässt die Kupplung kommen. Sie muss nicht sofort antworten. War das seine Idee oder die von Jessica? Ihr Handy. Sein Text. Und sie kann sich genau vorstellen, wie Jessica sich geweigert hat aufzustehen und wie er das noch lustig gefunden hat. Why not? Die US-Hymne singen ja auch alle, beim Super Bowl, Aretha Franklin und die Backstreet

Boys, sogar die Dixie Chicks. Er war zu geizig, wahrscheinlich, deshalb hat er nicht sein eigenes Handy genommen. Wie sie damals dann doch immer noch gehofft hat, er würde sich melden, auch als Adrian von den Malediven zurück war, wie sie es nicht loslassen konnte, dieses Gefühl, von dem sie nie ganz sicher war, wie viel es mit verletzter Eitelkeit zu tun hatte und wie viel mit dem Wunsch nach Absolution. Harmoniebedürfnis. Vermisst hat sie ihn eigentlich nie. Und fragt sich trotzdem, wieso er die MMS geschickt hat. Wieso das Selfie? Sie muss wieder den Umweg über den Kreuzplatz nehmen und ist frühestens um halb vier zu Hause. Jetzt ruft sie aber zuerst mal Evelyne an. Sie fährt auf den Seitenstreifen.
»Hallo Liebe, wie ist die Lage?« Am Telefon klingt Evelynes Stimme immer ganz hell, Oktaven von ihrer Rap-Röhre entfernt. »Oh wie gut, dass du da bist, dass du das Handy gehört hast. Ohne dich geht gar nichts mehr.« Evelyne lacht. »Ohne mich geht ja selten was. Wo bist du denn? Gar nicht zu Hause?« – »Lange Geschichte, kurze Frage: Kannst du früher kommen? Richtig viel früher?«

Sie schaut zu Rosie. Ihre Tochter klaut gerade einem kleinen Jungen den Bagger. Rosie liebt Bagger. Der Kleine beginnt zu schreien. Sie steckt das Buch ein und erhebt sich von ihrer Bank. »Leider ist der Babysitter-Plan im Arsch. Philippes Mutter hat Darmgrippe. Macht aber nix, dann kommen wir eben zusammen.« – »Oh«, sagt Alexa. Und sie bereut beinahe schon, dass sie zugesagt hat. Nun hat sie den ganzen Stress, und Alexa ist trotzdem enttäuscht, weil sie Rosie mitbringt, ihr Gottekind. Für das sie sich ruhig ein bisschen mehr interessieren könnte. »Rosie«, ruft sie, »wir gehen nach Hause.« Ihre Tochter lässt tatsächlich den Bagger fallen, als hätte sie nur darauf gewartet, und rast mit dem Trotti los. Zum Glück ist hier autofrei.

»Und Philippe?«, fragt Alexa. Bedeutet das jetzt, dass Evelyne früh nach Hause muss? Philippe könnte doch bei Rosie bleiben. »Der ist noch in Oslo. Aber wenn sein Flugzeug sich nicht verspätet, kommt er pünktlich und bringt eine Flasche Aquavit mit.« – »Das wird Adrian freuen«, sagt sie, »der kommt nämlich auch. Taa Taa!« – »Was?«, schreit Evelyne. Sie muss das Handy vom Ohr weghalten. »Wieso stand davon nichts in der Zeitung heut Morgen?« – »Weil's keine Zeitung gibt am 1. August?«

Das war immer ein Thema. Kommt Adrian? Muss er arbeiten? Könnte er auch mal *nicht* arbeiten? Und sie selbst hat es ja auch immer ein bisschen schräg gefunden, dass er jedes Mal Dienst hatte und Alexa jedes Mal gesagt hat, dass sie es schon okay fände. »Freust du dich?«, fragt sie. Alexa lacht kurz auf. »Ja, klar. Aber komischerweise auch irgendwie nicht.« – »Verstehe«, sagt sie. Alexa lacht. Es klingt ein bisschen erleichtert. Vielleicht war sie nicht sicher, ob das noch immer so ist, wie früher. Dass sie einander auch dann verstehen, wenn sie solche absurden Sachen sagen. Aber es ist so. »Ich erklär dir das, wenn wir die Bowle probieren«, sagt Alexa. »Wann kannst du denn hier sein?« Sie schaut auf die Uhr und dann zu Rosie, die vor der Haustür hin und her rollt. »Halb fünf können wir schaffen.«

Halb fünf ist doch gut, denkt Alexa. Früher wär noch besser gewesen. Aber halb fünf ist gut. Sie werden dekorieren, Schälchen füllen, das Sonnensegel zum Regenschutz umfunktionieren und alles besprechen. Soweit das geht, wenn Rosie dabei ist. »Super«, sagt sie. »Adrian kommt um halb sechs. Früher kann er nicht weg.« Ihrer besten Freundin gegenüber müsste sie ihn nun wirklich nicht mehr entschuldigen. *Zweitbester Mann auf der Welt* hat Evelyne ihn mal genannt. Aber sie hat diesen Reflex. So wie Evelyne manchmal das Bedürfnis hat, ihr zu erklären, warum Philippe nicht weniger arbeiten kann. »Ach, bis dahin sind wir mit allem durch, und Adrian kann mit Rosie spielen.« – »Super Idee. Und du kannst doch gut Feuer machen, oder?« Evelyne lacht. »Feuer unterm Dach und Feuer auf'm Dach, wie du's gern hättest.« – »Wenn ich dich nicht hätte«, sagt Alexa, aber sie denkt: Wenn ich dich doch noch so hätte wie früher. Und dann kann sie nicht anders, als nach dem Text zu fragen, obwohl sie sich vorgenommen hat, es nicht zu tun. »Hast du mein Mail gesehen?«

Scheiße, denkt sie. Den Text hat sie vergessen. »Ich hab's nicht richtig angeschaut, sorry, hab's nicht geschafft«, sagt sie. Und fühlt sich schlecht. »Ich hab dir das Lied geschickt. Weißt du. Meine Ausschaffungsversion vom Guggisberglied.« Ihr Lieblingslied. Ja. Deshalb hat sie es vergessen, nicht angeschaut, weil sie selbst schon lange vorhatte, eine Rap-Version davon zu machen. Und nun war Alexa ganz einfach schneller. »Ich fühl mich unsicher damit. Würde mir helfen, wenn du noch draufschaust. Vielleicht kurz, wenn du hier bist.« – »Klar«, sagt sie und will es ja auch. Früher haben sie sich manchmal schon während des Schreibens Zeilen hin und her geschickt. Aber sie kommt im Moment gar nicht zum Selberschreiben. »Gut ist es doch sowieso.« – »Das wirst du nicht mehr sagen, wenn du es siehst.« Manchmal klingt Alexa plötzlich so kleinmütig, wie eine andere Person, als hätte ein Jammerdämon von ihr Besitz ergriffen. »Und das sagt die Frau mit den *punktgenauen geistreichen Texten.*«

So hat es in der *NZZ am Sonntag* gestanden. Und Evelyne war es, die die Besprechung noch vor ihr gesehen und für sie fotografiert hatte. Eigentlich hatten sie darauf anstoßen wollen. »Zu der Frau, auf deren neue CD alle sehnsüchtig warten«, sagt sie. »iPhone6 nichts dagegen, ich weiß«, sagt Evelyne, »ich arbeite dran. Und der Kindergarten naht! Yeah!« Alexa hört Rosie im Hintergrund »Evi« rufen. Erst jetzt fällt ihr auf, dass sie beinahe so telefoniert haben wie früher, ohne Unterbrechungen. »Wir müssen mal hoch, Liebe. Halb fünf sind wir bei dir«, sagt Evelyne. »Super, ich freu mich auf euch. Grüß Rosie lieb. Und wir singen zusammen, ja?« – »Sowieso.«

Sie dürfte nie Evi zu Evelyne sagen. Das dürfen nur Evelynes Oma und Rosie. Ihren Vater nennt sie Flip. Alexa überlegt, wann sie sich zuletzt gesehen haben. Rosies Geburtstag hat sie wegen der Auftritte in Wien verpasst. Muss im Juni gewesen sein, bei Zoltans Geburtstag. Evelyne allein, das ist noch viel länger her. Früher waren sie fast jede Woche zusammen aus, kamen gegenseitig zu ihren Auftritten, wenn es wichtig war. Damals im August vor drei Jahren. Da war

Rosie gerade geboren. Sonst hätte Evelyne in dem Gemeindezentrum im Publikum gesessen, nicht Brad. Sie nimmt das Handy und schaut nochmals die beiden MMS an, überlegt, ob ihr was Lustiges einfällt. Was könnte sie antworten? Sie muss gar nicht, niemand hat ihr eine Frage gestellt. Sie ruft Aurelias Nummer an, aber es kommt nur die Ansage, die Aurelia seit gefühlt zweihundert Jahren in Betrieb hat: »Dies ist die Combox von Aurelia Lehmann. Ich freue mich über jede gute Nachricht.« Alexa hat keine. Sie will eine. Das hat sie mit ihrer Schwester gemeinsam, sie lechzen nach guten Nachrichten. Auch wenn sie die wahrscheinlich unterschiedlich definieren würden. Dass Evelyne gleich kommt, ist eine gute Nachricht. Dass sie Rosie mitbringt, nicht so sehr. Dass der Babysitterplan ins Wasser gefallen ist, gar nicht. Die Nachrichten von Jessica und Brad sind weder gut noch schlecht. Und dass sie gar keine Nachricht von Aurelia bekommt, keine Erklärung, was passiert ist und was es bedeutet, kein nachträgliches SMS, in der Küche geschrieben oder auf dem WC, während ihr Vater ein bisschen döst: Sie ist sich nicht sicher, ob gar keine Nachricht in diesem Falle etwas Gutes bedeutet. Keine Nachricht von Zoltan bedeutet auf jeden Fall nichts Gutes.
Sie schreibt: *Seid ihr schon auf dem Sprung zum Tell?* Vielleicht verstehen sie das gar nicht. Sagt man das überhaupt in der Schweiz? *Uf em Sprung*. Doch. Das sagt man. Könnte sie die beiden noch bitten, ihr etwas mitzubringen? Für die Partydekoration. Irgendwas extrem Authentisches vom Rütli oder vom Tellsprung. Unsinn. Sie will bloß wieder originell sein. Wie blöd. Sie schickt das SMS ab, so wie es ist. War Evelyne nicht für das

Grillbesteck zuständig? Besser, sie fragt nochmals nach, sie tippt eine weitere Nachricht, lässt den Wagen an und fährt wieder auf die Straße.

Liebe, denkst du ans Grillbesteck? Und schaffst du trotzdem den Caprese? Sonst machen wir den zusammen. Rosie setzt sich auf die Treppe. »Nur noch ein Stockwerk, Süße, das schaffen wir locker«, sagt Evelyne. Den Caprese-Kram wird sie mit zu Alexa nehmen. Sie nimmt ihre Tochter auf den Arm. (So viel wie eine Kiste Bier wiegt sie inzwischen. Sie hätten doch auf den Lift warten sollen.) An was sie alles noch denken muss, was sie alles einpacken muss (Alexa hat ja keinen Schimmer), und gut aussehen will sie schließlich auch. So selten, wie sie auf Partys geht. Alexa findet, sie sei eine tolle Mutter und immer noch gleich cool. Insbesondere optisch. Aber das ist kein großes Verdienst. Alle Eltern sehen so aus, nur nicht in Alexas Vorstellung. Neulich, als sie Rosie abholte, hat sie gedacht, da stehen wir alle wieder zusammen, eben noch *Hafenkneipe*, jetzt *Kinderkrippe Delfin*, und nicht mal die Kleider gewechselt. Warten auf unsere coolen gestylten Kinder. Philippe liebt es, Hipster-Klamotten für Rosie zu kaufen. Aber die lustigsten Sachen hat sie von ihrer Patin. In Sachen Geschenke war Alexa eine gute Wahl. Dafür passt sie so gut wie nie auf Rosie auf. Und das Krasse ist, dass Evelyne das auch lieber so ist, außer Adrian ist dabei. »Ich will wieder runter«, sagt Rosie. Die Treppen haben sie geschafft. Ziemlich zu Beginn hat Alexa das Schildchen von einem sehr schönen Yoda-Strampler abgeschnitten, nachdem sie ihn Rosie angehalten hatte. Und dann hat sie die Nagelschere direkt neben Rosie

liegen gelassen. Zum Glück hat Evelyne es sofort gesehen. Solche Sachen passieren Alexa. Die ist nur ganz bei sich, wenn sie singt.
Wäre super, wenn Rosie jetzt noch eine halbe Stunde schlafen würde. Sie schließt die Wohnungstür auf. Eine gute Viertelstunde braucht sie danach immer, bis sie wirklich wach ist, bis wieder was anzufangen ist mit ihr. Das könnte gerade so hinkommen. Und sie kann sich in der Zeit in Ruhe parat machen. Rosie zieht schon freiwillig ihre Sachen aus (lässt einfach alles fallen und auf dem Boden liegen, ganz die Mutter) und steigt in ihr Raumschiffbett, das Philippe gebaut hat. Und schon deshalb hätte er gern noch ein zweites Kind, damit er einen Grund hat, noch so ein Bett zu bauen. Das hat ihn glücklicher gemacht als jeder Vertragsabschluss. Aber Evelyne will endlich wieder auf die Bühne. Und diese CD machen, die schon so lange fällig ist. Sie deckt ihre Tochter zu. »Mami«, sagt sie, »ich bin gar nicht müde. Weckst du mich bald wieder auf.« – »Na klar weck ich dich«, sagt Evelyne und gibt sich Mühe, ernst zu bleiben. »Wir gehen ja gleich zu Alexa.« – »Nicht zu Grosi?« – »Nein, Grosi ist doch krank.« – »Schlimm?« – »Nein, Rosie, nur Bauchweh, aber es ist ansteckend.« Das war ungenau. Eigentlich ist Evelyne nicht ungenau. Rosie kennt doch *den Scheißer haben*. Das kann sie ihr doch erklären. Aber Rosie umarmt ihre Plüschschildkröte (auch ein Geschenk von Alexa) und schließt die Augen. Bei dem Anblick überkommt Evelyne selbst das große Bedürfnis, alles von sich zu werfen und sich hinzulegen. Aber jetzt ruft sie erst mal Philippe an, vielleicht erwischt sie ihn noch.
»Boarding hat eben begonnen«, sagt er, »bin aber ziem-

lich weit hinten in der Schlange.« – »War's noch gut heute?«, fragt sie. »Nicht wahnsinnig produktiv«, sagt Philippe und hört sich ein bisschen frustriert an. »Wäre besser schon gestern zurückgeflogen. Zum Glück haben wir heute sturmfrei.« Die Absage seiner Mutter wird ihn noch mehr enttäuschen als sie, das hat sie befürchtet. »Deshalb ruf ich auch an, deine Mutter ist krank. Leider. Kann Rosie nicht nehmen.« – »Wieso«, fragt Philippe, »wieso das denn?«, mit einem Vorwurf in der Stimme, als hätte seine Mutter sich die Darmgrippe selbst ausgesucht. Und tatsächlich hat die ganz fröhlich darüber gesprochen, wie sie dabei immer ein, zwei Kilo abnimmt (empfiehlt ihr ja auch immer irgendwelche Diäten). »Kann Papa dann nicht?« – »Sie hat einen heftigen Virus. Keine Chance.« Als ob Philippes Vater auf Rosie aufpassen würde. »Ich hatte mich so auf unser Wochenende gefreut.« Sie sich auch. Es ist schon ein paar Wochen her, dass sie mal eine Nacht nur zu zweit waren. »Irgendwo in der Wohnung miteinander schlafen. Zusammen baden«, flüstert er. »Ja, das wär schön, nur wir beide, ohne Enten, Unterseeboote und den Pinguin.« – »Ach, die stören mich nicht«, sagt er, »Hauptsache …« Er führt den Satz nicht zu Ende. Sie weiß, er meint *Hauptsache, Sex.* Aber sie hatte vorgestern den Eisprung. Manchmal kommt es ihr vor, als ob er das spüren würde. Sie müssen noch mal darüber sprechen. Aber auch dafür bräuchten sie Zeit. »Du fehlst mir«, sagt er. Sie haben sich gestern Morgen noch gesehen, aber nur so kurz, sie versteht, was er meint. Vielleicht ist es nicht gut gelaufen in Oslo. Vielleicht musste er noch lange mit den Norwegern saufen gehen und hat einen Kater. Wenn er sagt, dass er sie vermisst, dann geht es ihm meistens nicht gut. »Nur noch vier Stunden«, sagt sie. »Weniger, ich sollte eigentlich um sechs zu Hause sein. Heute hat's doch auch keinen Stau.« – »Ja, bloß, ich geh mit Rosie schon früher zu Alexa. Hab ihr versprochen, ihr noch zu helfen.« Philippe seufzt. »Das ist doch Quatsch«, sagt er, »das wird dann doch viel zu lang für Rosalie.« Immer noch sagt er konsequent Rosalie, wenn Rosie nicht dabei ist. Dabei muss er es nicht bei ihr durchsetzen, sondern bei ihrer Tochter selbst. »Sie schläft ja gerade. Und dort kann sie doch nachher auch schlafen.« – »Aber dann gehen wir früh nach Hause. Sonst ist der Tag morgen im Eimer.« Philippe und seine Regeln. Er wird zu schnell nervös, wenn Rosie sich nicht so verhält, wie er es gern hätte oder es sich vorstellt. »Sehen wir ja dann. Können wir doch immer noch entscheiden. Ich freu mich aufs Feiern. Und ich geh nicht um zehn nach Haus.« – »Dann soll ich?« Sie will nicht streiten. Schon gar nicht am Telefon. »Nein, ich will mit dir auf dem Dach tanzen, während Rosie ruhig und selig im Bett von Tante Alexa schläft. Und Adrian geht ab und zu nach ihr schauen. Und bleibt irgendwann ganz unten, weil er eh keine Lust mehr auf das Fest hat.« – »Adrian kommt?!« – »Ja, krass, oder? Er kommt tatsächlich.« – »Das freut mich. Auch für Alexa. Dass sie nicht wieder alleine gastgeben muss.« Jetzt hat sie das Bedürfnis zu sagen, wie normal das ist und dass nicht alle so leben wie seine Eltern, dabei hat sie doch eben noch fast dasselbe gedacht. »Dann lernen wir ja vielleicht auch endlich mal den berühmt-berüchtigten Robert kennen«, sagt Philippe. Robert. Evelyne kennt ihn schon. Das weiß nur niemand. Sie hat überhaupt nicht daran gedacht, dass er heute kommen könnte. »Ich muss aufhören, ich hab die Bordkarte mobil, dann sehn wir uns bald auf dem Dach, ja?« – »Ich freu mich!«, sagt sie. Sie freut sich auf ihn, aber auf das Fest freut sie sich plötzlich nicht mehr so sehr.

Nach dem Workshop wollte sie erst sofort zu Alexa damit. Dachte, sie müsse davon erfahren. Nicht wegen des Schwulenthemas. Oder jedenfalls nur auf die Art, wie es den russischen Jungen betroffen hatte. Mobbing. Das war schon irgendwie Mobbing. Keine halb bewusste Homophobie, wie sie ihr sonst ständig begegnet. *Das ist megaschwul. Du bist so schwul.* Wenn das in ihren Workshops vorkommt, versucht sie meistens, es aufzunehmen, etwas damit zu machen. Auch wenn es frauenfeindlich wird. Und die Jungs finden ja oft (und manchmal auch Mädchen), Rap müsse so sein. Das Schwierigste bis jetzt war der Typ, so ein niedlich aussehender mit abstehenden Ohren, der über Hitler gerappt hat. Zum Glück sind diese Sachen fast immer so schlecht, dass man sie auch noch auf einer anderen Ebene auseinandernehmen kann. Aber der Anti-Putin-Rap von Robert und Samir war leider gut. Gut gereimt, gut gerappt, aber Oleg gegenüber gemein. Auch wenn sie sich daran gehalten haben, keine Namen zu benutzen (sie muss sich da was Neues überlegen, es reicht nicht, wenn sie sagt, es dürften keine Namen von Anwesenden benutzt werden), jeder und jede in der Klasse wusste, wer mit dem Russen gemeint war. *Der Russe ist einer, der Gurken liebt.* Der Titel war bestimmt von Robert, sie selbst hat ja Alexa das Buch von Olga Grjasnowa vor zwei Jahren geschenkt. Außer ihr und der Lehrerin hat vermutlich niemand die Referenz ver-

standen. Das war für sie und die Lehrerin. So nach dem Motto: Krass, aber clever. Und die Lehrerin, das hat sie gemerkt, die hat sich von den Jungs ein bisschen einwickeln lassen. Und es ist ihr auch schon passiert. Immer gibt es ja mindestens einen, der sie beeindrucken will. Und manchmal erwischt sie sich dabei, wie sie dem provozierenden Jungen mehr Aufmerksamkeit schenkt. Ausgerechnet sie. Diese Vlora, was die mit ihren Freundinnen gemacht hat, das war viel besser. Aber die Jungs haben allen die Show gestohlen. Und selbst diese Vlora war bei deren Auftritt ganz hin und weg. Vielleicht auch wegen Samir, der genau wusste, wie er wirkt, wie gut er aussieht.
Evelyne richtet sich auf, wie spät ist es jetzt? Kurz nach halb vier. In zwanzig Minuten muss sie Rosie wecken. Und jetzt sollte sie wohl damit beginnen, die Sachen zusammenzupacken. Früher hätte sie erst mal eine geraucht, eigentlich könnte sie wieder damit beginnen. Das wäre auch ein Zeichen für Philippe (aber mit Zeichen ist es hier nicht getan). Sie mag ja eigentlich immer alle: die langsam Auftauenden und die sofort Begeisterten, die Integrativen und die, die erst mal abblocken. Oleg war einer von denen, die versuchen, nicht aufzufallen. Ein zarter Junge, der noch nicht so gut Deutsch sprach. In einer Klasse mit mindestens zehn Nationalitäten. Und Russisch auf dem letzten Platz. In den Achtzigern hatten ihre Eltern und Großeltern noch Angst vor den Russen, vor den SS20-Raketen, die in Süddeutschland einschlagen könnten. Aber damals gab es auch noch solche wie Onkel Jakob, der von allen anderen in der Familie als Kommunist bezeichnet wurde. Und heute? Russen fahren gern Ski, hat sie irgendwo

gelesen, kurz nach dem Workshop (typisch, wenn man sensibilisiert ist, plötzlich überall Russen). Schweizer heiraten gern russische Frauen. Oligarchen parken hier gern ihr Geld. Und Oleg, offenbar nicht aus reichen Verhältnissen, ist der *schwule Russe*, einer der *zum Gurkenpflücken in die Schweiz* kommen musste, weil Putin die Russen *so sehr am Arsch hat*. Wie hätte sie ihn besser schützen können, ohne paternalistisch zu sein (heißt es eigentlich maternalistisch?), ohne ihm noch mehr zu schaden? Denn das passiert doch, wenn sie einen 17-Jährigen beschützt. *Opfer*. Auch so ein Wort.
Das Ganze ist überhaupt nicht ihre Sache. Nicht als Workshopleiterin. Und Alexa wird es bloß wieder in eine blöde Rolle bringen, sie und Robert haben es ja schon lange nicht mehr so gut wie am Anfang, als sie ihm noch mit ihren Billardkünsten imponieren konnte. Mit ihm ins Kino gegangen ist. *Hunger Games*. Soundsovielter Teil. Wenn überhaupt, müsste sie es Adrian sagen. Was noch schwieriger wäre. Oder Roberts Mutter, die eher streng sein soll. Alexa hat mal gesagt, Taras Erziehungsmethoden seien quasi wie Stasi. War ungewohnt ungerecht ihr gegenüber, am Anfang, sie hat sich bedroht gefühlt. Kein Wunder auch, Tara, die ominöse Frau aus der Vergangenheit, Mutter von Adrians Sohn, dazu noch die wilden blonden Locken. Und Big-Data-Spezialistin bei der Bahn. Hast du schon mal eine so deutsche Deutsche gesehen?, hat Alexa gefragt, und dann haben sie beide gelacht. Sie haben so viel gelacht zusammen, früher, sie haben sich so oft gesehen. Sie erinnert sich noch gut an das Treffen in der Bar Sol, sie hochschwanger und Alexa ganz aufgelöst, weil sie es gerade erfahren hatte. Durch Roberts Brief, er

hatte seinem Vater einen richtigen Brief mit der Post geschickt.
Evelyne geht in die Küche, um die Lebensmittel einzupacken. Und das Gemüse für Rosie bereitzumachen. Haare waschen lässt sie aus, das ist das Praktische an dem neuen Undercut, wenn sie will, kann sie das noch ganz schnell bei Alexa machen. Robert hat fast dieselbe Frisur, super sei die doch, bei ihr auch, hat er gesagt, was sie lustig fand. Zum Umräumen der Tische hat er den Pulli ausgezogen, seine Muskeln präsentiert und die anderen aufgefordert, mit anzufassen, nachher sie um Hilfe gebeten, bei der ersten Übung. Ihm hätte sie das sagen müssen, dass sie die beste Freundin seiner Quasi-Stiefmutter ist. Dann wäre das vielleicht alles gar nicht passiert. Wenn sie ihm schon am Anfang gesagt hätte, wer sie ist. Der Samir, der hatte nichts mehr zu verlieren, drei Wochen vor seinem definitiv letzten Schultag, aber Robert hätte sich bestimmt zurückgehalten. Sie kommt sich nachträglich wie eine Spionin vor (Stasimethoden). Wenn sie Alexa seitdem schon mal gesehen hätte, in Ruhe, dann hätte sie es ihr erzählt. Sie packt die Karotten und Gurken in eine Tupperdose. Rosie liebt Karotten und Gurken. Aber heute Abend wird es ja auch noch genug anderes geben. Bratwürste hat sie vergessen, aber es sind noch welche im Eisfach. Bloß dieses Grillbesteck, sie hat keine Ahnung, wo Philippe das versteckt hat. Wieso nicht beim Grill? Rosie ruft aus dem Kinderzimmer. Sie schreibt: *Liebe, ich finde dieses Grillzeug nicht, soll ich noch welches kaufen unterwegs? Salatsachen bring ich mit. Halt durch. Bald bin ich da :)*

Alexa steigt die Treppen hoch. Besser nicht Treppensteigen und Tippen gleichzeitig, einmal ist sie dabei mit dem Fuß umgeknickt, weil sie die letzte Stufe übersehen hat. Aber bergauf ist nicht so gefährlich. Dafür anstrengender. Und es brennt wieder, der Schmerz ist zurück. Nicht stark. Aber spürbar. Blöd, mit dem Grillbesteck. Dann hätte sie es heute Morgen auch selbst kaufen können. Ihr eigenes hat sie an Stefan und Chrigu verliehen. Sie ist müde. Ist sie jetzt schon in dem Alter, in dem man sich hinlegen muss, an so einem Tag, eine Pause einplanen? Ist sie nicht, das ist eine andere Müdigkeit. Wieso tut sie das überhaupt, all diese Menschen zu sich nach Hause einladen, alles vorbereiten? So viel ist es auch nicht, aber die Aufregung, die Verantwortung, denn die fühlt sie bei einem solchen Anlass für jeden und jede (sogar für das Wetter), jede und jeder soll sich wohlfühlen, einen schönen Abend haben, einen ganz außergewöhnlich schönen Abend, und nicht nur, damit sie nachher denken kann, sie habe es gut gemacht. Auch weil sie es nicht aushalten kann, wenn sie spürt, dass jemand, den sie mag, sich nicht wohlfühlt, und sie mag doch alle, die sie eingeladen hat, Monica, deren Tochter, und Philippe, er darf einfach nicht Evelyne zu früh mit nach Haus nehmen, sogar Jan, der ja krank ist, sogar Jan mag sie irgendwie, und sei es nur, weil er Delia liebt, offensichtlich und uneingeschränkt. Sogar Tara, die immer eingeladen ist und immer absagt (vielleicht sollte sie ihr noch schreiben, dass Adrian kommt?), sogar Tara, wenn sie käme, und umso mehr Zoltan, Evelyne, Brad oder Jessica (obwohl sie denen vielleicht am meisten zutraut, dass sie sich auch ohne ihr Zutun amüsieren), umso mehr Liane Steffen (wenn sie denn kommt), die sie mögen muss, auch wenn sie noch so unnahbar ist (allein wegen ihrer großartigen Literatur), alle sollen sich wohlfühlen, sollen glücklich sein, auf ihrer Feier. Sie schließt die Tür auf, noch ist alles wie immer, nur ein paar Kisten und Tüten, die sie hochbringen muss, und die Küche ungewöhnlich aufgeräumt. Dass sie die kleinsten Missstimmungen spürt, ist ja Stärke und Schwäche zugleich, dass sie die Flöhe husten hört (sogar dann, wenn die Läuse niesen, meint Aurelia), dass sie jedes kleine Zeichen, jede Veränderung interpretiert und manchmal auch missinterpretiert (da hat Aurelia recht): Sie kann einfach nicht anders, sie spürt ständig alles Mögliche. Muss gleich noch ein SMS an Aurelia schreiben. Und wenn sie mit einer einzelnen Person zusammen ist, gelingt es ihr noch am besten, sich abzugrenzen, ihre eigenen Wünsche zu identifizieren. Aber schon wenn sie zu dritt sind, Adrian, Robert und sie, und wenn Adrian dies will und Robert das und dann wieder einer sagt, es sei schon okay, aber dabei vielleicht ein Gesicht macht, einen Unterton mitschwingen lässt (unbewusst vielleicht), sogar wenn es nur ums Essen geht, und meistens geht es ja nur ums Essen, dann kommt sie aus dem Takt, und fast nie isst sie dann das, was ihr guttut. Und wie wird es ihr heute Abend gehen, wenn um die vierzig Leute auf ihrer Terrasse sitzen und stehen, wenn Kinder spezielle Bedürfnisse haben (an die sie nicht gedacht hat) und Eltern nervös werden, wenn irgendwem die Musik nicht gefällt oder zu laut ist und Monica friert (die immer friert, schon gefroren hat, bevor sie so krank geworden ist), wenn sie entscheiden muss, ob man reingehen muss oder auf dem Dach bleiben kann, bis das Feuerwerk beginnt? Und was Adrian machen wird, dem das sowieso alles zu viel ist, weil er Partys ja eben so schwierig findet (und der noch dazu gar nichts trinken darf in Bereitschaft), bestimmt wird sie dauernd schauen, ob er es noch aushält. Und wird sie so sein können, wie sie gern ist auf Feiern, ab einem bestimmten Zeitpunkt? Wird sie tanzen, trinken, ein bisschen flirten und überall gleichzeitig sein und doch bei jedem und jeder für ein paar Momente ganz richtig? Oder ist das sowieso vorbei (letztes Jahr war es schon nicht mehr so)? Tief durchatmen, denkt sie. Diese Phase ist doch normal. Hat sie vor jedem Fest, jeder Reise. Jedem Auftritt sogar. Tief durchatmen und singen. Und sie setzt sich ans Klavier und singt. Das Adrian-Lied, ihre Version von *These foolish things*, die sie extra für ihn geschrieben hat, als er einmal zehn Tage auf Tour war und sie ihn so sehr vermisst hat.

»Der grüne Teich, an dem wir Frösche zählten. Das *Star-Wars*-Poster für den Auserwählten.« Alexa singt über die Liebe. So ist das in diesem Haus: Sarah kann hören, was Alexa singt. Wenn es, wie jetzt, ein Lied ist, das sie kennt und mag, findet sie es okay. Gardenia Perfume lingering on your Pillow. Zum Üben (und für die unerträglichen Gesangsstunden) geht Alexa inzwischen ja meist aus dem Haus. Das ist so abgemacht. Auch Adrian spielt abends nur bis halb neun. Sie muss noch ordentlich absagen gehen. Bei ihrer Cousine wird sie zwar jeden kennen, und alle außer ihr werden paarweise kommen, aber das ist ihr lieber als Alexas Fest, auf dem sie sich völlig fehl am Platz fühlen wird. Bohemiens, hätte ihre Mutter gesagt. Nur Adrian nicht, der ist Arzt.

Es klopft. Kann das Kamal sein? Nein, denkt Alexa, die Silhouette hinter der Milchglasscheibe, das ist Sarah. »Ich kann leider nicht kommen«, sagt ihre Nachbarin, kaum dass sie die Tür geöffnet hat. Noch eine Absage, denkt sie. Und fragt: »Oh. Warum denn nicht?« Aber dann denkt sie auch, dass Sarah eine ist, um die sie sich besonders hätte kümmern müssen, weil sie niemanden außer Franz kennt und die beiden einander nicht sonderlich mögen. »Mein Bruder ist krank geworden, und jemand muss heute bei meiner Mutter sein«, sagt Sarah, spricht immer noch Hochdeutsch mit ihr, nach all den Jahren im selben Haus.

»Schade«, sagt Alexa, »gute Besserung für deinen Bruder. Und lieb, dass du Bescheid sagst.« – »Gern, ich hoffe, das Wetter bleibt so schön.« Jetzt hätte sie sich beinahe verplappert und vom Grillfest ihrer Cousine gesprochen. Sie verabschiedet sich schnell. Am liebsten würde sie zu Hause bleiben heute Abend, fernsehen oder sogar ein bisschen arbeiten, aber das ist ja das Arge, dass sie sich das nicht traut, weil man sie hören oder Licht bei ihr sehen könnte. Sie könnte nochmals klingeln und sagen, dass es eine Ausrede war. Dass sie einfach keine Lust hat zu feiern. Fast muss sie lachen, weil sie sich vorstellt, wie sie zu Alexa Albrecht sagt: Ich hab keine Lust auf deine Party. Ich schau lieber einen guten Film.

Schräg, denkt sie und hört, wie einen Stock tiefer die Tür zufällt. Zoltan hat geschrieben: *Noch nichts. Finde ihn nicht. Aber Liane kommt zu deiner Party!* Sie hat es ihm so gewünscht, dass er Kamal irgendwo unten am

See aufliest. Wünschen kann sie gut. Im Wünschen ist sie Weltmeisterin. Und sie hat sich einmal sehr gewünscht, Liane Steffen persönlich kennenzulernen (über die kurze seltsame Begegnung nach der Lesung in Zürich hinaus). Und nun kommt die tatsächlich auf ihre Feier, auf der sie traditionellerweise mit niemandem ein vernünftiges Gespräch führt. Zum Glück wird Zoltan da sein. Der hat genug mit seiner Autorin zu besprechen. Soll sie trotzdem den grünen Hosenanzug anziehen? Der ausgeschnitten ist und nicht besonders seriös. Schon alleine wegen dieser Frage müsste sie sofort aus dem Liane-Steffen-Fanclub fliegen, wenn es einen gäbe. Und was ist mit ihrem Lied, in dem eine Neunzehnjährige mit Schweizer Pass einem Zwanzigjährigen ohne Schweizer Pass hinterhertrauert? Soll sie die Strophe noch dranhängen, in der Anna-Verena die Schule schmeißt (aber was wäre das für ein Signal)? Oder sollte überhaupt ein trauernder Hashim das Lied singen? »Hallo.« – »Hallo.« Manchmal reicht ihr das schon, wenn sie Adrian *Hallo* sagen hört, auf diese Weise.

»Wie geht es dir?«, fragt Alexa. Und er denkt, dass sie anruft, weil sie ihm etwas erzählen will. Er glaubt, dass er das hören kann. »Hier kommen nur kleine Sachen rein, aber so richtig geht es ja auch erst am Abend los«, sagt er. »Hoffentlich nicht.« – »Ach, da bräuchte es mehr als die üblichen Alkoholvergiftungen und Verbrennungen 2. Grades, dass sie mich rufen.« – »Wie war dein Mittag?«, fragt Alexa. Vielleicht hat sie gar nichts auf dem Herzen und ruft einfach so an. »Mühsam, waren noch zwei von Connys Station dabei, die sie nicht leiden kann. Und Jürg ist tatsächlich 'ne Plage. Zum Glück haben sie uns zum Kaffee allein gelassen.«

Nach allem, was Adrian bisher von Conny erzählt hat (und sie kommt relativ oft vor), geht sie davon aus, dass die Frau (noch keine dreißig, soweit sie weiß) entweder auf Adrian steht oder sich irgendeine Hilfe von ihm verspricht. Bis jetzt ist es ihr gelungen, ihm gegenüber weder den einen noch den anderen Verdacht anzudeuten. Und heute wird sie das sicher nicht ändern.

»Bei meinem Vater haben sie gestern einen Katheter gesetzt«, sagt Alexa, und er erschrickt. Wieso sagt sie erst jetzt, dass etwas mit Leo ist? Mit Krankheiten kann sie nicht gut umgehen. »Warum denn«, fragt er vorsichtig, »war das fällig? Routine?« – »Weiß ich ja nicht, hat er nicht wirklich erklären können, ich soll dich fragen.«

Adrian lacht unsicher. »Das kann viele Gründe haben«, sagt er, »wichtig ist, was dabei rauskam.« – »Sie haben keinen Stent gesetzt und auch keinen Bypass, er ist schon wieder zu Hause.« Sie hört ihn aufatmen. Es hat ihn auch beunruhigt. »Ich kann ja heute Abend mal anrufen«, schlägt er vor. »Heute Abend?« – »Auf dem Nachhauseweg.« – »Ja, das wär gut.« Adrian wird mehr rauskriegen als sie, das ist nun mal so. »Klingt auf jeden Fall nicht, als müsste man sich Sorgen machen«, sagt er jetzt. Darüber muss sie lachen. »*Muss* man nicht, ich weiß«, sagt sie. »Kommt denn Evelyne?« – »Ja, die kommt gleich. Zum Glück. Ich war noch eine Stunde mit Zoltan unterwegs, wir haben Kamal gesucht.« – »Wieso?« – »Er ist verschwunden, sein Handy kaputt. Ich hoff, er ist irgendwo untergekommen und meldet sich bald. Kann sein, dass die Mansarde doch frei ist für Robert. Aber sag mal noch nichts.«

Was soll er dann mit dieser Information anfangen, fragt er sich und sagt, dass das in Ordnung sei. »Aber ich erklär ihm trotzdem mal die Lage. Ist doch sonst komisch.« Alexa seufzt. »Wieso seufzt du jetzt?« – »Ich hab doch gar nicht geseufzt«, sagt sie, und es hört sich immer noch wie Seufzen an. »Hat so geklungen.« – »Tut mir leid, irgendwie alles, das war ein allumfassender Seufzer.«

»Allumfassend. Grad so«, sagt Adrian, und es klingt belustigt. Er will sie runterholen, manchmal klappt das, und sie kann auch lachen, manchmal macht es sie wütend. Jetzt findet sie es nur ein bisschen doof, auch wenn ihre Formulierung dazu eingeladen hat, sie wollte trotzdem, dass er sie ernst nimmt. »Ist ja normal, dass du nervös bist, auch ohne das mit deinem Vater«, sagt er, als hätte er sie denken gehört, »auch ohne das mit Kamal.« Auch ohne den Schmerz, denkt sie. Auch ohne das mit Brad. »Und ohne das mit dem Lied«, sagt sie. »Wieso? Was ist denn mit dem Lied?« – »Ist nicht richtig gut, hast du doch selbst gesagt.« – »Sicher nicht.« – »Ich hab überlegt, die Stephan-Eicher-Version zu nehmen.« – »Okay?« – »Weil du den Refrain nicht so toll fandst.« Diesmal seufzt er. »Ich bin doch nur ein bisschen über die Anna-Verena gestolpert, aber als du es dann gesungen hast, hat's total gestimmt.« Er hat recht, und sie müssten auch nochmals zusammen proben, wenn sie die andere Version nehmen würde. »Du lässt dir doch sonst nicht so reinreden?« – »Ich weiß. Es ist, weil ich keine Schweizerin bin.« Jetzt lacht er wieder, aber fröhlich. »Noch nicht!«

»Werde ich nie sein, nie auf diese Weise«, sagt sie. Manchmal fragt er sich, ob es, abgesehen von den offensichtlichen Gründen, noch einen anderen Grund gibt, weshalb Alexa Schweizerin werden will. »Die haben dich ganz schön indoktriniert«, sagt er, »bei dem Einbürgerungsgespräch«, und meint das sogar ein bisschen ernst, aber sie geht nicht drauf ein, sie spricht einfach weiter. »Nie so, dass ich das Recht hätte, das Guggisberglied zu verunstalten.« Nach dem Gespräch hat sie ihn sofort angerufen und ihm erzählt, was der Beamte beim Anblick ihrer Steuererklärung gesagt hat: Da wird der Stadtrat aber gar keine Freude haben. Sie hat gelacht, aber aufgelöst war sie auch. Wie das für andere sein müsse, wenn sogar sie sich ausgeliefert gefühlt habe, hat sie gesagt. »Ich glaub, du überhöhst das Guggisberglied«, sagt er jetzt, »schade, hast du letztes Jahr bei dem Wettbewerb nicht mitgemacht, wo sie den neuen Text für die Nationalhymne gesucht haben. Damit hättest du richtig groß rauskommen können.« – »Nicht lustig! Und außerdem kommt Liane Steffen.« – »Aber die ist doch Deutsche. Der ist das Guggisberglied völlig egal.« Er hat noch nie was von Liane Steffen gelesen, und er weiß, dass Alexa ihm das ein bisschen übel nimmt. Liane Steffen ist ihre Heldin. Dass sie heute Abend kommt, wird das Fest sicher nicht entspannter machen. »Hast du es niemandem sonst gezeigt? Außer mir?«, fragt er. »Evelyne hab ich's geschickt, aber die hat's noch nicht angeschaut. Das verunsichert mich eben auch.« – »Hat sie bestimmt einfach noch nicht geschafft.« – »Ich weiß. Versteh auch nicht, was mit mir los ist.«

Das letzte Mal, dass sie sich so viel Gedanken gemacht hat, muss bei der Abstimmung zur Aufhebung der Wehrpflicht gewesen sein, als sie ihre Version von *Maybe this time* gesungen hat, aber das war ja auch mitten am Tag beim Stauffacher. Das Telefonieren macht sie jetzt nur noch nervöser, sie sollte aufhören. »Oh nein, ich hab die Bienen vergessen«, sagt Adrian, bevor sie noch zum Verabschieden ansetzen kann. Wie kommt er jetzt auf Bienen? »Kannst du mir einen Gefallen tun? Tut mir leid. Aber ist wichtig.« – »Welche Bienen?« – »Na, die Bienen von Franz. Besser gesagt, sein Bienenhotel.« – »Weiß ich nichts von«, sagt Alexa und versteht immer noch nicht, wieso er jetzt von Bienen und Hotels spricht. »Weil du deine E-Mails nicht liest, Franz will im Hof ein Bienenhotel aufstellen. Hat er doch extra alle gefragt.« Davon hat sie wirklich nichts mitbekommen. »Er hat das gebaut, und ich hab ihm versprochen, es rauszutragen, gestern schon, kann er nicht alleine.« Jetzt soll sie auch noch runter zu Franz, ein Bienenhotel transportieren. »Kannst du ihn nicht anrufen?« – »Der geht doch nie ans Telefon«, sagt er und dann, dass er ja wisse, dass sie keine Zeit habe, und dass sie ja nicht tragen solle, sondern wirklich nur schnell Bescheid sagen, damit Franz das nicht ohne ihn macht, und dass er superfroh wäre. Er mache auch Frühstück morgen. Wie soll sie da *Nein* sagen.

Und natürlich wird sie Franz das Ding raustragen, sie kennt sich doch. »Das Hotel ist noch unbelegt, nehme ich an?« Adrian lacht erleichtert. »Noch völlig bienenfrei.« – »Dann geh ich schnell runter«, sagt sie. »Danke! Blöd, dass ich's vergessen hab.« – »Vielleicht hat er's ja selbst vergessen«, sagt sie.

Er schickt Alexa noch *Dankeschönküsse* hinterher. Dann ruft er Robert an, aber es kommt nur die Combox. Roberts Stimme sagt: *Bitte Danke.* Und das war auch schon der Piepton. Er weiß nicht, was sagen, es kommt ihm so vor (Unsinn natürlich), als dürfe er auf der Box nichts hinterlassen, was auf Kamal hindeutet (dabei glaubt er nicht mal daran, dass Kamal schon gesucht wird). Drum sagt er nur, dass Robert ihn mal zurückrufen soll. Er müsse zwar jetzt wieder, aber er hoffe trotzdem, sie würden sich bald erwischen.

Robert sieht, dass Adrian ihm draufgesprochen hat, hört aber nicht ab. Denn da kommt Vlora. Er erkennt sie von Weitem. In ihrem Gefolge die Bügelbretter. Die passen *so* nicht zu ihr, mit den glatt gestrählten Haaren und den Spinnenwimpern. Halten immer den Kopf über Wasser beim Schwimmen. Er spannt sein Sixpack an, dann atmet er wieder aus. »Bro«, sagt Samir leise, »komm wieder runter.« Ganz kurz versteht Robert ihn falsch. Aber das passiert ihm schon lange nicht mehr, dass das jemand mitkriegt, der es nicht mitkriegen soll. Nicht mal, als Vlora sich letzte Woche über ihn gebeugt hat, um nach der Sonnencreme zu fischen. Doppelte Badehose. Das war mal ein guter Adrian-Tipp. Damals auf den Malediven, wo es ihm tatsächlich am Strand das Zelt aufgestellt hat (und denken solle man besser auch nicht an Ständer). Samir nervt, der soll doch einfach weiterchillen. Und da steigt sie auch schon über Marvin hinweg und kommt auf ihn zu, man sieht ihren BH im Armausschnitt, und dann setzt sie sich so neben ihn, dass ihr Rock hochrutscht (dann ist das Oberteil wohl auch vom Bikini). Und Marvin hängt die Zunge raus, das ist so ein Wixer. »Ihr seht ja schon ganz schön fertig aus«, sagt Vlora, und auf Nico und Marvin trifft das auch zu.

»Danke gleichfalls«, sagt Samir und findet die anderen ein bisschen pathetic, wie Nico sich streckt und Marvin grinst, und Robert, der eskaliert total, sobald Vlora auftaucht. Der hätte nicht jeden zweiten Zug auslassen sollen. Schon klar, Vloras Figur ist Queen Bey, aber der rosa-blonde Dreadlockscheiß und die Piercings, nicht sein Stil. Sorry. Die schönste Frau der Welt ist sowieso 2500 Kilometer entfernt, im Coffeemania bei der Arbeit. Morgen sehn sie sich wieder am Handy. Und wenn er genug Geld hat, fliegt er nach Izmir. Bei Arsel könnte er einsteigen. Der Typ da vorne mit dem krassen Zahnproblem, der hat dem anderen grad was vertickt. (»Voll awkward«, ruft Marvin, keine Ahnung weshalb, es klingt einfach nur dumm, so wie er es ausspricht.) Der Typ und seine Freunde verticken hier neuerdings alles Mögliche. Und seitdem kommen auch immer Sachen weg. Er traut den Arabs nicht. Dem jedenfalls nicht. Gut, der haut ab. Das ist gut. Der andere, der mit den Narben, der sieht nicht aus, als ob er irgendwas am Start hätte. Verkackt sieht der aus. Muss aufpassen, dass er nicht vom Steg rollt. Wie

Marvin damals. Voll eingeschlafen und rollt ins Wasser. Hat megastrange ausgesehn. Die anderen schauen ihn fragend an. Wahrscheinlich hat er gelacht.

Faruk verschwindet. Und Kamal ist keinen Schritt weiter. Außer dass er jetzt Drogen hat. Dass ihm Faruk das Zeug aufgeschwatzt hat. Freundschaftspreis. Arschloch. Und er kann nicht mehr. Dann kannst du wieder klarsehen, hat er gesagt. Faruk ist so ein Arschloch. Ist ja nichts Neues. Faruk mit der Schweizer Frau. Der kann hier in Ruhe dealen. Aber kein Bett für ihn. Keine Kissen auf dem Boden. Er ist so müde. Er könnte doch einfach hier schlafen. Alle hängen hier ab. Wieso ist er so kaputt? Und gleichzeitig klopft sein Herz wie verrückt. Er hat doch bloß Wodka getrunken. Die da drüben, die kiffen. Oder haben gekifft, bevor die Mädchen gekommen sind. Der Blonde spielt ständig mit seinen Muskeln. Er wäre auch gern stärker. Würde gern kräftiger aussehen. Breite Schultern haben wie Rashid. Mit Rashid. Das war die einzige Zeit, in der er glücklich war. Der Sommer, als alles möglich schien. Als er dachte, er würde nach Tunis ziehen. Sein Kopf tut weh. Und Durst hat er. Solchen Durst. Er muss aufstehen und zum Wasserhahn gehen. Aber dann findet er nie mehr einen Platz. Ist immer voller geworden. Dauernd kommt einem einer zu nah. Und Faruk hat diesen Typen angerufen. Und der holt ihn vielleicht ab und bringt ihn irgendwohin. Faruk ist ein Arschloch. Wie der über seine Frau redet. Aber legal hier. Die Mutter von seiner Frau soll zu Besuch sein. Plötzlich haben alle Besuch von den Eltern. Er könnte sich erwischen und nach Hause fliegen lassen. Und dann? Seit den Anschlägen ist wieder Ausnahmezustand. Dass er kurz gedacht hat, dass sie ihn doch jetzt hierbehalten müssen, als er von den vielen Toten in Sousse hörte. Dafür schämt er sich jetzt noch. Und was schaut der da so, der Typ? Jetzt hat er noch Drogen. Und die Jungs da, die rauchen. Alle kiffen. Und dann gibt's eine Razzia. Und er ist ja verrückt. Sollte das Zeug doch ins Wasser werfen. Aber ist auch egal. Wenn sie ihn erwischen. Dann ist sowieso alles egal. Dann kann er auch Pillen haben. Dann kann er auch voller Drogen sein. Was ist denn? Reicht schon wieder die Hautfarbe? Oder warum guckt der Typ mit den Tätowierungen so? Oder der steht auf ihn? Ja. Der will was von ihm, das kann er sehn. Der will Sex.

»Hier würde unser Russe auch noch wen abkriegen«, sagt Marvin und hebt das Kinn in Richtung Araber. Samir hat so keinen Bock mehr auf diesen Russenscheiß, aber dreht trotzdem den Kopf. Krass. Neben dem vernarbten Araber hockt jetzt echt so ein Bärtiger mit locker zweitausend Stutz an Tattoos auf dem Rücken und versucht einen Aufriss. »Ich glaub, unser Russe ist zu blass, der muss erst ins Solarium«, kommt von Nico. Vlora verzieht das Gesicht, und Robert sagt, er wolle überhaupt nichts von Russen hören. »Schon gar nichts von weißen Russen.« Vlora lacht. Well done, Bro. Wenn er nicht so faul wäre, würde er jetzt ins Wasser gehen. »Mir ist es jedenfalls langsam zu schwul hier«, sagt Marvin, der das mit den Weißrussen natürlich nicht verstanden hat, *Lions*-Fan und nicht mal Ahnung von Fußball. Spielen können sie alle nicht. Wenn er nicht dieses Scheiß-Drüsenfieber gehabt hätte, wäre er jetzt U19. Vielleicht. Aber der Zug ist lange weg. »Und alle am Casten, nicht schön«, sagt Nico. Ausgerechnet Nico, den weder Frauen noch Männer casten. »Ich glaub, wir könnten hier reich werden mit unserem russischen Opfer«, antwortet Marvin und lacht.

Robert schaut zu Samir. Wenn Samir was sagen würde, der könnte das beenden. Seit auch noch Nico gegoogelt hat, dass sich ein Oleg, der schwul war, in Zürich das Leben genommen hat, ist es völlig aus dem Ruder gelaufen. Und Vlora findet es schon lange nicht mehr lustig. Er hatte gehofft, in den Ferien würde das von selbst aufhören. »Ich glaub, es langt«, sagt ausgerechnet Gresa mit den Kulleraugen, die immer zwei Schritte hinter Vlora und Lilly geht. Gresa, nicht Samir. Respect. »Das ist so alt«, schiebt sie noch nach und rückt ein bisschen näher an Lilly ran. »Marvin, du bist echt fascho!«, sagt Vlora. Alle schauen zu Samir. Aber der guckt aufs Wasser, hört gar nicht zu. »Hilfe! Pussy Riot!«, ruft Nico und findet sich wahnsinnig lustig. Robert kann immer noch nicht fassen, dass ausgerechnet Gresa den Mund aufgemacht hat. Er sollte jetzt auch was sagen. Soll er sich auf die Seite der Chicks schlagen? »Kapiert. Ihr macht's zu dritt«, sagt Marvin. Da muss er lange drüber nachgedacht haben. Robert will sich Vlora nicht mit den Bügelbrettern vorstellen. Er will einen Themenwechsel. »Habt ihr auch so ein Rechtsrock-SMS bekommen?«, fragt er. »Was für ein Rechtsruck-SMS?«, fragt Lilly, und Vlora sagt: »Wo wir die Flyer entsorgt haben.« Gresa nickt: »Rock fürs Vaterland. Megakrank.« Sie schüttelt sich. »Also ich nicht. Kein SMS.« – »Ich auch nicht.« Marvin und Nico schauen auf ihre Smartphones. »Negativ«, sagt Marvin. »Und wer hat das geschickt?«, fragt Vlora. Robert hatte gehofft, dass sie auf das Thema anspringt. Aber dass sie es sogar war, die sich um die Flyer gekümmert hat. »Anonym«, sagt er, »das ist ja das Krasse. Als ob ich Amok hören würde.« – »Amok«, ruft Nico laut, und Samir schlägt ihm mit der flachen Hand auf den Hinterkopf. Vlora lacht.

Kamal wünschte, diese Jungs würden abhauen. Dégage, denkt er. Eine Zeit lang haben sie das ständig gesagt, Dégage! Dégage! Weil es bei Ben Ali so gut geklappt hat. Diese Jungs da, die sehen nicht aus, als ob sie wüssten, wer Ben Ali ist. Die sehen einfach nur nach Ärger aus. Immerhin ist der Typ mit den Tattoos wieder weg. Klar. Bei so einem könnte er vielleicht schlafen. Aber er ist, wie hat Zoltan gesagt, er ist ein gebranntes Kind. Das ist ihm geblieben, das Sprichwort. Weil es so schrecklich gut passt. Und Zoltan hat das auch gemerkt, noch während er es erklärte, und dann war das awkward. Das war wirklich awkward. Er braucht dringend etwas zu trinken.

Samir beobachtet den Araber. Der hat sich voll erschreckt, als Nico geschrien hat. Manchmal nervt ihn das, wie er alles so genau mitkriegt, wenn er raucht. Jeden Scheiß. Außer wenn er es steuern kann. Wenn alles größer wird. Weiter. Oh Mann, irgendwas Großes, irgendwas Großes muss er doch hinkriegen. Vlora ist immer noch bei Amok. »Die sind doch illegal«, sagt sie und scheint zu glauben, dass er sich damit auskennt. »Das ist doch der, der die Juden angegriffen hat?« Keine Ahnung, aber der Bro sieht aus, als hätte er voll den Durchblick.

»Ja, das war gleich um die Ecke bei meiner Mansarde«, sagt Robert und betont das Wort *meiner*. Vlora sagt nichts dazu, schaut ihn nur kurz an. »Ein Jude. Zwanzig Faschos«, fügt er hinzu, als ob er dabei gewesen wäre. »Ist der Russe nicht auch Jude?«, fragt Nico, und es klingt nicht nach einem Witz. Rundherum offene Münder. »Wie kommst du denn darauf?« – »Weiß nicht, hab mal so was gehört.« – »Hast du es wem gemeldet, das mit dem SMS?«, fragt Gresa und setzt ihre Brille ab, als ob sie Robert so besser sehen könnte. Aber bevor er antworten muss (wahrscheinlich ist eh allen klar, dass er das nicht gemacht hat), will Vlora wissen, wo das denn jetzt steigt, das Nazitreffen. »Schönenberg. Offenbar.« – »Ist bei Horgen«, sagt Samir und hält sein Phone hoch. »Zeig mal«, Vlora schaut auf Samirs Display. »Das schreib ich meinem Bruder. Okay?«, fragt sie und beginnt schon zu tippen. »Der ist bei den Roten Falken.«

Jetzt gehen sie. Endlich. Kamal rückt ein bisschen zur Seite. Nein, sie gehen nur schwimmen. Der eine von den Jungs schaut wieder so, für einen Spitzel ist der zu jung. Und ist ja verrückt, wie tief die drin ist, diese Angst. Hätte er selbst nicht gedacht, dass er nochmals in das reinrutscht, dieses übertriebene Misstrauen, allem und jedem gegenüber. Rashid hat ihn ausgelacht. Die Zeiten sind vorbei, hat er gesagt. Game over. Und jetzt kippen wir noch Paragraf 230. Er war so optimistisch zu Beginn. Zum Wahlsieg der Ennahda hat er gemeint, das sei nur eine Phase. Aber dann kam die Morddrohung. Was für ein beschissener Platz hier zum Warten. Er will hier weg. Aber er weiß niemanden, zu dem er noch hingehen könnte. Er will schlafen. Er ist so müde. Kamal holt wieder die SIM-Karte aus der Tasche, als könnte die sich inzwischen selbst repariert haben. Ohne die Jeans würde er weniger auffallen. Aber die Hose, die er drunter hat, sieht nicht nach Badehose aus, und außerdem hat sie ein Loch. Als er letzten Sommer mit Daoud hier war, haben sie weiter unten am Fluss gesessen, auf dem Streifen Gras, im Schatten, da waren sie nicht so ausgestellt. Aber da würde ihn der Typ nicht finden, der Kumpel von Faruk, wenn es den überhaupt gibt. Wenn Faruk den nicht erfunden hat. Einfach einschlafen, das wäre so gut jetzt. Das Zeug hält dich wach, hat Faruk gesagt. Klarsehen. Er sieht ja klar. Es ist alles beschissen. Nicht mal Zoltan hat ihm geholfen. Oh nein. Er ist so dumm. So unglaublich dumm. Wieso hat er den Typen mit dem Bart nicht gefragt, ob er sein Telefon benutzen kann. Er hätte Zoltan anrufen können. Wo ist der jetzt, der Typ? Oh nein. Was für ein Idiot er ist. So ein Idiot. Er sieht wirklich nicht mehr klar. Aber das Mädchen, jetzt, wo sie allein ist. Das muss er sich jetzt trauen.

»Krass«, hört Vlora Nico sagen, gerade als sie auftaucht, »krass, was will denn der Araber von Lilly?« Sie wirft ihre Dreads nach hinten, und jetzt kann sie sehen, dass da ein Mann bei Lilly steht, das muss der sein, der die ganze Zeit neben ihnen gelegen hat. »Was für ein Araber?«, fragt Gresa, die zwar immer den Kopf über Wasser hat, aber ohne ihre Brille gänzlich blind ist. Und jetzt kommen auch Samir und Robert, die mal wieder gegen den Strom um die Wette geschwommen sind. Sie würde ja auch mitmachen, aber Samir findet es schon uncool genug, wenn er gegen Robert verliert. »Das ist der mit der Narbe«, sagt Samir, »der so fertig aussah.« – »Sag ich doch, der schwule Araber«, mault Nico. Der kann's echt nicht lassen. Überkompensation wahrscheinlich. »Vielleicht ist er ja bi«, sagt Marvin, der sich kaum bewegt beim Schwimmen, einfach dahintreibt. Hobbylos gar kein Ausdruck für die, wieso müssen die immer dabei sein? Damit die Jungs in der Überzahl sind? »Vielleicht schnorrt er ja einfach 'ne Kippe?«, sagt Gresa. Und Robert sagt: »Ich schau mal.«

Und dann krault er los. Schwimmen ist der einzige Sport, in dem er bei den Besten ist. Er hat einen guten Stil. Ist schneller als die meisten anderen. Er kann ewig die Luft anhalten. Und Brückenspringen kann er auch. Einmal sind Samir und er vom Kesselhaus gesprungen, vom Dach runter. Samir ging's gar nicht gut hinterher. Aber *er* hätte nochmals springen können. Hat natürlich niemand von den anderen gesehen oder gefilmt. Er taucht auf, steigt die Leiter hoch. Lilly sitzt allein da, auf ihrem gestreiften Handtuch. Der Araber liegt wieder auf seinem Platz am Wasser und sieht so aus, als würde er schlafen. »Was wollte der von dir?«, fragt Robert. Lilly ist noch dünner als Gresa, das sieht wirklich krank aus, da kann sie sich noch so viel sonnen. »Telefonieren. Hat gesagt, sein Handy sei Schrott.« – »Und wen hat er angerufen?« Lilly schaut ihn entgeistert an. »Ich geb dem doch nicht mein Galaxy. Außerdem war das bestimmt nur ein Trick, um an meine Nummer zu kommen.« Robert kann sich nicht vorstellen, dass der Typ bei Lilly andocken wollte. Aber vielleicht ein Freund von ihm. »Hat mir ein SMS diktiert, aber ich hab's nicht verschickt. Wär ja aufs selbe rausgekommen.« Robert überlegt, was sie meint. Ach so, ihre Aufriss-Theorie. »Was wollte er denn, das du schreibst?« – »*Bin im Letten. Eine Stunde noch. K.* Megaoriginell«, flüstert Lilly. Wenn der Typ sie hören könnte, wär's wohl jetzt zu spät zum Flüstern, denkt Robert. Und dass es nicht wichtig klingt. Aber trotzdem bisschen krass, wenn der wirklich jemand Bescheid geben wollte. Er fragt sich, ob er sein iPhone rausgegeben hätte. Wahrscheinlich nicht. Sicherheitshalber schaut er unter seiner Jeans nach, ob es noch da ist. Alexa schreibt gerade: *Lieber Robert.* Sie beginnt jede Nachricht mit *Lieber Robert* und schreibt schon wieder einen halben Roman in den Chat. *Sorry wegen der Mansarde und dass ich's dir nicht erklärt hab. Mach ich noch. Kann auch sein, dass sie doch frei ist, dann meld ich mich gleich. Musikzimmer ist sowieso für dich. Hab deine Sachen runtergebracht. Bis später, Alexa.* Seine Sachen? Seine Klamotten und das Transparent. Oder was meint sie? Er hat keine Lust zu antworten. Andererseits ja auch nett von ihr. Und vielleicht klappt es doch. Wahrscheinlich hat Adrian deshalb angerufen. Er schickt ein Thumbs-up-Icon.

Alexa hält ihr das Handy vor die Nase, mit Roberts Reaktion. »Immerhin«, sagt Evelyne, »besser als nichts.« Alexa hat das Gerät wieder weggelegt, und bei der Heftigkeit, mit der sie jetzt die Tomaten schneidet, würde es Evelyne überhaupt nicht wundern, wenn sie gleich einen Finger erwischt. Sie und Rosie geben ein wunderbares Bild ab. Rosie auf dem Boden mit einem Topf Basilikum und einem Brettchen. Schneidet mit der Kinderschere die Blätter von der Pflanze und dann jedes einzelne in schmale Streifen. Total konzentriert. »Ich wünschte, ich könnte ihm so vertrauen, wie Adrian es tut.« Das wäre der Moment, denkt Evelyne, jetzt müsste sie ihrer Freundin von dem Workshop erzählen. Aber nach dem, was allein die Frage *Kommt Robert auch?* eben bei Alexa ausgelöst hat. Nein. Zum Glück kommt er nicht. »Man kann ihnen nicht trauen. Nicht in dem Alter. Bei denen läuft so ein anderer Film ab«, sagt sie stattdessen. »Und wir waren ja leider nie siebzehnjährige Jungs.«

Leider? Vielleicht eher zum Glück, denkt Alexa. Aber ja, Evelyne hat recht. Was weiß sie schon von siebzehnjährigen Jungs? Sie war unglücklich verliebt in siebzehnjährige Jungs. Vor allem in Felix, wegen dem sie Chemie nicht abgewählt hat. Für den sie ihre ersten Lieder schrieb, traurige Lieder, die niemand außer ihr jemals gehört hat (und auch niemand je hören wird). Der Brad ähnlich sieht. Oder eigentlich umgekehrt. Brad könnte mit siebzehn wie Felix ausgesehen haben. »Ich hab Brad gesehen«, sagt sie. Und Evelyne macht genau das richtige Gesicht. Alarmiert, verwundert, ein bisschen erfreut. Deshalb vermisst sie Evelyne. Auch deshalb. Grad jetzt in diesem Moment spürt sie es sehr. »So ein Brett?«, fragt Rosie und hält ihres über den Kopf, sodass ein paar von den grünen Blättchen herunterflattern. »Brad ist ein Name, Rosie, so heißt ein Freund von Alexa.« Alexa macht eine Grimasse für Evelyne, aber die guckt nicht hin. Muss sie jetzt schon vorsichtig sein, was sie sagt, wenn Rosie dabei ist. Wie viel versteht sie schon? Und was wird sie nicht verstehen, aber sich merken und ihrem Vater erzählen, wenn sie ihn sieht, oder irgendwem sonst? »Er kommt heute Abend«, sagt sie. »Und Adrian auch?« – »Genau.« – »Habt ihr geredet?« Alexa schüttelt den Kopf. »Nichts geredet?«, fragt Rosie. Sie ist fertig mit dem Basilikum. Es stehen nur noch die Stängel im Topf. Stolz stellt sie erst das Gerippe und dann das Brettchen voll grüner Schnipsel auf den Tisch. Alexa muss lächeln. »Super, Rosie, vielen Dank!«, sagt sie. Aber trotzdem will sie jetzt ein richtiges Gespräch mit ihrer besten Freundin führen. Sie liebt Rosie. Rosie ist toll. Aber sie ist auch der Grund dafür, dass ihr Evelyne irgendwie abhandengekommen ist. »Willst du ein bisschen *Käpt'n Sharky* hören?«, fragt Evelyne. Und Alexa denkt, dass sie sich mehr darauf einlassen sollte, auf dieses Zu-dritt-Sein. Rosie verzieht das Gesicht. »Ich will helfen.« – »Du kannst helfen und *Käpt'n Sharky* hören«, antwortet ihre Mutter. »Oder nicht, Alexa?« Sie denkt nach. Etwas Sinnvolles. Ungefährliches. Etwas, bei dem man *Käpt'n Sharky* hören kann. »Oh Rosie«, sagt sie, »die Servietten sind noch gar nicht gefaltet.« Evelyne schaut Richtung Decke. Okay. Keine Servietten. »Kann ich nicht Luftschlangen pusten?«, fragt Rosie. »Klar, Luftschlangen, das ist prima. Du kannst das Wohnzimmer dekorieren.« Sie hat genug Luftschlangen. Auch noch für oben auf dem Dach. »Ihr dürft aber nicht gucken, bevor ich fertig bin«, sagt Rosie und zieht mit dem iPad und der Dekotüte ab, Evelyne und sie lachen ohne Ton. »Wir sind doof«, sagt sie. »Sind wir nicht«, antwortet Evelyne. »Rosie trickst auch immer. Tricksen darf man. Lügen nicht.« Und dann rollt sie übertrieben die Augen: »Servietten falten. Dein Ernst?« Und wieder lachen sie, aber jetzt richtig, im Hintergrund läuft schon die Musik von *Käpt'n Sharky*. »Also, Brad war hier«, sagt Alexa, denn sehr viel Zeit wird Rosie ihnen nicht lassen. »Hier bei dir? Wieso das?« – »Jessica hat angerufen, dass sie ihn zur Party mitbringt. Und da wollt ich ihn vorher sehen. Auch wegen Adrian.« Aus dem Wohnzimmer kommt ein pfeifendes Geräusch. Oje, in der Tüte waren auch die Luftballons. »Nicht kommen«, ruft Rosie, »ich bin noch nicht fertig.« – »Alles klar«, ruft Evelyne.

Alexa sagt, dass sie jetzt eigentlich keine Angst mehr habe vor Adrians Begegnung mit Brad. »Und es ist doch auch schon so lange her«, sagt sie, ohne von den Tomaten hochzuschauen. Evelyne überlegt, ob sie sich noch so nah sind, nah genug, dass sie ihre Freundin fragen kann, ob sie sich nichts vormacht. Gleichzeitig macht sie sich Sorgen um Rosie, die nicht versuchen sollte, Luftballons aufzublasen, weil ihr davon schlecht wird. Aber sie will sich auf Alexa konzentrieren, die jetzt sagt, dass es locker gewesen sei, dass sie das Gefühl gehabt habe, Brad hätte das alles eh längst vergessen. »Moment«, sagt Evelyne, »halt den Gedanken fest, ja! Bin gleich zurück.« Alexa schaut überrumpelt. »Rosie, bringst du die Luftballons. Ich helfe dir«, ruft sie. Alexa seufzt. »Nicht reinkommen«, Rosies Stimme klingt jetzt ein bisschen, als wollte sie anfangen zu weinen oder zu schreien. Nicht jetzt. »Mach ich doch nicht. In der Diele treffen wir uns«, sagt sie und hört schon, wie Rosie losrennt, als hätte sie *Wer als Erste da ist* gesagt.

Alexa ärgert sich über sich selbst. Dass sie vergessen hat, die Luftballons aus der Tüte zu nehmen. Hoffentlich wird Rosie nicht übel. Sie kann ja selbst nur ein paar davon aufblasen, ohne dass ihr schwindelig wird. Abwechselnd schichtet sie ihre Tomaten- und Evelynes Mozzarellascheiben in die Schale und schüttet Rosies Basilikumkonfetti darüber. »Superidee mit der Schere. Richtig schön«, sagt Evelyne, sie ist schon wieder da. »Mach ich auch immer so, aber sieht nie so gut aus«, antwortet sie. »Und willst du das?«, fragt Evelyne. »Willst du, dass Brad es vergessen hat?« Auch dafür liebt sie ihre Freundin, dass die jetzt nicht nur genau weiß, wo sie stehen geblieben waren, sondern auch, wo der Hund begraben liegt. Sie macht mit dem Fuß die Kühlschranktür auf, stellt die Schale hinein, dreht sich wieder um. »Das ist ja das Bescheuerte«, sagt sie, »dass ich immer noch gern wüsste, was er über alles denkt. Dass mir das nicht komplett egal ist.« – »Aber du willst nichts von ihm?« – »Nein«, sagt sie entschieden. »Außer vielleicht. Blöd. Dieses Gefühl. Wahrscheinlich. Dass er doch noch irgendwas will von mir.«

»Verstehe«, sagt Evelyne. Aber diesmal versteht sie es nur zum Teil, kann sie sich nicht so leicht in die Lage ihrer Freundin versetzen, die so zerknirscht dreinschaut. »Ich sollte ihn ausladen, oder? Oder wäre das auch schon wieder zu bedeutsam? Ich hab Angst, dass er es dann Jessica erzählt. Was meinst du?«, fragt Alexa, und sie weiß nicht, was sie dazu sagen soll. Sie hätte Brad gar nicht erst getroffen. Sie braucht klare Verhältnisse. Sie hätte eine Ausrede gefunden, um ihn auszuladen. Nein. Sie hätte gar keine Ausrede gebraucht. Sie hätte ihm sagen können, dass er nicht kommen soll. Und nicht darüber sprechen. »Vielleicht sagt er ja selbst noch ab. Ich hab ihm erzählt, dass Adrian kommt«, sagt Alexa. Im Wohnzimmer knallt es. Einer von den Luftballons, die sie für Rosie aufgeblasen hat. Kein Weinen. Nichts. Ihre Tochter scheint weiterzudekorieren. »Lass uns von was anderem reden. Lass uns von dir reden, Evelyne. Wir haben uns doch auch mal geschworen, dass unsere Treffen den Bechdel-Test bestehen.« – »Na toll«, sagt sie, und Alexa macht große Augen, »dann dürfen jetzt keine Männer mehr vorkommen. Jetzt, wo ich dran bin?«

»Doch, natürlich, klar. Leg los!« Evelyne lacht ihr synkopisches Lachen. Dann sagt sie: »Das Lied. Ich hab es mir angeschaut. Ich weiß gar nicht, wo dein Problem ist.« – »Nein? Findest du nicht, dass ich mich damit zu weit aus dem Fenster lehne?« Im Grunde ist es das, wovor sie Angst hat. Sich angreifbar zu machen. »Wie meinst du das? Weil du gegen die Durchsetzungsinitiative ansingst?« Jetzt kommt es ihr selbst lächerlich vor. Evelyne hat so viel provokativere Texte. »Ja, als Deutsche, auf Hochdeutsch, mit dem Lied, das so emotional besetzt ist.« – »Aber du erzählst doch einfach eine Geschichte.« Eine Geschichte. Eine harmlose Geschichte. Ein bisschen politisch. Ein bisschen witzig. Ein bisschen kitschig. Wo ist das Problem? »Adrian begleitet mich«, sagt sie. »Was willst du mehr?«, fragt Evelyne und lacht wieder. »Ich will groß sein, will siegen, will froh sein, nie lügen«, singt sie. Ein altes Ritual von ihnen. Wenn eine fragt, was die andere noch mehr will. Und Evelyne fällt sofort ein. »Die Welt sollte sich umgestalten und ihre Sorgen für sich behalten.« Rosie kommt aus dem Wohnzimmer und fragt, was sie da machen, obwohl doch eindeutig ist, dass ihre Mutter und ihre Patentante singen. *Nicht allein sein und doch frei sein.* Alexa ist die Knef. Und Evelyne Extrabreit. Rosie summt auch mit, zieht sie aber gleichzeitig beide an den Händen ins Wohnzimmer und sagt: »Fertig!« In jeder Zimmerecke ein Luftballon und Papierschlangen überall, auf Stühlen und Lampen, dem Sofa, in den Schuhen von Adrian und sogar über dem Kronleuchter (wie hat sie das geschafft?). Sie applaudieren. Und dann bewerfen sie einander mit den herumliegenden Resten, rote Papierstreifen mit weißen Schweizerkreuzen, und singen weiter. Rosie singt: *Rote Rosies regnen.* Evelyne tanzt. Dann sagt Rosie, sie müsse aufs Klo, und Evelyne geht mit. Alexa schreibt eine Nachricht an Zoltan.

Noch nichts Neues?, liest er. *Bestimmt hat er was gefunden. Sonst würde er doch zu dir nach Haus kommen. Meinst du nicht?* Nein, Kamal würde nicht zu ihm nach Hause kommen. Nicht, nachdem er einen Schwiegerelternbesuch erfunden und ihm zwei Hunderter gegeben hat. Nein. Oder doch? Wenn er gar nicht mehr weiterweiß, würde er dann nicht doch bei ihm klingeln? Erst jetzt fällt ihm auf, dass die Trams fahren, am Bürkliplatz, ganz normal. Kamal muss doch gemerkt haben, weshalb er ihm kein Asyl angeboten hat (was heißt *Asyl*), wieso er gegen jede Regel der Gastfreundschaft verstoßen hat (der *Freundschaft*). Er muss doch wissen, dass Zoltan immer noch die Person ist, zu der er kommen kann. Und er hat ja auch angerufen, hat ja ihn angerufen, von dieser Sylvia Lüthy aus. Dass er getrunken haben soll, geht ihm nicht aus dem Kopf. Um diese Zeit. So viel, dass man es ihm angemerkt hat. Er hat

Kamal noch nie betrunken erlebt. Kamal trinkt Bier, das schon. Und Wasserpfeife haben sie geraucht. In der Ecke von dem marokkanischen Lokal, gar nicht weit von hier auf der anderen Seeseite. (Um den Ganymed herum lauter Angetrunkene in Rot-Weiß. Eigentlich hält dieser männliche Akt seine Hand so, als würde er abstimmen. *Der ist aber ferne; nicht mehr dabei. Irr ging er nun.*) Sie haben Tee getrunken, und Kamal hat von Tunesien erzählt, von der Wüste, von seinen Geschwistern, von dem Freund, der verschwunden ist, geflohen, der einfach weg war. Den er geliebt hat. Er hat von seiner Großmutter gesprochen, von den Eltern, wie er sich von seinem Vater noch nicht mal verabschiedet hat und auch nicht vom Großvater. Und dass der gestorben ist, letztes Jahr. Was er durch seine Schwester erfahren hat, die in Tunis lebt. Kamal sind die Tränen gekommen. Und Zoltan hat ihn umarmt. Nur für einen Moment. Aber da hat er es gewusst, endgültig, dass es nicht brüderlich ist, nicht väterlich, dass er verliebt ist in diesen Mann mit den Narben im Engelsgesicht. Auch wenn er es nicht versteht. Auch wenn es keinen Sinn macht. Sinn *ergibt*, korrigiert er sich sofort. Es ergibt doch gar keinen Sinn. Weil er auf Frauen steht. Auf Martina. Und er muss nach Hause. Wieso hat er nicht daran gedacht. Martina ist auch nicht da. Vielleicht war Kamal schon dort. Und er hat ihn verpasst. Warum hat er so falsch reagiert heute Morgen? Warum hat er nicht Ja gesagt. Da kommt die 9, er läuft los und erwischt sie noch, schreibt Alexa im Stehen zurück.

Alexa legt das Handy auf den Kühlschrank. »Zoltan findet ihn nicht, Kamal, er macht sich Sorgen«, sagt sie, und Evelyne macht sich Sorgen, weil Alexa mit diesen hohen Schuhen auf den extrem wackligen Stuhl steigt. Nicht mal sie mit ihren langen Beinen kommt einfach so an das riesige Gefäß auf dem obersten Brett heran. Mit triumphierendem Blick stellt ihre Freundin das Teil auf den Tisch. Der geschliffene Rand mit der Auslassung für die Kelle hat zwei kleine Macken. »Warum hat Zoltan ihn nicht bei sich untergebracht?«, fragt Evelyne. Alexa holt eine blaugrüne Suppe aus dem Kühlschrank, in der Ananasstückchen schwimmen.

Sie fährt mit dem Finger über die ins Glas geschliffenen Weinranken und nimmt den Deckel ab, sie liebt dieses Monstrum, in dem ihre Großeltern manchmal auch Kinder-Bowle angerichtet haben, mit Mandarinen und Pfirsichen. Ihr einziges Erbstück. Sie kann Evelyne nicht von Zoltans Gefühlen für Kamal erzählen, deshalb sagt sie das, was er gesagt hat: »Er hatte Angst, dass die Polizei bei ihm suchen würde.« Sie schüttet den Curaçao und die Ananas hinein. Und drückt Evelyne die Sektflaschen in die Hand, sie übernimmt den Wein. »Weil er in der Autonomen Schule Deutschkurse gibt?«, fragt Evelyne ungläubig. Alexa nickt und zieht mit dem Kellnermesser den ersten Korken raus.

Hoffentlich wacht Rosie nicht auf, denkt sie, Alexa macht mehr Krach mit den Weinflaschen als sie mit dem Sekt. Liegt vielleicht doch an den Ballons, dass sie über *Käpt'n Sharky* eingeschlafen ist. »Können die jetzt eigentlich endlich mal bleiben, wo sie sind? Die Autonome Schule, mein ich«, sagt sie. Alexa leert ihre beiden Flaschen in die Bowle, das Gluckern klingt komisch und ist auch sehr laut. Egal. Rosie soll eh gleich was essen. »Nein, die müssen schon wieder einen neuen Ort suchen, ist mindestens das zehnte Mal. Du musst die so halten, wegen der Luft. Sonst dauert das ewig.« Alexa wieder. Als ob sie noch nie eine Flasche ausgeleert hätte. »Wie willst du das Ding eigentlich kalt stellen?«, fragt Evelyne. Dieses Riesengefäß passt niemals in den Kühlschrank. Oder alles andere muss raus. Alexa macht wieder die großen Augen. »Das fragst du mich jetzt?«, sagt sie. »Egal, erst mal probieren wir.« Sie rührt mit dem alten Bowlenheber um und kippt eine volle Kelle in beide Gläser. »Auf uns!«, sagt Evelyne und denkt, dass sie doch wirklich mal wieder ausgehen könnten. Mal wieder was zusammen auf die Beine stellen, wie früher. Wie diesen Chor damals, vor der Abstimmung über die *Masseneinwanderungsinitiative* (auch wenn's trotzdem bachab gegangen ist). »Weißt du noch, unsere Aktion am HB?«, fragt Alexa und holt unter der Spüle ein paar leere PET-Flaschen hervor.

»Genau daran hab ich grad gedacht«, sagt Evelyne, »wolltest du deshalb damals nicht mit mir den Lead singen? Wegen dem Aus-dem-Fenster-Lehnen?« Alexa nimmt ein Brotmesser aus dem Schrank und beginnt, den Plastikflaschen die Köpfe abzusägen. Evelyne hat recht, denkt sie. Und sagt: »Ja. Deshalb. Und weil ich nicht Mundart singen wollte, singen kann.« – »Was wird das da eigentlich?«, fragt Evelyne. »Für die Bowle«, antwortet sie und denkt, dass es ihr nie an Ideen fehlt. Der ganze Chor war ihre Idee. Sie hat auch die Leute zusammengetrommelt. Aber Evelyne hat sich hingestellt. Evelyne hat Interviews gegeben. Evelyne hat die ganze Nestbeschmutzer-Rhetorik abbekommen. »Und ich dachte, ich nehm der Aktion die Kraft, als Deutsche. Weil man mir Eigeninteresse hätte vorwerfen können. Dass ich mich nur engagiere, weil ich selbst hierbleiben will.«

Alexa drückt ihr eine abgesäbelte Flasche und ein Sieb in die Hand. Dann nimmt sie die Bowle hoch und lässt langsam die Flüssigkeit durch die Auslassung für die Kelle fließen. Ab und zu rutscht ein Ananasstück in das Sieb. »Das war aber schon ziemlich übertrieben«, sagt Evelyne und hat ein bisschen Angst um ihre Klamotten. Curaçao färbt sicher wie Sau. »Ich weiß«, sagt Alexa, »vorauseilender Gehorsam, bescheuert. Und Angst. Vor den Reaktionen. Vor Mails und Kommentaren und Zeitungsartikeln. Vor dem ganzen verdammten Shitstorm. Ich bin nicht so mutig wie du.« Evelyne stellt die nächste Flasche auf den Boden und hält sie fest, während Alexa wieder die schwere Bowle kippt. Sie hat das ein bisschen verdrängt, was nach diesem Chor kam. »Ohne den Shitstorm hätte ich nie den Netz-Beschmutzer-Rap geschrieben. One of my greatest hits«, sagt sie und lacht. Hat die Kommentare im Netz, so gut es ging, ignoriert. Aber es kamen auch krasse Mails. Drohungen sogar. Von denen hat sie nicht mal Philippe erzählt. »Evi, *Käpt'n Sharky* ist aus«, ruft Rosie aus dem Wohnzimmer. Evelyne steht auf. Die Flasche ist voll genug, die muss sie nicht mehr festhalten. »Ich mag dein Guggisberglied gern«, sagt sie. Alexa kippt weiter und lächelt.

Sie hört den Schlüssel in der Tür und stellt die Bowle beiseite. Wie immer geht sie Adrian entgegen (schön, dass Evelyne genau jetzt bei Rosie im Wohnzimmer ist). Wie immer lächelt er, als er sie sieht. Lässt seinen Rucksack an der Garderobe fallen und umarmt sie. Sie weiß nicht, wie sie das gemacht haben, aber auch nach all den Jahren noch ist jedes Wiedersehen ein kleines Ereignis. Sogar wenn Robert da ist und auch wenn der es ein bisschen peinlich findet, dass sie einander immer umarmen und auf den Mund küssen. Adrians Hand auf ihrem Rücken ist warm. Dabei kommt er doch von draußen.

Alexas Haut fühlt sich kühl an. Früher hat er ihr so oft gesagt, wie sehr er ihre Haut liebt, dass sie ihn einmal gefragt hat, ob er auch etwas anderes an ihr schön finde. Und dann, vor ein paar Wochen, wollte sie wissen, ob er ihre Haut immer noch gernhabe, weil er das so lange nicht mehr gesagt habe. Sie schmeckt nach Ananas und etwas anderem, das er nicht einordnen kann. Aus dem Wohnzimmer eine Stimme. Evelyne. Die offenbar telefoniert. Evelyne hatte er ganz vergessen. »Es soll aber kühl werden heut Abend«, sagt er, seine Hand immer noch auf ihrem nackten Rücken. »Da gehört doch noch eine Jacke dazu«, sagt sie, mehr überrascht als verärgert, und er fragt sich, wieso er das gesagt hat. Hat es mit diesem Gefühl zu tun, das er auch manchmal hat, wenn er sie auf der Bühne sieht: dass es ihm lieber wäre, sie würde anderen nicht so viel von sich zeigen? Bekäme weniger Aufmerksamkeit? Dabei findet er Besitzanspruch genauso dumm wie Stolz. Er küsst ihren Hals, spürt das kleine Fibrom, das

sie entfernen lassen will, obwohl es vollkommen unverdächtig ist. »Aaadriaaan!«, das ist Rosie, da kommt sie schon aus dem Wohnzimmer gelaufen, Rosie zieht seinen Namen immer so lang. Es erinnert ihn daran, wie sie in der Schule versucht haben, ihn damit aufzuziehen, aber er war stolz darauf, dass Rocky seinen Namen auf Englisch rief. Ob Frauen- oder Männername war ihm egal.
Alexa lächelt und tritt einen Schritt zurück, er hebt Rosie hoch, hinter ihr kommt Evelyne (mit neuer Frisur, so ähnlich wie die von Robert) und gibt ihm drei Küsschen an ihrer Tochter vorbei. Es wundert ihn immer, dass es bei Evelyne nicht albern aussieht, wenn sie sich so stylt und kleidet wie die Kids, die ihre Musik hören. »Flugzeug«, ruft Rosie. Und er trägt sie ins Wohnzimmer, passt auf, dass sie sich nicht den Kopf stößt. Flugzeug geht nur im Wohnzimmer. Das sich in eine rote Hölle mit kleinen weißen Kreuzen verwandelt hat. Selbst seine Schuhe sind voller Luftschlangen (wieso hat Alexa die dort gelassen?). Er fasst Rosie an Arm und Bein und dreht sich im Kreis. »Schneller, schneller«, ruft sie im Flug. Das hat er verpasst. Mit Robert. Manchmal macht ihn das traurig. Und auch, kein Kind mit Alexa zu haben. Manchmal. Fast immer ist er froh, dass es ist, wie es ist. »Nicht zu viel«, sagt Evelyne, die am Türrahmen lehnt. Er bremst. Ihm ist selbst schon ein bisschen trümmlig. »Achtung, wir setzen zur Landung an«, sagt er. »Weiter«, ruft Rosie, als er sie auf dem Boden absetzt. »Kann man das kleine Flugzeug auch für Warentransporte aufs Dach buchen?«, fragt Alexa, und Rosies große fragende Augen signalisieren Unverständnis. Er nutzt die Pause der Verwir-

rung, um Tatsachen zu schaffen. »Ich zieh mich schnell um und komm auch«, sagt er.

Evelyne sieht Alexa an, dass sie gern ein bisschen mit Adrian allein wäre. »Rosie und ich gehen schon mal mit ein paar Taschen hoch und füllen Schälchen, was meinst du, Rosie?« Damit kann sie ihre Tochter natürlich nicht überzeugen. »Und Aaadriaaan?«, fragt sie. »Ich komm gleich nach«, antwortet der, »und dann nehm ich dich auf die Schultern, da kannst du über die ganze Stadt sehen.« – »Oder ich dich. Dann bist du nämlich genauso hoch«, antwortet Rosie, ohne dabei zu lachen, dafür lacht Alexa begeistert. »Das stimmt. Rosie, du bist so klug.« Und Evelyne muss sich kurz auf die Zunge beißen, damit sie nicht sagt, dass das nur stimmen würde, wenn Adrian stehen würde auf Rosies Schultern. Natürlich ist ihre Tochter klug. Und stark ist sie auch. Aber manchmal beunruhigt es sie auch ein bisschen, dass sie sich für eine Superheldin hält. »Komm, du Starke, kannst ein paar Tüten mit Chips und Nüssli aufs Dach tragen.«

Rosie trägt tatsächlich eine große Coop-Tüte vor dem Bauch, und Evelyne hält ihr die Tür auf. Noch bevor sie wieder zugefallen ist, sagt Adrian, dass er mit Aurelia telefoniert habe. »Leo hatte Schmerzen«, sagt er, »und sein EKG war auffällig. Darum haben sie die Angiografie gemacht. Und weil sowieso eine Kontrolle anstand.« Sie hat Angst vor diesen Wörtern. *Schmerzen. EKG. Angiografie.* Manchmal wünscht sie sich zurück in die Zeit, als sie glaubte, ihre Eltern wären unsterblich. Adrians Vater lebt schon lange nicht mehr. Vielleicht hat er deshalb manchmal für ihren Vater mehr Verständnis als sie selbst. Sie folgt ihm ins Schlafzimmer. »Aber alles gut. Die Koronargefäße gut durchgängig. Du kannst wirklich beruhigt sein.« Er zieht Hemd und T-Shirt aus, und sie bewegt sich wie automatisch auf ihn zu und legt ihre Hand auf seine Brust, dann ihren Kopf, ihre Nase ganz nah an seinen Achseln, sie liebt den Geruch seines Schweißes, selbst wenn er, wie jetzt, ein bisschen scharf ist. Mit einem Gefühl verbunden, wie Zimt oder Sonnencreme, aber viel tiefer und ohne eine konkrete Geschichte dahinter, als wäre ihr Gefühl zu diesem Geruch der Beweis dafür, dass sie sich finden mussten. Und sie könnten doch jetzt miteinander schlafen. Gerade hat sie keine Schmerzen. Oder kaum. Sie umfasst seinen Po, spürt, wie er ihn anspannt. »Die Hose lässt du auch nicht an, oder?«, sagt sie, doch bevor sie den Gürtel öffnen kann, küsst er sie auf eine Weise, die sie kennt und die auf sie wie ein *Nein* wirkt. Und auch sein Blick jetzt. »Die könnten gleich wieder runterkommen«, sagt Adrian und küsst sie nochmals, inniger diesmal, er weiß ja, dass sie enttäuscht ist. Und sie weiß doch, dass er kein Mann für Quickies ist. Selbst wenn sie irgendwo im Freien Sex hatten (zuletzt bevor es Robert gab), hatte es nichts Gehetztes, war weit und breit kein anderer Mensch. Es ging nie um den Kick eines möglichen Entdecktwerdens. Bei ihm auf jeden Fall nicht. Er holt den türkisfarbenen Pullover aus dem Schrank. »Nicht gut?«, fragt er. Sie hatte gehofft, er würde den schwarzen mit dem V-Ausschnitt anziehen, bei dem man seine Schlüsselbeine sieht. In die hat sie sich damals auch verliebt. »Doch. Gut.« Der türkisfarbene passt zu seinen Augen. »Ich dusch noch schnell«,

sagt er, »dann komm ich hoch.« Und sie sollte wirklich aufs Dach. Es ist schon Viertel vor sechs.
Sie stellt die zwei Tüten mit den Boxen und dem Subwoofer neben die Tür, für Adrian, zwei von den anderen Tüten nimmt sie in jede Hand. »Franz war übrigens nicht da«, ruft sie noch durch die Badezimmertür, aber das Wasser läuft schon, und Adrian hört sie nicht. Was fehlt noch? Die Gläser sind oben, das Bier. Die Bowle holt sie erst kurz vor halb sieben. Sie schließt die Tür. Hat sie ausreichend alkoholfreie Getränke? Wahrscheinlich nicht. Auf der Treppe denkt sie, dass sie die Schuhe zu früh gewechselt hat, nicht praktisch. Aber ist auch egal jetzt. Als sie das grün-weiß-rote Caprese-Kunstwerk auf den Buffettisch im Mansardengeschoss stellt, fragt sie sich zum soundsovielten Mal, ob das schlau ist, wenn die Leute immer runterlaufen müssen für Salate und Kuchen und all das andere Zeug. Evelyne fand das klug. Weil es ja laut Wetterbericht irgendwann noch regnen soll. Und sie nur das eine Sonnensegel hat. Braucht sie nicht doch noch Eis? Roberts Kühlschrank ist viel zu klein. Sie denkt an die leere Mansarde. An Kamal. Und an Zoltan. Keine Nachricht. Immer noch nicht. Sie schließt die Mansardentür auf und setzt sich aufs Bett. Könnte auch ein kleines Hotelzimmer sein, wenn man von dem Plakat und den FCZ-Aufklebern absieht. Sie schreibt ein SMS an Jessica: *Meinst du, ihr könntet noch so ein Paket gecrushtes Eis von der Tankstelle mitbringen? Das wär super.* Jessica ruft zurück.
»Na, du Hymnenverweigerin!«, sagt Alexa. »Ich bin's!« Brads Stimme, immer ein bisschen wie Hörbuch. »Als hättest du's gewusst«, sagt er, »ich bin gerade auf dem

Weg zur Tankstelle. Allerdings irgendwo in Uri oder Schwyz.« Sie hört Vogelgezwitscher. »Und Jessica?«, fragt sie. Es klingt, als sei er zu Fuß unterwegs. »Ist beim Auto. Tankanzeige kaputt. Liegengeblieben. Keine fünfhundert Meter nach der Tellskapelle.« – »Und du spazierst jetzt mit einem Kanister in der Hand durch die Urkantone?« Brad lacht. »Kein Kanister. Gehört nicht zur Mobility-Ausstattung. Und die beiden Autos, die angehalten haben, hatten auch keinen dabei.« – »Und warum haben die dich nicht mitgenommen?« – »Das eine Paar hatte einen Zweisitzer, die anderen hatten Angst vor mir.« – »Du trägst also wieder die Mickey-Knox-Sonnenbrille«, sagt sie, Jessica und sie waren dabei, im Tessin, als er sie gekauft und dabei ausführlich erklärt hat, welche Brille zu welchem Film gehört. »Right now I'd go down on a lawman for a gallon of gas«, sagt er in breitem Woody-Harrelson-Akzent, »aber nein: Ich hab jetzt eine Ray-Ban Caravan. I'm God's lonely man.« Robert De Niro. Und es ist so typisch, dass er nicht *You talking to me* sagt. »Da hält ja nicht mal ein Taxi an«, antwortet sie. Und er lacht wieder. So locker. Es ist wieder so locker wie früher, als sie Freunde waren. So was Ähnliches wie Freunde. »Dann kommt ihr wohl ziemlich zu spät, oder?«, fragt sie und merkt, dass sie es schade fände, nicht bloß wegen dem Eis. »Glaub nicht«, antwortet er, »noch fünfzehn Minuten bis Sisikon, da ist die Tankstelle. Und wenn ich zurück bin, geht das schnell. Ist ja kein Diesel. Zum Glück. Dann hätten wir den Abschleppdienst rufen müssen. Diesel darf man nicht leer fahren.« – »Hast du für *Diesel* nicht auch mal Werbung gemacht?«, fragt sie, bevor er ihr die Probleme des Dieselmotors erklären kann. Und dann fällt ihr ein, dass Brad nicht weiß, dass sie das weiß. Auch nicht wissen soll. Sie hat es gesehen, als sie damals auf seiner Agenturseite war. »Banken, Versicherungen. Aber doch keine Unterhosen. Even I have principles«, sagt er. Es waren Jeans. Eine alte Kampagne. Viele Menschen mit nackten Oberkörpern, die meisten von hinten. Sie hätte ihn nicht erkannt ohne den Text daneben. »Ich dachte, Sonnenbrillen«, gibt sie zurück und sieht ihn trotzdem mit nacktem Oberkörper und Kanister einen Highway entlangspazieren. »Das war übrigens ein Witz. Mit der Ray-Ban«, sagt er. »Ich hab mir keine Travis-Bickle-Brille gekauft.« – »Gut«, sagt sie, »du weißt ja, dass ich es leicht beunruhigend finde, welche Filme du auswendig kannst.« Brad lacht. »Kultfilme?«, fragt er. Diese Diskussion hatten sie schon, sie sagt Killer-Filme dazu, er Badass-Movies. Als Macheath war er badass, mit der Mickey-Knox-Brille nicht. »Männerfilme«, sagt sie. Er macht ein Geräusch der Empörung. »Oder kannst du auch *Thelma & Louise*?«, legt sie schnell nach, damit er ihre fragwürdige Wortwahl nicht gegen sie verwenden kann. »Ich kann Juliette Lewis. I guess I was born …« – »Naturally born … born bad«, singt sie mit, »aber das ist der Titelsong. Das gilt nicht. Was ist mit *Thelma & Louise*?« – »*Thelma & Louise* ist kein Kultfilm. Und das hat nichts damit zu tun, dass zwei Frauen die Hauptrolle spielen.« Womit denn sonst?, fragt sie sich. Mit der Anzahl von Toten? »*Blade Runner* war der letzte Kultfilm von Scott. Und übrigens übernehme ich den Transsexuellen-Monolog von Jessica, was sagst du dazu?« Jetzt ist sie wirklich überrascht. Jessica hat ihr von dem Text erzählt. »Spannend«, sagt sie und denkt an die Will

Tell Show. Dass es typisch wäre, wenn er sein eigenes Kabarettprogramm deswegen sausen ließe. »Musst du mir nachher erzählen, ich muss dringend aufs Dach.« – »Klar, wir unterhalten uns später in Ruhe auf deinem Dach über meine Zukunft, ich sehe es vor mir«, sagt er und lacht wieder. »Oh, und das Eis?« – »Das bringen wir auch mit.«

»Dachte schon, Robert sei da«, sagt Adrian, er steht genau vor ihr, als sie aus der Mansarde kommt. Mit dem schwarzen Schlüsselbeinpullover, schwarzer Hose und gelben Turnschuhen. Seine kurzen Haare sind schon fast wieder trocken. Er kneift die Augen zu, wegen des Gegenlichts, dazwischen die senkrechte Falte, exakt in der Verlängerung der Zahnlücke. Dass sie Brad früher hätte abwürgen sollen, denkt sie. Denkt an ihr Lied vom Froschkönig, der immer noch im Brunnen nach goldenen Kugeln fischt. Der sich immer noch wie ein Frosch fühlt, dabei ist er längst vom bösen Zauber befreit, dabei wartet zu Hause im Palast die liebende Prinzessin. So ist sie doch nicht. »Ich hab noch kurz die Mansarde gecheckt, falls Kamal kommt. Und ein SMS an Jessica geschickt, wegen Eis«, sagt sie, »ich hab gedacht, wir brauchen doch Eis.« Adrian schaut sich um. »Wo ist denn die Wanne?« Die Wanne, in die das Eis reinkommt, genau. »Im Keller vielleicht?« – »Soll ich schnell runtergehen?«, fragt er. »Nein, das mach ich schon. Ich glaub, ich weiß, wo sie ist. Kann eh noch ein bisschen dauern mit dem Eis. Jessica und Brad hängen mit leerem Tank in der Innerschweiz fest. Hab grad kurz Brad gesprochen.« Adrian sieht sie erstaunt an. »UBS-Brad hat das Tanken vergessen?«, sagt er, und es scheint ihn ein bisschen zu freuen. »Jessica. Aber weil die Tankanzeige kaputt ist.« – »Bei Mobility? Ganz schön Pech, die beiden.« Sie nickt, und dann denkt sie, dass es ja vielleicht ein Glück ist, dass die beiden liegengeblieben sind. Und dass sie ihnen nicht auch noch einen Auftrag hätte geben sollen. »Machst du schon mal Musik?«, fragt sie.

Nichts lieber als das, denkt er, während er mit den Taschen die steile Treppe hochsteigt. Und wie schön das wäre, wenn er den Abend nur mit Alexa, Evelyne und Rosie auf dem Dach verbringen würde (noch lieber nur mit Alexa), wenn niemand sonst mehr käme. Rosie verpustet Luftschlangen überall auf der Terrasse. Evelyne steht neben dem Grill und knotet Zeitungspapierrollen um eine Weinflasche. »Aaadriaaan!«, ruft Rosie. Aber dann pustet sie weiter. »Was machst du da?«, fragt er. Evelyne stellt die Flasche in die Mitte und schüttet Kohle drum rum. »Alter Pfadfinderinnentrick.« – »Sieht gut aus.« – »So kann man sich den fiesen Grillanzünder sparen«, sagt sie und zieht die Flasche vorsichtig aus der Zeitungspapierhülle. »Wie geht es dir?«, fragt er. »Tipptopp«, sie lächelt überrascht, »es ist toll mit Rosie. Aber ich freu mich auch schon, dass ich bald wieder richtig Musik machen kann.«

»Versteh ich gut«, sagt er und stellt die Boxen und den Subwoofer auf dem Tisch mit dem Computer ab, »ich versuche, auch nochmals zwanzig Stellenprozente loszuwerden.« Sie hat sich schon gefragt, warum Adrian und sein Trio nicht öfter auftreten, wie viel es mit Geldverdienenmüssen zu tun hat. Mit Robert. »Ist sicher schwierig im Spital, oder?«, fragt sie. »Ja, schon, aber irgendwie haben die sich an meine Extrawünsche gewöhnt. Und wollen mich zum Glück gern behalten.« Wenn Adrian das sogar im Spital kann, wieso kann Philippe es nicht bei Mammut, die wollen ihn doch auch behalten. »Philippe wünscht sich noch ein zweites Kind«, sagt sie leise, Rosie ist weit genug weg. Mit Alexa hat sie nicht darüber gesprochen, wieso jetzt mit Adrian? »Versteh ich auch gut«, sagt er und dreht die Kabeltrommel in der Hand. »So toll, wie Rosie ist. Aber dann geht's wieder von vorne los.« Sie lacht. »Genau. Und du weißt ja, wie scheiße es mir ging.« Ihre Schwangerschaft war kein Spaß. Die Geburt auch nicht. Sie hat das nie schöngeredet. Weder sich selbst noch den anderen. »Und dass beim Zweiten alles easy wird, glaub ich auch nicht.« Adrian schüttelt ernsthaft den Kopf, während er in Alexas 1.-August-Playlist auf *Everest* von Ani DiFranco klickt. »Einzelkinder sind auf jeden Fall auch super«, sagt er und lächelt. Er ist eins und Robert auch. »Schade, dass Robert nicht kommt«, sagt sie und tröstet sich damit, dass sie das eigentlich denkt und dass sie es vor ein paar Wochen noch ganz uneingeschränkt so gemeint hätte. »Sicher weiß man das ja nie bei ihm. Aber ich glaube, er hat was Cooleres vor.« Und damit ist auch schon wieder klar, wie sehr sie sich gerade in die Tasche gelogen hat. »Geht es ihm gut?«, fragt sie. »Ich glaub schon, abgesehen davon, dass der FCZ so schlecht spielt und sein bester Freund die Schule geschmissen hat. Ist nicht so, dass er mir regelmäßig sein Herz ausschütten würde.« Samir. Dass sie den auch kennt, möchte sie sagen. Und dass es vielleicht nicht nur schlecht ist, wenn Robert und Samir sich seltener sehen. Sie möchte sagen, dass er klug ist, sein Sohn, und ihm ähnlich sieht. »Aber ihr seid euch nah, oder nicht?« Adrian lacht. »Meinst du dafür, dass er ein Teenager ist, oder dafür, dass wir uns erst seit drei Jahren kennen?« – »Ich meine für Vater und Sohn.« Sie denkt an ihren Vater und ihren Bruder, die nicht miteinander sprechen.

Er denkt an seinen eigenen Vater, der vor sechsundzwanzig Jahren gestorben ist. Und daran, dass Robert ihn in genau dem Alter gefunden hat, in dem *er* war, als *sein* Vater gestorben ist. Seine Mutter hat ihn darauf aufmerksam gemacht. Einen Vater haben, einmal bis vierzehn, einmal ab vierzehn. »Schön, dass du dabei bist.« Evelyne lächelt, und er lächelt zurück, aber er versteht nicht, was sie meint. Wobei denn? Hat sie vorher noch etwas anderes gesagt? Sie hebt eine Luftschlange vom Boden auf, drapiert sie auf die Wäscheleine. »Ich glaub, ich muss ein bisschen hinter meiner Tochter herdekorieren.« – »Ich will auch«, ruft Rosie und kommt von der anderen Ecke der Dachterrasse gelaufen, ein Knäuel Luftschlangen vor der Brust. Er hebt sie hoch, damit sie an die Wäscheleine kommt. »Aber danach wechseln wir«, sagt er. »Du wolltest doch mich tragen.« – »Nein«, sagt Rosie und wirft das ganze Knäuel in die Luft, »willst du eine Geschichte?« – »Klar«, er lässt sie wieder runter und setzt sich auf den Boden. Zum Glück trocknet der neue Belag so schnell. Ist sogar schon wieder warm. »Also … Evi, Flip und Rosie wohnen im Mond.«

Adrian sitzt im Schneidersitz vor ihrer Tochter und hört zu. Er unterbricht nicht und fragt auch nicht nach.

Er fragt nicht, ob Rosie, Evi und Flip irgendwas mit Rosie und ihren Eltern zu tun haben könnten. Rosie, Evi und Flip kommen in fast allen Geschichten vor, die Rosie sich ausdenkt. Meistens rettet sie die beiden anderen, egal, ob sie alle grad Mäuse sind, Rennautos oder Minions. Diesmal geht es offenbar um Mondmenschen, die einen Mann namens Adrian suchen, der gelbe Zauberschuhe besitzt. Sie hängt weiter Luftschlangen über die Leinen.
»Wie schön«, sagt eine Männerstimme, und sie dreht sich um. Da steht Alexa mit einem Mann um die siebzig. »Rosie, da kommt der erste Gast, jetzt muss ich leider unterbrechen«, sagt Adrian und steht auf. »Ich hab Franz in der Waschküche getroffen und konnte ihn nicht davon abhalten, noch helfen zu kommen.« Alexa lächelt angespannt. Der Mann kommt auf sie zu. »Franz«, sagt er und reicht ihr die Hand. »Ich durfte ja nicht mal die Wanne tragen.« – »Evelyne«, sagt sie, und auch Rosie gibt Franz die Hand und sagt ihren Namen. Adrian umarmt ihn und drückt ihm ein Bier in die Hand. »Ihr auch?«, fragt er. Sie nickt, aber Alexa sagt: »Bowle. Es gibt doch Bowle. Ich hol sie schnell.« Und schon ist sie wieder weg.

Es geht schon wieder los, dieses Gestresstsein, wie letztes Mal, denkt sie, gar nicht richtig dabei sein, immer nur hin und her laufen. Aber das Fest hat noch gar nicht begonnen. Jetzt ist noch *Vorbereitung*. Wieso musste Franz schon mit hochkommen? Aber *sie* hat ihm ja angeboten, noch schnell mit dem Bienenhotel zu helfen. Sie füllt die Bowle wieder in das richtige Gefäß. Die Knoblauchbutter ist auch im Kühlschrank, sie nimmt die Tupperdose heraus, das Baguette muss sie schräg schneiden, damit die Stücke nicht zu klein sind. Zoltan. Ganz schnell noch mal hören, wie es ihm geht, wann er kommt. Das kann sie noch schnell machen und dabei weiterschneiden und -schmieren. Sie steckt die Kopfhörer ein.

»Bin wieder zu Hause«, sagt er und klingt, als wär er gerade erst die Treppe hochgelaufen. »Martina und die Kinder auch.« Er hat nichts von Kamal gehört, denkt sie. »Er hätte sich doch gemeldet, wenn er deine Hilfe bräuchte, denkst du nicht, es gibt doch Telefonzellen. Internetcafés. Er hätte das irgendwie hingekriegt, dich zu erreichen.« Zoltan seufzt. »Am liebsten würde ich hierbleiben«, sagt er. »Ist doch logisch, aber vielleicht lenkt dich die Party auch ab. Du hörst bestimmt bald von ihm.« Wenn sie Kamal schon aufgegriffen haben. Ob er dann wohl noch telefonieren darf. Bestimmt, denkt sie. Aber würde er sich dann noch melden? Bei Zoltan? Wenn es zu spät ist? »Und wenn er herkommt?« – »Mach doch einen Zettel an die Tür, dass du bei uns bist. Mit der Adresse drauf.« – »Und wenn die Polizei den sieht?« Sie lacht. »Du sollst ja nicht schreiben: Lieber Kamal, du kannst bei Alexa untertauchen. Einfach: Bin bei Alexa. Und die Adresse. Und wo er klingeln soll.« Sie hat vergessen, unten das Schild hinzuhängen, dass alle die Klingel für das Mansardenstockwerk benutzen sollen. Sie muss nochmals runter. »Musst ja nicht mal deinen Namen schreiben, Kamal kennt doch deine Schrift.« Im Hintergrund hört sie Leonie, die offenbar vergessen hat, dass sie und ihr Bruder über Nacht bei den Nachbarn bleiben sollen, und das gar nicht toll findet. »Stimmt«, sagt Zoltan, »so könnt ich's machen.« Er schließt eine Tür. Sie öffnet den Backofen. »Ich müsste ja sonst auch allen sagen, dass ich krank bin. Martina und die Kinder anlügen. Und Liane. Die wartet schon im Hotel, dass ich sie abhole.« Das ist nicht die Lüge, die ihm Sorgen bereitet, denkt Alexa. Es ist die große Lüge. »Aber du könntest Martina sicher sagen, dass du dir Sorgen machst, dass du wegen Kamal zu Hause bleiben willst.« Sie will nicht, dass er zu Hause bleibt, gar nicht, aber vielleicht wäre es besser für ihn. Weil er es für Kamal tun würde. »Dann würde sie noch anbieten, an meiner Stelle dazubleiben. Und die Kinder sind doch bei den Nachbarn.« Menschen, denen man Kinder anvertraut, denkt sie, wird man doch auch sagen können, dass sich vielleicht ein junger Mann meldet. »Genau, die Nachbarn, da könnte Kamal doch auch klingeln, oder nicht?« – »Ja, das ist gut, so ein Schild kann ich machen. Bei den Nachbarn. Das ist gut. Ich kann ja Liane auch nicht wieder absagen.« Zoltan ist völlig durch den Wind. Vielleicht sollte er wirklich zu Hause bleiben. Was soll er in diesem Zustand auf der Party? »Überleg noch mal in Ruhe«, sagt sie, »wegen mir musst du natürlich nicht kommen. Aber ich freu mich sehr, wenn du da bist. Weißt du ja eh.« Sie nimmt einen Schluck Bowle. »Ja«, sagt er nur. »Ja.« Und jetzt klingelt es schon. »Oh, viel zu früh«, sagt sie. »Ich muss schnell runter. Mach dir nicht zu viele Sorgen.« Was sind denn zu viele Sorgen? Bei *ihr* passt das vielleicht. Hier passt es nicht. Überhaupt nicht. Sie sucht nach dem Schild, das sie vorhin gebastelt hat. Rosie hat noch kleine rote Männchen draufgemalt, die tanzen. Da ist es ja. Im Wohnzimmer hinter der Tür. Zoltan spricht davon, dass er alles falsch gemacht habe, dass es alles an ihm liege. Sie rennt die Treppe runter und hofft, dass es nicht regnen wird. Weil das Wohnzimmer zu klein ist. Und weil dann die Hälfte der Leute in der Küche stehen und alles irgendwie auseinanderfallen wird. »Tut mir leid«, sagt Zoltan, »jetzt pfusch ich dir auch noch so in dein Fest.« – »Unsinn«, sagt sie und nimmt zwei Stufen auf einmal, »wenn irgendwer irgendwo reinpfuscht, dann ist es ja wohl das Migrationsamt. Doch nicht du. Du kannst nichts dafür, was Kamal passiert ist.« (Und dass er auch nichts dafür kann, dass er sich in Kamal verliebt hat, denkt sie, aber ganz glaubt sie es doch nicht.) »Bis gleich hoffentlich«, sagt sie, und Zoltan sagt nochmals *Ja* und legt auf.

Wieso hat sie oben nicht schon aufgedrückt? Wie dumm. Sie zieht die Tür auf, und da stehen Pedro, seine Frau, die beiden Kinder, dahinter Jonas und ein anderer junger Mann mit Brille. (War der auch im Kaufleuten dabei?) Jonas hat sich Verstärkung mitgebracht. »Wir sind zu früh«, sagt Pedro und lacht. »Ich lass euch trotzdem schon rein«, antwortet sie und lächelt extra herzlich dazu. »Muss nur schnell das Schild festmachen.« Jonas schaut sie erstaunt an. Vielleicht bereut er schon, dass er gekommen ist. Auf eine Party mit Kindern. »Warte«, sagt er, »das mach ich schon.« Und nimmt ihr das Schild und den Tesafilm aus der Hand. Jetzt kann sie Pedro und Clara drei Küsschen geben. Und ihm auch. Dem fremden jungen Mann gibt sie die Hand. Hinter ihr ruft eine Stimme: »Aaaaleeexaaa.« Rosie, Adrian und Franz stehen vor Franz' Wohnungstür. Wieso sind jetzt alle hier unten, und Evelyne ist allein auf dem Dach? »Rosie wollte unbedingt das Bienenhotel sehen«, sagt Franz. Dieses bescheuerte Bienenhotel, das aussieht wie ihr alter Setzkasten, bloß mit sehr kleinen Fächern. Rosie wird enttäuscht sein. Inzwischen stehen alle im Flur. Adrian umarmt Pedro und Clara. »Wollt ihr auch das Bienenhotel sehen?«, fragt Franz die anderen beiden Kinder. Sollen doch alle Kinder zu Franz gehen, denkt sie. Und sagt, dass sie schnell hochmüsse. »Wir kommen auch gleich«, Adrian zuckt mit den Schultern für sie, als wolle er sagen, er hätte den Bienentrip gern verhindert, wenn es möglich gewesen wäre. Sie geht mit Pedro, Jonas und dem Mann, dessen Namen sie schon wieder vergessen hat, die Treppe hoch. Es riecht verbrannt. Das Knoblauchbrot. Sie hat doch nicht vorhin schon auf die Grillstufe gewechselt? Jetzt nimmt sie wieder zwei Stufen auf einmal, lässt die Männer hinter sich, stürmt in die Küche. Nein, es ist alles okay. Nur am Rand ein bisschen schwarz bei den hinteren Scheiben. Wahrscheinlich verbrennen irgendwelche Reste im Ofen, weil sie vergessen hat, ihn zu reinigen. »Alles gut?«, fragt Jonas und drückt ihr eine Flasche Champagner in die Hand, die Hausmarke vom Coop. Sie gibt ihm noch einmal drei Küsse, sagt »Danke« und findet es wirklich sehr nett. Wo er ja nicht mal weiß, dass es auch ein bisschen ihre Geburtstagsfeier ist. »Soll ich die Bowle mit hochnehmen?«, fragt Pedro. Wer, wenn nicht er. Adrians bester Freund. Der Pianist mit der perfekten Feinmotorik. Und trotzdem ist da ein Moment der Angst, als er das Erbstück anhebt. Das grünblaue Wasser schwappt hin und her, die Ananasstückchen wie Fische darin. »Ihr müsst ihm die Türen aufmachen«, sagt sie, auch um die beiden Jungs loszuwerden. Sie gehen Pedro voraus. Wie heißt der Freund von Jonas? Immer passiert ihr das. Dass sie genau den Moment bei der Begrüßung verpasst, genau dann von einem Blick, einer Bewegung, einem Gedanken abgelenkt ist, wenn die Person ihren Namen sagt. Dabei hat sie geübt, sich darauf zu konzentrieren. Aber so, wie sie eben nicht wusste, ob sie die Grillfunktion eingeschaltet oder wo sie das Schild hingelegt hat, so weiß sie auch nicht, wie der Mann mit der Brille und der unreinen Haut heißt. Jonas hat einen Mann mitgebracht, der (mindestens optisch) keine Konkurrenz für ihn ist, das denkt sie, und dass er ihr leidtut, noch jetzt um die dreißig. In dem Alter war es bei ihr lange vorbei. Sie kratzt die schwarzen Stellen vom verbrannten Brot und versaut dabei die übrigen Scheiben. Ein Fön oder Tischstaubsauger wäre hilfreich, sie wirft zwei von den zugekrümelten Brotscheiben weg. Wieso ist Adrian jetzt unten, wieso sind die Leute, die sie am wenigsten kennt, bei den Ersten, wieso hat Zoltan Kamal nicht gefunden? »Hallo«, das ist Adrian, »bist du hier?« Und sie ruft: »Ja, in der Küche.«

Es riecht ein bisschen verbrannt, denkt er. Aber er sagt nichts dazu, umarmt Alexa von hinten, während sie Knoblauchbrot stapelt. Kurz lehnt sie ihr Gewicht gegen ihn, kurz stehen sie in der Küche vor der Arbeitsplatte, als schauten sie gemeinsam aufs Meer, als hätten sie die Ferne im Blick und nicht ein von Küchendampf verklebtes Bord mit Teedosen und dem Gartenzwerg, den Alexa zum letzten 1. August bekommen hat. »Gibt's noch was mit raufzunehmen?«, fragt er. Sie dreht sich aus seiner Umarmung, schaut sich um, überlegt, sieht ein bisschen verzweifelt aus. »Dich!«, sagt er, »dich nehm ich mit.« Und sie lacht. »Ja, bitte. Sonst hülle ich mich noch so tief in die Knoblauchwolke, dass mich gar keiner mehr aufs Dach lässt.« – »Ach, an der frischen Luft verfliegt das wieder«, sagt er. Und als er ihr Gesicht sieht: »Quatsch, das sind die Brote. Komm, gib mir den Teller.«

Im Flur kommt ihnen Philippe entgegen. »Adrian, tatsächlich, und ich dachte, Evelyne hätte sich einen 1.-August-Scherz mit mir erlaubt«, sagt er und lächelt. Die beiden umarmen einander. Philippe ist nicht viel größer als sie, muskulös wie ein Turner, funktional gekleidet, wie immer. Ob das zur Firmenkultur gehört, dass selbst die Juristen so aussehen, als wollten sie gleich zu einer Hochgebirgstour aufbrechen? Soll sie ihn Jonas und dessen Freund vorstellen? Besser nicht. Besser wäre, die würden mit Evelyne sprechen, zum Beispiel. Es sollten sich doch Leute aus verschiedenen Bereichen kennenlernen. Philippe und Adrian reden über Rosie, sie geht ein paar Stufen hinter ihnen. Lässt sich quasi zurückfallen. Es beginnt. Jetzt beginnt ihr Fest. Sie hat ihr Glas unten vergessen. Zweieinhalb hat sie schon getrunken, bevor es losgeht. Was hat ihr Vater gesagt? Aber er hat das auch nie befolgt, nur mehr vertragen. Ob es ihm gut geht? Wirklich gut? Ein Glück, dass sie jetzt kontrolliert haben. Vielleicht fühlt er sich besser dadurch. Ist doch immer so vieles im Kopf, denkt sie. Wann könnte sie ihn besuchen fahren? Im Vorbeigehen fällt ihr auf, dass da schon zwei Kuchen und ein Kartoffelsalat neben dem Caprese und den Knoblauchbroten stehen. Sind denn noch mehr

Leute gekommen? Und sie war nicht da. Es ist doch gerade erst halb sieben. In den nächsten Wochen hat sie einen Auftritt nach dem anderen. Es ist neu, dass sie zu Open-Airs eingeladen wird. Von Holland aus könnte sie leicht einen Abstecher zu ihrem Vater nach Köln machen. Jetzt hört sie es schon. Ihr Fest. Es klingt gut. Es klingt fröhlich, denkt sie, während sie die steile Treppe hochsteigt. *Everybody's Talkin'*, singt Susan, live at Mountain Jam. Das muss Adrian in der Liste nach vorne gezogen haben. Sie stellt sich das immer noch schön vor, mit Adrian eine Band zu haben, so wie Susan Tedeschi und Derek Trucks. Gemeinsam herumreisen und Musik machen. »Going where the weather suits my clothes«, singt sie mit dieser unglaublichen Blues-Stimme. Die Sonne scheint. Adrian steht mit Evelyne und Philippe beim Grill, die Kohle glüht. Franz redet mit Pedro und Clara. Delia ist gekommen (von ihr ist sicher der pralinenartige Schokoladenkuchen), sie steht mit Jonas und seinem Freund an der Brüstung und schaut in Richtung Berge, die nah aussehen, auch wenn ein paar Wolken zwischen den Gipfeln hängen. Rosie spielt mit den beiden Söhnen von Urs und Clara Fangen. Es klingelt.

Jetzt ist Alexa schon wieder verschwunden, denkt Evelyne. Sie hat sie nur aus dem Augenwinkel gesehen, wie ein Erdmännchen hat sie aus der Klappe hervorgeschaut, dann ist sie wieder abgetaucht. Seit Rosie da ist, wenn Rosie da ist, ist sie mit ihren Augen und Ohren immer noch woanders. Philippe und Adrian sprechen über die Halbjahresverluste der Nationalbank. Sie weiß nicht mal genau, weswegen er nach

Oslo musste. Nur dass die Aufhebung des Mindestkurses auch in der Firma ein großes Thema ist. Sie geht sich ein Glas Bowle holen. Wo hat Alexa bloß die beiden Typen mit den Poloshirts aufgetrieben, die mit Delia sprechen. Mehr Popper als Hipster. Der ohne Brille sieht ein bisschen nach 90er-Boygroup aus. Und bei Delia fällt ihr immer *Femme fatale* ein. Nicht wegen der Kleidung. Alexa kleidet sich manchmal wie eine (vor allem auf der Bühne, aber auch heute). Delia steht da einfach in Jeans und T-Shirt (nicht viel anders als sie) und wirkt verführerisch. Gleichzeitig hätte man sie gerne als gute Freundin. Aber längst nicht jeder, denkt sie, als sie sieht, wie der Mann mit der Brille Delia immer wieder heimlich anstarrt. *Öpper het öppis. Öpper wot öppis. Dem seit mer Verteilig.* Nein. Nicht *Verteilig. Märt.* Auch nicht. Immerhin kommen wieder Lines, während sie irgendwas anderes tut. Eine Zeit lang kam gar nichts. Das Lied von Alexa ist gut, aber sie würde gern was Bleibenderes mit dem Guggisberglied machen. Kann sie ja immer noch. Das Guggisberglied gehört doch allen. (Wie *die Sonne, die Sterne*, in dem Marlene-Lied von Alexa.) »Nein«, ruft Rosie ganz laut. Was macht sie denn? Schon der zweite geklaute Bagger an einem Tag. Und wieder weint ein Junge. Sie hat es befürchtet, als sie die Tasche mit dem Spielzeug gesehen hat, die Clara und Pedro dabeihatten. Philippe ist tief ins Gespräch vertieft. Über die bevorstehenden Wahlen. Das findet sie manchmal schwierig, dass sie nicht dasselbe wählen. Aber bei den wichtigen Abstimmungen waren sie sich immer einig. Jetzt hat Pedro sich schon vor Rosie hingekniet und scheint ihr das Prinzip *Eigentum* zu erklären. *Öpper het öppis.*

Öpper wot öppis. Und da kommt Alexa mit Monica und ihrer Tochter geradewegs auf sie zu, als sei sie die Abgabestelle für neue Gäste.

»Möchtest du auch noch Bowle?«, fragt sie. Evelyne reicht ihr das leere Glas, aber mit einem kleinen Vorwurf im Blick. Dabei holt sie doch nur schnell die Getränke. Monica ist noch dünner geworden, und daneben ihre schöne vitale Tochter, studiert Medizin, was sie aber schon als Teenager vorhatte, lange vor der Diagnose ihrer Mutter. So sah Monica früher auch aus, wenn auch ohne die Locken und den dunklen Teint. Die hat Shirin von ihrem Vater, den niemand kennt außer den beiden. Lebt wieder in Kuba, soweit sie weiß. Sie konzentriert sich auf ihre Hände, links ein Wasser, rechts zwei Gläser Bowle, eigentlich wollte sie sich auch eins einschenken. Wie geht's euch, hat sie gefragt, grad eben im Estrich. Und Monica hat »Gut, und dir?« gesagt. Nie weiß sie, ob sie Monica auf die Krankheit ansprechen soll, ob es feige und ignorant ist, es nicht zu tun. Oder rücksichtsvoll, weil Monica froh ist, wenn es mal kein Thema ist, wenn sie mal auf ein Fest gehen kann, ohne dass jemand vom Krebs spricht. Evelyne hat offenbar keine derartigen Bedenken gehabt, jedenfalls spricht Shirin von den Tumormarkern ihrer Mutter, als sie mit den Getränken wieder dazukommt. »Ich hol noch kurz mein Glas«, sagt sie und dreht sich um. Jonas steht ganz allein an der Brüstung und lächelt ihr zu.

Warum kommt sie nicht rüber? Lächelt bloß und dreht ihm wieder den Rücken zu. Er bereut, dass sie so früh gekommen sind. Weil Fabiano nachher noch weiterwill, bräteln mit den anderen am See. Wird er wohl auch mitgehen. Da kommen schon wieder zwei um die vierzig mit Kind. Und der Mann mit den gelben Schuhen geht auf die Leute zu, als wär er der König vom Dach. Adrian Büchi stand auf dem Klingelschild. Alexa hat nicht erzählt, dass sie mit jemandem zusammenwohnt. Dass sie einen Freund hat. Hätte ja leicht mal »wir« sagen können. *Wir* feiern auf *unserem* Dach. Hat sie aber nicht. Hat ihren Kopf zurückgeworfen, gelacht und mit den Augen geblitzt. Eindeutige Zeichen. Wie von der leicht pummligen Südseeschönheit, die ihn anlächelt und sich durch ihre Wahnsinnslocken fährt, sie hochnimmt und wieder fallen lässt, dass er sich vorstellen kann, wie er das auch tun würde. Beim Sex. Er ist gewohnt, dass die Frauen auf ihn reagieren, ihm Zeichen geben. Er weiß nicht mal genau, warum. Klar sieht er gut aus. Aber das allein ist es nicht. Egal, ob an der Uni oder noch früher im Ausgang mit den Kameraden, immer war er derjenige, der auswählen konnte. Ist es noch. Vielleicht hat er deshalb Alexa angesprochen. Weil die auf ihrer Bühne gleichzeitig unerreichbar wirkte und so, als sänge sie nur für ihn. Eigentlich gar nicht seine Musik, aber ihre Stimme und die Art, wie sie sich bewegt hat. Obwohl es nur die Lounge vom Kaufleuten war, und an dem Abend nicht mal voll, kam er sich, als er da an der Bar saß, ein bisschen vor wie jemand, der am Garderobeneingang auf den Star wartet. Dass sie ihn nicht ernst genommen hat, das hat ihn herausgefordert. Und jetzt hat sie auch noch einen Mann. Und bringt die junge Frau zu ihm rüber. Wieder Bilder in seinem Kopf. Hatte er noch nie, Sex mit zwei Frauen, die Mutter und Tochter sein könnten.

»Shirin, das ist Jonas. Jonas, das ist Shirin. Ihr seid hier, um den Altersdurchschnitt zu senken«, sagt Alexa und versucht, beide gleichzeitig anzulächeln. »Ich dachte, dafür seien die da zuständig«, gibt Jonas zurück und zeigt auf die Kinder, die um den Schornstein rennen. Zum Glück hat Adrian die Kabel gut fixiert. »Alles unter einem Meter wird nicht mitgerechnet«, sagt sie und fragt sich, zu wem der größere Junge gehört, der hinter Rosie herläuft und einen von Pedros und Claras Söhnen umstößt. Wahrscheinlich zu Urs und Kathrin, die sie noch gar nicht begrüßt hat, aber Adrian steht ja bei ihnen. »Da hab ich wohl Glück gehabt«, sagt Shirin und lacht. Sie ist wahrscheinlich kaum größer als Jessica. Die sollten ja eigentlich auch bald kommen. »Ich hoffe nur, wir müssen nicht an den Kindertisch!« Jonas schaut Alexa durchdringend an. Etwas an seinem Gesicht findet sie langweilig, sie kann nicht genau sagen, was es ist. Als fehle ihm eine Dimension. Wenn er lächelt, ist es besser. »Die Kinder essen hier vom Boden«, kommt Shirin ihr zuvor und zeigt auf den kleinen Sohn von Clara und Pedro, der sitzen geblieben ist und sich heruntergefallene Nachos in den Mund steckt. Ein Kindertisch wäre eine gute Sache gewesen, denkt Alexa. Aber es gibt nur drei große Biergartentische, und an einen setzen sich jetzt Franz, Urs und Kathrin. Das ist gut. Aber wo ist Adrian hin? »Warum läuft nicht deine Musik?«, fragt Jonas. »Die würd ich gern hören.« Was meint er denn? Dann versteht sie und setzt ein Strahlen auf. Ihre Geheimwaffe. »Kommt noch und sogar live.« Gegen Ängste und Zweifel. Ihre eigenen und die der anderen auch. Geprobt haben sie nicht noch mal, aber irgendwie ist ihr das gerade egal. »Ah, da kommt Klaus«, sagt sie und lässt die beiden stehen. Und wo ist jetzt Adrian?

Es klingelt schon wieder. »Komme gleich nach«, ruft er Klaus hinterher und macht auf der Treppe kehrt. Dass er ihn nicht sofort erkannt hat. Obwohl er doch auf ihn vorbereitet war. Er drückt auf. Früher hatte Klaus dicke Locken, war pummlig und trug eine spießige Brille. Irgendwie bewundernswert, wie der seine Spießigkeit inzwischen zum Programm gemacht hat. So umfassend, dass sie schon fast etwas Widerständiges hat. Alexa hat erzählt, was Klaus arbeitet, aber er hat es vergessen. Wird ja heute Abend noch genug Gelegenheit geben, ihn danach zu fragen. Dass er nicht mal ein Bier trinken kann. Das hat er sich nicht gut überlegt. Er beißt in ein Knoblauchbrot. Es ist kalt und schmeckt leicht verbrannt, am besten geht er schnell runter in die Küche, ein neues Blech reinschieben. Von dort hört er Zoltans vollen Bass. »Jetzt haben wir es gleich«, sagt er, und Martinas Stimme: »Ich muss unbedingt wieder zum Fitness.« Da kommen die beiden. Und hinter ihnen eine große schlanke Frau, die aussieht wie Frau Adler, seine frühere Englischlehrerin. Das also ist Liane Steffen. Martina küsst ihn über eine Salatschüssel hinweg auf die Wangen. Zoltan umarmt ihn. Und die Frau sagt: »Liane Steffen. Vielen Dank für die Einladung.« Seine Englischlehrerin fand er toll, aber auch furchteinflößend. »Adrian«, sagt er, »Büchi. Ich wohne hier.« *Ich wohne hier.* Zu Recht lacht Martina ihn aus. »Er wohnt hier und ist trotzdem ein seltener Gast«, sagt sie zu Liane Steffen, die darauf nicht reagiert, sich stattdessen umsieht, als wäre sie bei einer Wohnungsbesichtigung. »Was für ein merkwürdiges Haus. Wie eine große WG«, sagt sie, »und dann aber frisch renoviert, auf diese etwas inkonsequente Weise. Zoltan hat mir gesagt, das sei eine Genossenschaft.« Was wird sie zum Dachbelag sagen? »Ja, eine selbstverwaltete Genossenschaft«, antwortet er, »also das Haus ist selbstverwaltet.« Weswegen sie auch über die Farbe des Belags abstimmen mussten, und die Mehrheit wollte diesen hellgrauen Gummiboden. Wie das so ist in der Demokratie. Alexa war überhaupt gegen die Dachrenovierung, sie ließe am liebsten alles in Würde altern, bis es zusammenbricht. Manchmal ist sie auf diese Weise konservativ, die eben gerade nicht erhält. »Interessant. Aber es wundert mich nicht. In der Schweiz hat Mitbestimmung ja eine ganz andere Tradition als in Deutschland. Wir haben Angst davor. Wir trauen uns nicht über den Weg«, sagt die Frau, die ihre Haare wirklich genau so am Hinterkopf zusammengenommen trägt wie damals Frau Adler. Er nickt. Alexa macht die ganze Einbürgerungsprozedur wegen der Abstimmungen und ist gleichzeitig gegen jedes Referendum in Deutschland. Als wäre die Schweiz ein Experimentierfeld, als könne hier weniger schiefgehen. »Kommt, lasst uns oben weitersprechen«, sagt Martina und stellt ihren Salat aufs Buffet, »ich hab Durst und sehe keine Getränke.« Sie lächelt ihm von der Seite zu, während Zoltan und Liane Steffen über das Wort *Estrich* sprechen. »Oben hat's Bowle, Bier, Sekt, Wein, Orangensaft und den Grill. Hier gibt's Salate und Kuchen.« Das System leuchtet ihm selbst nicht ganz ein. Wahrscheinlich wird Frau Steffen ihn gleich darauf hinweisen. »Wer wohnt denn in diesem Stock?«, fragt sie. »Eigentlich niemand, die meisten nutzen die Mansarden zum Arbeiten, hier ist unsere Gästemansarde, da übernachtet ab und zu mein Sohn.«

»Und der ist Fan vom FCZ?«, fragt sie. Der Mann, der Adrian Büchi heißt und offenbar zu der Frau gehört, die letztes Jahr bei ihrer Lesung war, schaut sie mit großen grünen Augen an. Und auch der Mund von Zoltans Frau steht offen. »Hättet ihr nicht gedacht. Liane ist Fan von Borussia Mönchengladbach«, sagt Zoltan, mit diesem Hauch von Triumph in der Stimme, der ihn verrät. Er ist ein guter Lektor, aber würde sie zu Klischees neigen, dann wäre er nicht der Richtige, um sie ihr auszutreiben. »Ist Ihr Sohn letztes Jahr mitgereist?«, fragt sie. Und würde jetzt lieber mit dem Sohn über Lucien Favre und Raffael sprechen, als eine Pseudokonversation mit dem eingeschüchterten Vater zu führen. Wenn der ihr letztes Buch gelesen hätte, wüsste er, dass sie sich mindestens so unwohl fühlt wie er und dass er sich nicht vor ihr fürchten muss. Ihre Frage allerdings scheint einen Nerv getroffen zu haben. Er zieht die Augenbrauen zusammen. »Er durfte nicht. Das nimmt er uns bis heute übel.« Sie überlegt, wen er mit *uns* meint, vorhin hat er noch *mein* Sohn gesagt. »War ja kein schöner Abend für den FCZ«, sagt sie und würde gern mal hinter die Tür mit dem *Südkurve*-Aufkleber gucken. »Wenn Robert übrigens seine Mansarde braucht«, unterbricht Martina ihr Gespräch mit Herrn Büchi (beginnt einfach ein neues Thema, spricht ja auch oft dazwischen, wenn sie mit Zoltan redet), »ist das gar kein Problem. Zoltan und ich nehmen Kamal erst mal mit zu uns übers Wochenende. Wenn er sich meldet.« – »Dann habt ihr noch immer nichts gehört?«, fragt der Gastgeber mitfühlend, wirkt aber gleichzeitig ein bisschen erleichtert. »Robert kann gut unten schlafen, das wisst ihr.« Zoltan schüttelt den Kopf. »Heut nicht. Aber wir kommen wahrscheinlich drauf zurück«, er nimmt schon wieder seine Kappe in die Hand. Sie hat ihn noch nie so erlebt wie heute, so unaufmerksam, so unpünktlich, so ungebügelt. Ständig am Handy. »Wir haben gedacht, dass es besser ist, wenn er erst mal bei Leuten ist, die er kennt!« Zoltan sieht zu seiner Frau. Und die nickt.

Martina hat es ja vorgeschlagen, denkt er. War wütend auf ihn, weil er sie nicht einbezogen, immer nur von irgendwelchen Schwierigkeiten gesprochen hat, in denen Kamal stecke. Nicht von der drohenden Ausschaffung. Jetzt wird sie ungeduldig, Zoltan sieht es ihr an, Schritt für Schritt bewegt sie sich auf die Treppe zum Dach zu. »Verstehe«, sagt Adrian und dann, dass man ja mit den Getränken noch gar nicht weitergekommen sei. »Ein Glas Bier wäre jetzt tatsächlich gut«, sagt Liane, »haben Sie Feldschlösschen?« Sie wird sich durchsiezen. Sie wird die Einzige sein, die alle außer ihm und Martina siezt. Er hat ihr schon ein paar Mal gesagt, dass das in der Schweiz vollkommen unüblich ist, aber so ist sie. Vielleicht wird sie sich streiten, vielleicht wird sie den ganzen Abend mit einer Person streiten und nachher sagen, das sei eine sehr anregende Begegnung gewesen, aber sie wird niemandem das Du anbieten. Auch zwischen ihnen hat es zwei Jahre gebraucht. »Darf ich?«, fragt sie jetzt und zeigt auf die Knoblauchbrote. »Nein«, sagt Adrian.

Was selbst Liane für einen Moment aus der Fassung bringt. »Die sind kalt und gar nicht mehr fein. Ich wollte gerade runter und frische holen«, schiebt Adrian schnell nach, und Liane lacht kurz auf. »Mach nur. Wir finden alleine hoch«, sagt Martina und legt den Arm um Adrian, als müsste sie ihn beruhigen. Früher war er manchmal eifersüchtig wegen Martinas Umgang mit Adrian. »Zieh du die Knoblauchbrote aus dem Verkehr«, sagt sie, und er schaut nochmals auf sein Telefon. Wird Kamal bei den Nachbarn klingeln, wenn er das Schild sieht? Bestimmt. Er hat doch extra ein Kreuz über *1.-August-Party* gemacht. Damit Kamal gleich weiß, dass das Schild für ihn ist. Dann kannst du gleich ein Kreuz drüber machen. Das war der Satz aus *Das große Heft*, über den sie so lange gesprochen haben. Was diese Redewendung bedeutet. Woher sie kommt. Und dann hat Kamal es immer wieder gesagt: Die neue Regierung. Kannst du ein Kreuz drüber machen. Einmal hat er auch eins über seine Hausaufgaben gemalt. Schau, ich hab schon selbst ein Kreuz drüber gemacht. Er denkt an Kamal, als würde er ihn nicht wiedersehen. »Zoltan«, sagt Liane. »Zoltan, jetzt komm doch, wir gehen hoch.«

Da hat sich Alexa ja eine Partyqueen eingeladen, denkt Adrian, und auch Zoltan sah so aus, als wäre er lieber wieder mit ihm die Treppe runter, als seiner Autorin aufs Dach zu folgen. Nur Martina hat Liane Steffen die ganze Zeit leicht amüsiert angeschaut. Wie eine wunderliche Tante ihres Mannes, die bald wieder abreist. Er kann sich nicht erinnern, wann ihn zuletzt jemand derart verunsichert hat. Muss daran liegen, wie sehr sie Frau Adler gleicht, in die er ja sogar ein bisschen verliebt war. Aus der Wohnung kommt ihm ein Geruchsgemisch aus Knoblauch, Ananas und einem penetranten Aftershave entgegen. Niemand, den er kennt, benutzt solch ein Rasierwasser, das muss von einem der Jungs sein, die Alexa letzte Woche nach dem Auftritt kennengelernt hat. Warum hat sie die eingeladen? Männermangel kann doch nicht ernsthaft ein Argument sein? Und zu wem hier sollten die passen? Im Estrich geht schon wieder die Klingel. Er schiebt das Blech mit den Knoblauchbroten in den Ofen und drückt auf. Er muss Klaus fragen, der war bestimmt beim ein oder anderen Klassentreffen und weiß, wie es Frau Adler geht. Sie war es, die ihn zum Lesen gebracht hat, nachdem sein Deutschlehrer es ihm völlig verleidet hatte. Die ihm gesagt hat, dass Literatur wie Musik sei. Er solle sie einfach laut lesen, keine Wörter nachschauen, gar nicht versuchen, alles zu verstehen. *The Waste Land* hat sie ihm gegeben, Dickinson, Ginsberg, Burroughs und Stein. I love my love with an a. Und er hat die Texte gesprochen und Bass dazu gespielt. Dazu hätte er jetzt Lust. Ein bisschen zu üben. Spielen wird er ja heute noch. Weil Regula ausgefallen ist. Und erst jetzt fällt ihm auf, dass Alexa ihn auch direkt hätte fragen können. Aber sie hat nicht mal in Erwägung gezogen, dass er zur Feier kommen könnte. Und als er es ihr gesagt hat, hatte sie Angst, er würde es nur ihr zuliebe tun (was ja der Fall ist). Ihr wäre es grundsätzlich am liebsten, wenn er die Dinge, die sie sich von ihm wünscht, aus sich heraus täte, aus einem eigenen Bedürfnis heraus. Robert hingegen freut sich besonders, wenn Adrian etwas für ihn tut, was ihm eigentlich gegen den Strich geht. Robert. Dem hat er ja noch gar nicht Bescheid gesagt. *Mansarde ist frei für dich*, schreibt er. *Alles klar. Bis morgen beim »Zmorge«.*

Er sieht Adrians Nachricht, aber gerade geht's ihm am Arsch vorbei, wo er schläft. Ob er überhaupt schläft heut Nacht. Er wartet, dass Samir den Mund aufmacht, endlich was rauslässt. Die richtige Antwort auf Vloras Frage, ob sie noch mit auf den Üetzgi kommen, am Abend, ihr Bruder brätelt da mit ein paar Freunden. Kommt ihr auch?, hat sie gefragt und ihn und Samir gemeint. Wieso sagt Samir nichts? Dann muss wohl er. »Tönt doch chillig. Bräteln und Feuerwerk von oben, und so.« Samir rollt die Augen. Immerhin eine Reaktion. »Feuerwerk, Bro! Seriously? Feuerwerk machen wir morgen. Wo hast du eigentlich das Transpi?« Vlora schaut sie beide an, als hätten sie sich gegenseitig ins Hirn geschissen. »Also nicht, oder was?«, fragt sie genervt. »Easy, jetzt sind wir noch hier. Hier ist gut«, Samir reicht ihr die Tüte weiter und nimmt sein Phone. Manchmal geht er ihm so auf den Sack mit seiner Yoda-Attitude. »Ist ja noch lang nicht dunkel«, versucht er Vlora zu vertrösten, und um sie abzulenken, fragt er: »Hat dein Bruder was zu den Nazis geschrieben?« Vlora schüttelt den Kopf. »Nur dass er das weitergeleitet hat«, und dann flüstert sie extra laut: »Speak of the Devil.« Sie zeigt in Richtung Steg, auf dem Nico und Marvin mit je einem Sixpack im Arm zwischen Handtüchern und sonnenbrandroten Körpern herumbalancieren ('nen richtigen Sixpack hat keiner seiner Kumpels, nicht mal Samir). Nico stolpert und tritt dem schlafenden

Araber auf die Hand. Der schreit auf, sieht aus wie ein angeschossenes Tier. »Sorry, Mann«, zischt Nico, klingt aber eher wie Dissen. »Das ist der abgefuckteste Platz überhaupt, hier außen. Arsch der Welt ist nichts dagegen«, flucht er und lässt die Dosen vor Samir aufs Handtuch fallen, dass der Steg vibriert. »Hier tritt einem wenigstens kein Arsch auf die Hände«, sagt Samir, ohne von seinem Phone hochzuschauen. »Was machst du da eigentlich die ganze Zeit?«, fragt Vlora. Sie will die Tüte an Gresa weitergeben, aber die Bügelbretter scheinen zu schlafen. Robert nimmt sie ihr ab. Ist bescheuert. Aber findet er schön, direkt nach ihr an der Tüte zu ziehen. »Nüt«, sagt Samir. Und steckt das Teil endlich weg. »Der sieht nicht gut aus«, Vlora zeigt auf den Araber, der sich aufgerappelt hat und versucht, zwischen Gresa und Lilly über das Geländer zu klettern. »Fällt da gleich runter.« Aber irgendwie hat er es geschafft. Er steht auf dem Weg. »Hat seinen Rucksack vergessen.« Samir, total bekifft, immer online, aber kriegt alles mit. Vlora steht auf. »Dein Rucksack«, ruft sie und hält das Teil hoch, »kommst du wieder?« Vielleicht muss der Typ ja nur mal schiffen. Und die machen einen auf Caritas. Aber der scheint total froh zu sein. »Danke«, sagt er. »Vielen Dank.« Vlora reicht ihm den Rucksack rüber, stellt sich dabei auf die Zehenspitzen, sie hat auch einen Sonnenbrand, auf dem unteren Rücken. Der Araber lächelt schief. So krasse Narben. Ob das was Moslemmäßiges ist? Aber nur auf einer Seite. Sieht nicht gerade gewollt aus. Jetzt setzt er sich direkt neben die Riesenbox von den Hobbygangstern, die immer bei den Fitnessgeräten abhängen. Hier draußen hätte er keine Lust zu trainieren. Und schon gar nicht neben denen. Aber der Typ kauert sich einfach da hin. Auf die Treppe. Dem müssen doch die Ohren platzen.

Es ist laut. Und so hell. Und sie schreien. Hinter ihm schreien sie. Warum schreien die? Zum Glück hat er seinen Rucksack. Von einem Engel mit rosa-blonden Haaren. Mehr hat er nicht. Nur die paar Sachen im Rucksack. Ein Handy, das Schrott ist. Fotos machen kann. Aber nicht telefonieren. Keine Nachrichten schreiben. Wenn er ein Netz hätte. Volleyball. Die, die so schreien, spielen Volleyball. Die haben ein Netz. Und er lacht. Ist stolz auf seinen Witz. Dass er so einen Witz in Deutsch denken kann. Dass er die deutschen Wörter mitdenkt. Dass er weiß, dass das ein Netz ist. Und das andere auch. Ihm ist schlecht. So schlecht. Und so heiß. Er brennt von innen. Er hat das Gefühl, er verbrennt wirklich gleich. Wegen diesem Scheiß. Wegen dem Scheißzeug, das ihm Faruk gegeben hat. Faruk, das Arschloch. Und der neben ihm. Was schaut der so. Auch ein Arschloch. Was will der von ihm? Der hat ein Handy. Spielt damit rum. Wenn er ihm das jetzt wegnehmen würde. Zum Telefonieren. Aber der sieht aus wie einer, der ein Messer hat. Und wennschon. Dann wär's vorbei. So schlecht ist es ihm noch nie gegangen. So elend. So beschissen. Was für ein Scheiß. Was für einen Riesenscheiß er denkt. Aber das Gefühl von damals ist weg. Damals. Er weiß nicht mehr, wie das war. Als der eine Mann ihm die Hose runtergezogen hat. Und der andere. Mit dem Flaschenhals. Wie war das? War er das? Hat er das erlebt? Und dann im Gefängnis. Als sie ihm an der Bäckeranlage mit dem

Stock zwischen die Beine gegangen sind. Als sie ihn durchsucht haben. Es ist so laut. Diese Musik. Dieser Bass. Erst da, als sie ihn durchsucht haben, ist die Erinnerung an das Gefängnis wiedergekommen. An die Angst, die er hatte. Wie sie ihn im Waschraum getreten haben. In den Bauch. In die Eier. Und dann die Zigaretten im Gesicht. Und dass er sich nur keine Hoffnungen machen soll. Und hübsch bist du jetzt auch nicht mehr. Im Gefängnis. Ist es ihm da am schlechtesten gegangen? Am längsten schlecht. Die meisten Tage und Nächte. Was war das? Was war das jetzt wieder für ein Geräusch? Alles so laut. Und der Typ, der ihm auf die Hand getreten ist, schießt Schaum aus der Bierdose auf die schlafenden Frauen. Alle schreien so laut. »Du Schwein«, ruft die eine. Und der Engel stößt ihn ins Wasser. Ein wütender Engel. Und er ist ja selbst schuld. Er hätte das Zeug von Faruk nicht nehmen dürfen. Von wegen Wachbleiben. Und Klarheit. Wenn Rashid auf E war, dann war er vollkommen da. Faruk muss ihm was ganz anderes gegeben haben. Wie lang hat er geschlafen? Wie spät ist es jetzt? Und was ist das da? Im Wasser. Das Grüne. Was ist das große Grüne im Wasser? Das schwimmt auf dem Wasser. Und es hängt eine Frau dran. Ein Plastiksack. Sie hängt an dem Plastiksack. Er hatte ein rotes Brett. Im Kinderbecken. Rashid hat ihm schwimmen beigebracht. Und da kommt der Typ wieder raus. Der, der ihm auf die Hand getreten ist. Einer, der Ärger bedeutet. Und sein Freund auch. Die alle. Nur nicht der Engel mit den Dreads. Er muss weg hier. Wie spät ist es denn? Und er versteht nicht, dass Zoltan nicht kommt. Hat die andere ihn verarscht. Hat sie seine Nachricht gar nicht verschickt? Aber warum sollte sie? Aber warum kommt Zoltan dann nicht? Dass er ihn hängen lässt. Auch wenn er gelogen hat. Aber dass er ihn hängen lässt. Ohne Zoltan wäre er vielleicht gar nicht mehr hier. Warum ist er noch hier? Was will er noch hier? Und die Wüste. Die Dunkelheit. Und Tabouna, Mcharek. Saubohnen. Rashid würde ihn auslachen. Die Musik. Seine Musik. Die Familie. Essia, die es nach Tunis geschafft hat. Und die Kleinen. Noura trägt einen Schleier jetzt. Essia war ganz empört. Fast so alt wie die da drüben muss Noura jetzt sein. Er vermisst seine Großmutter. Die Lieder seiner Großmutter. Die ihrem jüngsten Sohn den Namen Habib gegeben hat, wegen Bourguiba. Wegen des Personenstandsgesetzes. Die hätte zu ihm gestanden. Wenn sie noch gelebt hätte. Und er ist ja an allem selber schuld. Alles hat er sich selbst zu verdanken. Wenn er jetzt kotzen muss. Er muss kotzen. Dann schaffen sie ihn hier weg. Wenn er jetzt sterben würde. Dann würde es niemand erfahren. Essia schon. Essia würde sich Sorgen machen. Die macht sich jetzt schon Sorgen. Und seine Mutter bestimmt auch. Er hat keine Kraft mehr. Er würde am liebsten nach Hause gehen. Vielleicht ist ja genug Zeit vergangen. Aber dann sieht er wieder den Onkel vor sich. Den Großvater. Die Schande. Essia hat geschrieben, dass sie in Douz war, vor ein paar Wochen, und dass sie von ihm sprechen. Dass sie ihn vermissen. Dass seine Mutter seinen Namen sagt, beim Essen, und dass sie Geschichten von früher erzählen. Von ihm. Und dass niemand glaubt, dass er ein Dieb ist. *Das weiß ich*, hat sie geschrieben. *Auch wenn niemand darüber spricht*. Sie hat ihm geschrieben, dass sie sich sicher ist. Aber wenn er nach Hause gehen würde. Dann müsste er heiraten. Dann würden sie ihn verheiraten. Nach Tunis könnte er gehen. Zu Essia. Und vielleicht hat jemand von Rashid gehört. Wenn Rashid nicht verschwunden wäre. Und wenn er nicht diesen Fehler gemacht hätte. Dieser eine Fehler hat alles verändert. Dieser eine Mann, dieser Lügner. Feigling und Lügner. Wenn er nicht mit ihm in das Hotel gegangen wäre. Aber er könnte in Tunis leben. Er hat gedacht, es würde besser. Nach den Wahlen. Nachdem sie *Shams* legalisiert haben. Aber jetzt. Der Ausnahmezustand. Und alles geht in die falsche Richtung. Gerade haben sie wieder einen zu zwei Jahren verurteilt. Und Essebsi wird Paragraf 230 nie kippen. Rashid war so optimistisch. Dass sie jetzt nur dranbleiben müssten, hat er gesagt. Dass die Zeit für sie arbeiten würde. Für alle. Und auch für sie. Und als sie ihn das erste Mal auf der Straße angegriffen haben, die Salafisten, da hat er gesagt, das wäre normal. In allen Religionen. Immer. Dass die einen sie gegen die anderen verwenden. In allen Religionen gebe es Homophobie. Aber in Paris gibt es eine Moschee für Schwule. Rashid ist bestimmt in Paris. Oder tot. Und Kamal ein verurteilter Dieb. Wieso gibt es hier nirgendwo Wasser? Wieso gibt es hier kein WC? Er muss Wasser trinken. Aber er kann nicht zurück. Er kann nicht mehr zurück. Es ist schlimmer geworden. Mit den Drohungen. Der Gewalt. Der Hass ist größer geworden, seit sie sich zeigen. Seit sie für sich einstehen. Für wen arbeitet die Zeit? Drüben. Auf der anderen Seite. Da gibt es Wasser. Da kann er Wasser trinken. Aber da sind auch die Bademeister. Und so kann er da nicht hin. So wie es ihm geht. Er kann ja nicht mal aufstehen. Konnte er doch eben noch. Wie vergiftet, wie gelähmt fühlt sich das an. Was war das für ein Zeug? Rashid hat ihn immer feige gefunden. Dass er keine Pillen nehmen wollte. Was ihm entgehen würde. Wieso brennt das so fürchterlich von innen heraus? Was passiert da in ihm? Pillen und Alkohol. So viel hat er noch nie getrunken. Er ist an allem selbst schuld. Irgendwie muss er nach Frankreich kommen. Eben konnte er doch noch klettern. Rüberschwimmen. Schnell rüberschwimmen. Er muss zu Zoltan nach Hause. Auch wenn er gelogen hat. Zu Zoltan muss er es schaffen. Alles falsch gemacht. Alles schiefgelaufen. Und sein Onkel würde sagen, dass es so kommen musste. Wegen der Schande. Ein Dieb in der Familie. Und Rashid würde ihn schütteln. Wenn er ihn hören könnte. Wenn er ihn denken hören könnte. Rashid, der nie aufgehört hat zu beten. Auch wenn er nicht in die Moschee gegangen ist. Und er geht ja auch nicht mehr. Aber er betet. Und Allah weiß, dass er nicht gestohlen hat. Sein Gott hat nichts gegen Schwule. Sein Gott ist da, wenn es still ist, wenn er die Musik im Kopf hört, wenn er die Augen schließt und die Sonne aufgehen sieht, über Zaâfrane. Und trotzdem ist Rashid tot. Er betet immer für Rashid. Und dass sie sich wiedersehen. Obwohl er es eigentlich weiß. Dass Rashid tot sein muss. Es knallt. Alle drehen sich um, schauen hoch. Aber hier schießt niemand einfach so. Nicht in der Schweiz. Nur Raketen. Raketen schießen sie. Und knallen. Und niemand hat Angst. Warum macht der da Fotos? Dauernd macht der Fotos. Und denkt wohl, er würde das nicht sehen. Dass der ihn fotografiert. Vielleicht ein Spitzel. Oder einfach jemand, der ihn für einen Dieb hält. Einen Dealer. Und jetzt telefoniert der. Jetzt ruft der die Polizei: Da liegt ein Flüchtling. Der kotzt uns gleich auf den Uferweg. Er hat die Plakate gesehen. Braune und schwarze Hände, die nach Schweizer Pässen greifen. Er hat genug mitbekommen. Blicke. Beleidigungen. Prügel ja auch. Irgendwer meldet ihn. Und dann werden sie kommen. Ihn holen. Dann schaffen sie ihn hier weg.

»Der betet«, sagt Nico, »der sitzt direkt neben der Nigga-Musik und betet.« Robert sieht auch, dass der mit den Narben die Lippen bewegt. Aber für ihn sieht es eher wie Singen aus. »Solange er nicht Allahu Akbar ruft. Wer weiß, was der in seinem Rucksack hat, den er bei uns lassen wollte.« Marvin scheint das ernst zu meinen. Kein Grinsen. Kein Witz. Und Lilly reißt die Augen auf. Schaut zu dem Typen und dem Rucksack rüber. »Meinst du echt jetzt?«, sagt sie. »Crazy sieht er ja aus. Und vielleicht wollte er deshalb sein Handy nicht benutzen.« Robert glaubt's nicht. Racial profiling vom Feinsten. »Der ist nicht crazy, der ist stoned«, sagt Vlora. »Habt ihr schon mal von einem total verblasenen Gotteskrieger gehört«, schiebt Robert nach. Verblasen war vielleicht nicht das beste Wort. Aber Vlora nickt ihm zu. »Da bleibt ja meistens nicht viel für 'nen Alkoholtest übrig«, sagt Marvin, jetzt grinst er, und Nico boxt ihm anerkennend gegen den Oberarm. Samir, der aussieht, als würde er schlafen, sagt leise: »Die brauchen keine Drogen, die haben Wut.« Aber das hat außer ihm niemand gehört. Und Robert hat auch keine Lust, etwas dazu zu sagen. Schlimm genug, dass Nico jetzt permanent »Ich will nicht Charlie sein« ruft. »Ihr seid solche Asis, ich geh noch mal schwimmen und dann hau ich ab«, sagt Vlora. Und sie schaut zu ihm und zu Samir. Robert denkt, dass er auf jeden Fall mitgehen wird. Samir kann auch mal das machen, was er machen will. »Ich komm auch«, sagt er entschlossen. Was ja auch erst mal bloß *mit ins Wasser* bedeuten könnte. »Die Bullen«, zischt Nico plötzlich. »Da hinten.« Und da kommen tatsächlich auf dem Uferweg zwei in Uniform. Sind aber noch mindestens hundert Meter entfernt. Samir schaut kurz auf. »Die sind nicht wegen uns hier«, sagt er ruhig. Aber der Typ mit den Narben ist aufgesprungen und stürmt zum Geländer, gleich neben dem Steg, klettert drüber. Doch nicht da, denkt Robert. Nicht da, wo der Beton schräg abfällt. »Halt«, hört er Vlora schreien. Aber der Typ springt, mit dem Kopf zuerst. Und dann springt auch schon Vlora. Und Robert hinterher. Er sieht sie. Aber den Typen nicht. Doch da. Aber der schwimmt nicht. Und er hätte erst noch die Bademeister rufen sollen. Ob die das gesehen haben. Wo ist Vlora jetzt? Er sieht nichts mehr. Alles grüngrau. Schlammig und wolkig. Ist er an den beiden vorbei? Er dreht gegen die Strömung. Da ist sie. Und hält den Mann fest, versucht, ihn hochzuholen. Er taucht runter. Will ihr helfen. Die Strömung kommt ihm plötzlich viel stärker vor. Der wehrt sich nicht. Der ist einfach ein schwerer Körper. Aber das schaffen sie noch. Er hat noch Luft. Und Vlora. Die macht Zeichen und stößt sich nach oben. Jemand schiebt ihn zur Seite. Eine Frau. Greift den Araber unter den Armen und schwimmt mit ihm hoch. Richtung Licht. Und er stößt sich ab, schnell, kommt an die Luft. Wo ist er? Wo sind sie? Er dachte, sie wären viel weiter abgetrieben. Aber da ist die Treppe, Vlora ist schon dort. Sieht ihn. Sieht erleichtert aus. Und da hilft einer der Bademeisterin den Mann auf die Treppe zu ziehen. Wo eine andere mit dem Erste-Hilfe-Koffer wartet. Und dem Defibrilliergerät. Hoffentlich lebt er noch. Er hatte ihn doch hochholen wollen. Er wollte ihn retten. Zusammen mit Vlora. Er hat einen metallischen Geschmack im Mund. Hat er sich auf die Zunge gebissen? Dann erst sieht er das Blut. Wie der blutet. Jetzt, wo sie ihn auf die Seite gedreht haben. Der blutet wie verrückt. Die krasse Wunde am Kopf. Und jemand ruft, dass die Sanis gleich da sein sollten. Er zieht sich zu Vlora auf die Treppe, setzt sich neben sie. Sie zittert. »Hoffentlich«, sagt sie. »Hoffentlich.« Und er drückt ganz kurz ihre Hand. Und jetzt haben sie den Mann abgeschirmt, zwei Bademeister und zwei Bademeisterinnen. Auf dem Pier sind alle von ihren Liegestühlen aufgestanden und gucken. Aber jetzt sehen die auch nichts mehr. Hoffentlich lebt er noch, denkt Robert. Und dass es ein gutes Zeichen ist, wenn sie nicht defibrillieren. Bestimmt. Und sieht die Leute im Wasser abdrehen. Die, die sonst hier bei der Treppe landen, sich von der Strömung gegen die Treppe drücken lassen und am Geländer festhalten, die schwimmen alle zur anderen Seite, zu dem Steg, wo sie eben noch lagen, irgend'nen Scheiß geredet, gekifft und getrunken haben. Und da sind jetzt auch alle aufgestanden. Und glotzen. Nico und Marvin und alle. Und sogar die Musik von den Hobbygangstern ist aus. »Seid ihr okay?«, fragt jetzt ein Mann, noch ein Bademeister, die haben fünf Bademeister hier. Und der legt eine Decke um Vloras Schultern. Gibt ihm auch eine. »Seid ihr okay?« Vlora nickt, aber sie zittert noch immer. Er hört eine Sirene. Der

Krankenwagen. Da kommt der Krankenwagen. »Lebt er noch?«, fragt er. Der Mann schaut ihn ernsthaft an. Nickt ihm zu. Und dann sagt er, dass es toll sei, dass sie gesprungen sind. Aber auch gefährlich. Dass sie besser gerufen hätten. Sagt das so, als ob sie es sich fürs nächste Mal merken sollten. Als ob ihnen das wieder passieren könnte. Mega strange. Und ob der Mann ein Freund sei, ob sie ihn kennen? Vlora sagt: »Nein. Er lag neben uns, den ganzen Nachmittag, drüben am Steg.« Der Mann sieht aus, als ob ihn das wundern würde, dass sie wegen eines Fremden gesprungen sind. Was denn genau passiert sei, will er wissen. »Er hat einen Kopfsprung gemacht, halb vom Geländer«, sagt Robert. Vlora nickt. »War er allein? Hatte er etwas bei sich?« Vlora stößt mit ihrem Fuß gegen seinen. Ihre Zehen auf seinem Fuß. Schaut ihn an, als wäre was nicht in Ordnung. Und er sagt nichts, lässt sie reden. »Allein, ja«, sagt sie, »hatte nicht mal ein Handtuch. Hat sich irgendwann in den Schatten gesetzt. Und dann ist er ins Wasser. Da, wo die Stufe ist. Der kannte sich hier nicht aus.« Robert folgt ihrem Blick, die Polizisten sind erst auf der Brücke, die brauchen noch, bis sie hier sind. Vlora beugt sich zu ihm. Als ob sie ihn küssen wollte. Flüstert ihm ins Ohr, dass er den Rucksack an sich nehmen soll. Aber ist es denn richtig, wenn sie den Rucksack unterschlagen? Vielleicht ist da was drin, was die brauchen. Informationen, die wichtig sein könnten. Seine Oma hat einen Ausweis, gegen welche Antibiotika sie allergisch ist. Er muss Adrian fragen. Er muss Adrian anrufen. Der muss kommen. Und der Typ darf nicht sterben. Der ist nicht viel älter als er. »Ich geh mal schauen, drüben«, sagt er. Aber weder

Vlora noch der Mann haben ihm zugehört. Weil die Sanis kommen. Sie kommen gerannt. Und er springt ins Wasser und schwimmt auf die andere Seite. Ob er wirklich das Blut geschmeckt hat. Oder hat er sich das nur eingebildet? Das kann ja gar nicht sein, bei so viel Wasser. »Ist es schlimm, ist er schlimm verletzt?«, fragt Gresa, als er auftaucht. »Der ist mit dem Kopf auf den Beton, sieht nicht gut aus«, sagt er. Sogar Samir ist aufgestanden. »Verdammte Scheiße«, sagt Nico. Und Marvin macht ein Gesicht, als sei das ein Freund von ihm, der drüben auf der Treppe liegt. »Was macht Vlora«, fragt Lilly, »hat sie ihn gerettet?« Irgendwie schon. Vielleicht. Hoffentlich, denkt er. Er auch ein bisschen. »Sie hat ihn gefunden. Ja!«, sagt er. »Du hast doch gesehen, dass dem einer Drogen verkauft hat. Oder nicht? Samir! Hat er die genommen?«, fragt Gresa. »Hat so ausgesehen. Vorhin«, meint Samir. »Aber das müssen die wissen«, Gresa wirkt ganz aufgeregt, »die Sanitäter. Du musst denen das sagen.« Gresa hat recht, auf jeden Fall ist das in Filmen so. Aber sie wissen ja gar nicht, was er genommen hat. Er muss Adrian anrufen. Vielleicht hat die Klinik sich schon gemeldet. Vielleicht ist er sogar schon dort. Robert nimmt sein Telefon, klettert über das Geländer, setzt sich neben den zurückgelassenen Rucksack. Warum ist der so blöd gesprungen?, denkt er. Wieso mit dem Kopf zuerst? Wollte der sterben? Er tippt auf Adrians Nummer.

Sein Handy vibriert. Er setzt sein Entschuldigung-ich-bin-Arzt-Gesicht auf und lässt Klaus stehen. Es ist Robert. Und sofort hat er Angst, dass etwas nicht gut ist. »Hey, was gibt's?«, sagt er locker, damit Robert das nicht merkt. »Wir haben einen aus dem Wasser gezogen. Den bringen sie bestimmt gleich zu euch. Bist du im Triemli, Pa? Kannst du machen, dass der zu euch kommt?« Robert spricht viel zu schnell, ist ganz außer Atem. Er hat *Pa* gesagt. »Wo bist du denn? Bist du okay?«, fragt er. Robert hustet. »Ich. Ja. Total. Aber der Typ. Der lag die ganze Zeit neben uns. Der blutet. Aber defibrilliert haben sie ihn nicht. Das ist gut, oder?« Robert muss am See sein. Oder am Fluss. Wahrscheinlich am Letten. »Hast du die Rettung gerufen?«, fragt er ruhig. Wie automatisch hat er sich ans Geländer des Dachs bewegt, schaut in Richtung Fluss rüber. »Die sind eben gekommen. Die Sanis. Sind jetzt bei dem. Und Vlora auch. Ich hab seinen Rucksack. Ich glaub, der ist auf irgendwas drauf.« – »Wo bist du?« – »Am Letten. Oberer.« – »Und auf welcher Seite ist der Verletzte?« – »Beim Bad. Auf der Langstraßenseite.« Dann kommen sie wahrscheinlich wirklich zum Triemli. Obwohl, Kopfverletzung wäre ja eher Unispital. Kann man nicht wissen. »Ich fahr gleich los«, sagt er. »Was für Drogen hat der Mann denn genommen?« Im Hintergrund hört Adrian eine Rakete. Jetzt sieht er sie auch. Irgendwo drüben in Wipkingen. »Ich weiß nicht. Samir meint, Pillen. Gresa meinte auch, das wär wichtig. Aber kein E, glaub ich. Der hat die ganze Zeit geschlafen. Betrunken war der auch. Der ist aber Araber.« – »Am besten gibst du den Rucksack den Sanis.« – »Das geht nicht. Da sind die Bullen. Hab ich Vlora versprochen. Und außerdem schaff ich das gar nicht. Ich bin auf der falschen Seite.« Er versteht nicht. Robert ist total neben den Schuhen. »Hast du was genommen?«, fragt er und bereut es gleich. Aber Robert regt sich nicht auf. »Nur

gekifft«, sagt er, »nicht mal viel.« – »Dann komm mit dem Rucksack ins Triemli. Wir sehn uns da. Fahr vorsichtig.« – »Klar«, sagt Robert. Und jetzt macht sich Adrian erst recht Sorgen.
Er sucht Alexa. Sie ist nicht auf dem Dach. Muss grad eben runtergegangen sein. Auf der Treppe hört er schon ihre Stimme. Da steht sie. Im Gegenlicht erkennt er nicht, wen sie küsst, wer sich da zu ihr runterbeugt. Daneben die kleine Frau. Das ist Jessica. UBS-Brad. Und zwischen ihm und Alexa ein großer Sack voll gecrushtem Eis. Adrian holt die Wanne unter dem Buffettisch hervor. Er wird auf jeden Fall hinfahren und Robert dort treffen. Aber trotzdem wäre er froh, wenn sich das Triemli bald melden würde. Sonst muss er Alexa das alles erklären. UBS-Brad schaut ihn an, sagt »Oh, danke« und lässt den Eissack in die Wanne rutschen, als hätte er den keinen Moment länger festhalten können. »Gerade noch gut gegangen«, sagt er und lacht ihm ins Gesicht, »ich dachte schon, mir stirbt etwas ab.«

Der Mann mit der Zahnlücke lächelt ihn an. Und dreht sich um, stellt die Wanne auf den Boden. Das war Adrian. Everlasting Adrian. Ein paar Monate, nachdem er Alexa kennengelernt hat, sind die beiden zusammengekommen. Und trotzdem hat Brad ihn erst zwei oder drei Mal gesehen. Er hatte ihn älter in Erinnerung. Gesetzter. Wahrscheinlich sein Akademikerkomplex. Jetzt hat er sich schon Jessica zugewandt, umarmt sie. Soll er ihm noch die Hand geben? That was weird. A little. That stunt with the ice. Aber erzählt hat sie es Adrian nicht. Auf keinen Fall. Dann hätte sie ihn ja wohl ausgeladen. Hätte ihm heute Morgen gesagt, dass das nicht geht, dass er kommt. So locker sind die nicht, ist Alexa nicht. Wie hat sie geschaut? Das hat er jetzt nicht gesehen. Hätte er gern. Er starrt auf den *Südkurve*-Sticker. »Liane Steffen, im Ernst?«, hört er Jessica sagen. »Das ist eindeutig besser als die Bundesrätin.« Alexas Lachen. Und dann: »Hast du schnell einen Moment?« Und er erinnert sich wieder an Adrians Stimme, late Paul Newman, die macht ihn älter. »Betest du für den FCZ?«, fragt Jessica und zieht ihn von der Tür weg. »Komm, wir gehen hoch. Ich rieche Cervelat.« Und er fragt, ohne sich zu Alexa und Adrian umzudrehen, ob er die Eiswanne mitnehmen soll. »Gern«, ruft Alexa, »ich komm gleich. Und stoß mit euch an.«

»Was ist«, fragt sie, »stimmt was nicht?« Es hat doch nichts mit Brad zu tun? War jetzt schon etwas nicht gut? Warum hat sie ihn bloß nicht ausgeladen. Aber Adrian lächelt. Dieses leicht schiefe Lächeln, das er lächelt, wenn er eine Terminkollision produziert oder alle Himbeeren für sein Müesli gebraucht hat – und ihr keine übrig gelassen. Schuldbewusst wäre zu viel gesagt, eher potenzielle Konflikte abfedernd. »Ich muss ins Spital«, sagt er, »tut mir leid.« Tut es ihm wirklich, das sieht sie ihm an, aber nur ihretwegen. Ansonsten scheint er auch ein bisschen erleichtert zu sein, dass er nicht bleiben kann. Und sie selbst ist es ja auch. Wie ein Wackelkontakt fühlt sich das an, dieses Hin und Her zwischen Erleichterung und Enttäuschung. Es klingelt schon wieder, und sie drückt auf. »Vielleicht dauert es ja nicht lang«, sagt sie, »vielleicht kommst du zurück, und wir können noch tanzen.« Adrian lacht.

»Wir können doch immer tanzen.« Er nimmt ihre Hände, seine sind ganz warm. Sie vergräbt ihr Gesicht in seiner Schulter. Einfach so stehen bleiben. Kein Fest feiern. Hierbleiben und tanzen. Im Licht der Sonne, die durchs offene Dachfenster fällt. Aber er muss ja los. »Du musst los«, sagt sie, und dann fällt ihr das Lied ein. Wer soll sie begleiten? Aber sie sagt nichts. Er muss los. Jemand ist verletzt. Sie hört das Handy in seiner Tasche surren. »Bis bald«, sagt er und küsst sie. Dann rennt er die Treppen runter.

Jetzt also der offizielle Notruf. Trotzdem fühlt er sich ein bisschen schlecht, dass er Alexa nichts von Roberts Anruf gesagt hat. Aber hätte sie dann auch so gelassen reagiert? Irritierend gelassen. Worüber er doch froh sein sollte. Er sollte froh sein, dass sie es nicht so schlimm findet, nun doch wieder ohne ihn zu feiern. Stattdessen mit Brad. Und diesen Nachwuchsjuristen. Hat sie tatsächlich Ersatzmänner eingeladen? Kompensierend, weil sie dachte, er sei sowieso wieder nicht dabei. Aber doch nicht diese Bubis. Und Brad, den hat Jessica mitgebracht. Jemand kommt die Treppe hoch. Die roten Haare kennt er. Aber was macht Stefan hier? Und Chrigu? Die sind doch in Ligurien. »Überraschung«, sagt Stefan fröhlich und klopft ihm auf die Schulter. »Sehr schöne Überraschung, bloß muss ich leider grad zurück ins Spital. Notruf.« Mit den beiden hätte er gern mal wieder gesprochen. »Das ist hingegen keine Überraschung«, findet Chrigu und gibt ihm trotzdem schnell drei Küsschen. »Ihr müsst tanzen«, ruft er den beiden noch hinterher, »und lange bleiben. Wir sehn uns noch.« Und er glaubt wirklich, dass er zwischen elf und zwölf zurück ist, nicht zum Feuerwerk, aber rechtzeitig zum Tanzen. Um noch dabei gewesen zu sein. Mit Alexa zu feiern. (Vielleicht sollte er Alexa noch schreiben, dass er vor Mitternacht wiederkommt, aber sicher sein kann er sich nicht.) »Wir harren deiner«, ruft Chrigu, »enttäusch uns nicht!« Adrian hört ein Martinshorn. Vielleicht schon der Wagen vom Letten. Er denkt an Frau Adler. Dass sie gestorben ist. Und dass Klaus tatsächlich auf ihrer Beerdigung war. Klaus. Und er nicht.

Sirenen. Und Flackern. Und Hände. Er will spucken. Muss kotzen, aber er kann nicht. Da ist was in seinem Mund. Jemand hält ihn fest. Hände. »Hören Sie uns?« Er kann die Augen nicht aufhalten. Musik. Eine Darbouka. Er will singen. Er kriegt keine Luft. Wo ist er? Er muss weg hier. Sie haben ihn erwischt. Er hört die Musik. Eine Gimbri. Jemand singt. »Er hört uns nicht.«

Alexa hört die Sirenen. Immer denkt sie bei diesem Geräusch an Adrian. Ob er später kommt. Ob er wegmuss. Und wenn er grad aus dem Haus ist oder auf dem Heimweg, ist da auch manchmal die Angst, ganz tief unten, dass ihm etwas passiert sein könnte. Und dann? Wie wäre ihr Leben dann? Sie kann sich ein Parallelleben vorstellen (singend natürlich), manchmal tut sie das, stellt sich eine Art Zweitleben vor, in dem sie eine andere wäre (kompromissloser, unabhängiger, Single vielleicht), aber nur zusätzlich, nie würde sie ihr Leben mit Adrian eintauschen. Und wenn ihr Leben mit Adrian zu Ende ginge, würde sie dieses andere Leben nicht mehr wollen. Was würde sie dann überhaupt noch wollen? »La Grande Dame persönlich, wie schön«, sagt eine Stimme. Und da kommt Chrigu die Treppe hoch. Und hinter ihm Stefan. Wie schön, denkt sie auch. Und sagt, dass man sie aber erst ab sechzig so nennen dürfe, bevor sie die beiden euphorisch umarmt. »Was macht ihr denn hier?« Stefan lacht. »Steigt hier nicht diese große SVP-Rütlischwurparty, ist das nicht hier?« Und Chrigu seufzt. »Du hast dich schon wieder in der Tür geirrt.« Das ist der Gründungsmythos von Stefan und Chrigu. Stefan war auf irgendwelchen Drogen. Wollte zu jemand ganz anderem. Und ist bei Chrigu ins Wohnheimzimmer reingeplatzt. »In Genua war Scheißwetter«, sagt er jetzt, »und wir hatten Sehnsucht nach dir.« – »Und den hart gekochten Eiern. Mit Schweizerkreuz und Aromat«, ergänzt Chrigu. Aromat hat sie keins. Das hätte super gepasst. Chrigu öffnet seine *Surprise*-Tasche, zieht das Grillbesteck und ein kleines Körbchen hervor, ein Original-Plattmenage aus der Beiz. Aromat, Salz, Pfeffer, Maggi und Zahnstocher: alles dabei. »Frisch geklaut«, sagt er, und Stefan schüttelt den Kopf. »Am 1. August. In einem Bahnhofsbuffet, in dem ich schon mit Amoklauf gerechnet hab, als wir uns nur kurz geküsst haben.« – »Eben drum«, sagt Chrigu und geht vor ihr die Treppe hoch.

Chrigu hat ein Grillbesteck in der Hand. Bisschen spät, denkt Philippe und sticht mit der Gabel in die einsame Olma-Bratwurst. Jessica und Brad ziehen gerade mit den letzten Cervelats ab. Alle anderen sitzen und essen. Nur Monicas Tochter und der eine Jurist haben noch nichts, aber die sind ins Gespräch vertieft und sehen nicht so aus, als hätten sie Hunger. Und wenn doch, sollen sie sich selbst kümmern. Diese Bratwurst ist seine Bratwurst. Er hat einen Riesenhunger. Ach, Alexa, die hatte auch noch nichts. Und Chrigu und Stefan. Egal. Er braucht eine Grillpause. Wo ist denn Adrian? Der könnte mal übernehmen. »Soll ich?«, das ist Evelyne. Genau zur richtigen Zeit. »Hast du denn fertig gegessen?«, fragt er und dreht sich zu ihr. »Fürs Erste«, sagt sie lachend, nimmt einen Schluck aus ihrer Bierflasche und steckt sie dann in die Seitentasche ihrer Latzhose. Immer wieder, wenn er sie so sieht, ihre Frisur, ihr Tattoo, ihre Kleider, aber vor allem, wie sie sich bewegt, wie sie dasteht, dann ist er einfach nur dankbar, dass sie sich keinen Cooleren genommen hat, dass sie sich tatsächlich in den Mann verliebt hat, der mit ihr um drei vor zwölf von der langweiligsten Silvesterparty aller Zeiten geflohen ist. »Und Rosalie?«, fragt er. »Die hat die Hälfte von meiner Wurst gegessen, zwei Gabeln Gemüse und siebenunddreißig Nachos.« Da rennt sie und sieht nicht aus, als wär ihr schlecht. La belle Rosalie. Die ohnehin immer macht, was sie will. Eine coole Tochter haben sie bekommen, zusammen. Wenn sie noch einen Jungen hätten, ob der dann eher so wäre wie er? Er küsst Evelyne, und sie schiebt ihre Zunge zwischen seine Lippen. Er spürt ihre Hände auf seinem Po. Dass ihre Hände ganz nah am Grill sind, denkt er. Bewegt sich ein bisschen nach vorn. Dass es lange her ist, seit sie aus so einem Moment heraus Sex hatten, spontan. Das WC im Estrich, denkt er. Das Musikzimmer. Der Keller. Im Keller wären sie sicher allein. »Sollen wir mal wieder fliehen?«, flüstert er ihr ins Ohr. Und sie strahlt ihn an. Aber sie nimmt es nicht ernst. Ihre Hände jetzt auf seinem Rücken. »Zum Kilimandscharo«, sagt sie, »und Rosie lassen wir bei Adrian und Alexa«, ihre Augen leuchten. Da hatten sie immer zusammen hingewollt, zum Kilimandscharo. Aber sie könnten Rosalie doch mitnehmen. Mit Kindern kann man doch auch reisen. »Ist die für mich?«, fragt Chrigu. »Die sieht aus, als wär sie für mich.« Er zeigt auf die fertige Kalbsbratwurst. Die er fast vergessen hatte. Evelyne nimmt zwei neue aus der Packung, schneidet sie ein und legt sie auf den Rost. »Geduld. Geduld. Die hier sind für euch.« Seine Bratwurst legt sie auf einen Pappteller, drückt ihm den Teller in die Hand. »Flieh schon mal ohne mich«, sagt sie, »ich komme nach.«

Evelyne hat den Grill übernommen. Sofort sucht Alexa nach Monica. Die sitzt mit Delia am Tisch. Beide in Human Resources. Immer vergisst sie, wo Delia arbeitet. Jetzt gerade sieht es aus, als würde sie Monica ihre Sorgen erzählen. (Und es fällt ihr auf, dass sie Delia absurderweise für eine Frau ohne Sorgen gehalten hat.) Wer fehlt noch? Lorena hat gesagt, sie und Ruth kämen später. Die Bandmädels sowieso. Und auch nur, wenn der Gig überraschend früh zu Ende wäre. Die können hundertprozentig das Guggisberglied, in jeder Version. Aber die kommen nicht. Die kommen doch nie. Dass sie sich keinen Plan B überlegt hat. Wo sie doch von Adrians Bereitschaftsdienst wusste. Er ist jetzt sicher schon im Triemli. Im Notfallmodus. Und sie steht hier und weiß grad gar nicht, wohin. Alle unterhalten sich, essen, alle haben Getränke (die Kinder spielen, und ab und zu steht ein Elternteil auf, weil eines von ihnen weint). Abgesehen von Zoltan sehen alle so aus, als ob es ihnen gut ginge. Richtig gut. Und genau das wollte sie ja. Will sie ja. Das ist doch das Ziel. Bloß wollte sie sich auch gut fühlen. Nicht außen vor. Sie könnte zum Grill gehen. Evelyne, Stefan und Chrigu scheinen es lustig zu haben. Es ist ja auch ihre Geburtstagsfeier, das wissen alle, auch wenn sie es in der Einladung nicht erwähnt hat. Außer Stefan und Chrigu hatte niemand ein Geschenk dabei (Jonas den Champagner), aber ist auch logisch, wenn man das Essen selbst mitbringen muss. Das blöde Essen. Jetzt sitzen alle da und essen. Macht bloß träge. Ist sie jetzt so alt (und ihre Freunde sind doch fast alle ein bisschen jünger), dass auf ihren Feiern nur noch gesessen und gegessen wird, nicht mehr getanzt und geflirtet? Jonas und Shirin flirten auf jeden Fall, aber die stehen ja auch und trinken (sieht aus, als würde er aus ihrer Hand lesen). Sie selbst sollte unbedingt etwas essen. (Einmal war sie so betrunken auf diesem Dach, dass sie beinahe die steile Treppe runtergefallen ist. Zoltan war da und hat sie gehalten.) Sie nimmt eine Handvoll Nachos. Wo hat sie schon wieder ihr Glas gelassen? Nummer vier. Nummer fünf. Wie viele davon ausgetrunken? Sie füllt ein neues, aber nur zur Hälfte. Wohin soll sie sich setzen? Sie will lieber stehen und von einem zum anderen. (Eine Zeit lang hat sie in diese Fragebücher, die in der Schule kursierten, bei Lieblingstier *Schmetterling* geschrieben.) Sie hätte Stehtische, keine Biertische aufstellen sollen. Brad hat die aufgestellt. Und er schaut grad zu ihr. Hat vielleicht schon vorher zu ihr hingesehen, sie dabei beobachtet, wie sie hier steht und nicht weiß, was sie tun soll. Er lächelt. Neben ihm ist ein Platz frei. Aber auch an dem anderen Tisch, gegenüber von Liane Steffen, mit der sie noch kein Wort gesprochen hat. Sie spürt sehr wohl, wohin es sie zieht. Aber jetzt gibt ihr Zoltan ein Zeichen, und sie lächelt Brad zu, entschuldigend, geht rüber, setzt sich neben Zoltan und schlägt ein rotes Schweiz-Ei an der Tischplatte auf. Das Aromat hat sie unten vergessen.

Nun ist Alexa ihr zuvorgekommen. Genau da hatte sie sich hinsetzen wollen. Zu Zoltan, Martina und vor allem zu Liane Steffen. Das ist die einzige Person auf diesem Dach, mit der sie wirklich gerne reden möchte. Mit Alexa auch, aber nicht hier. Zu zweit mit ihr, das ist was anderes. Aber auf Feiern, in Gruppen, das ist immer ein bisschen unbefriedigend mit Alexa. Genau wie mit Brad. Mit dem sie sowieso schon alles besprochen hat, über das er zu sprechen bereit ist. Persönlicher als gestern Nacht wird er nicht. Da kann sie noch so bohren. Immer weicht er aus. Pedro, den findet sie extrem attraktiv, begnadeter Pianist (und sie mag ohnehin am liebsten Männer mit Bauch), aber sie weiß nie, was reden mit ihm, und der ist so was von verheiratet. »Jessica?«, sagt Brad, und seinem Blick sieht sie an, dass er etwas gefragt hat. »More or less ein Touri-Event, auf dem Rütli, oder nicht, Jessica?«. Sie weiß nicht, wer das ist, die Frau, die ihm gegenübersitzt und ihn anschaut, als hätte er etwas außerordentlich Kluges gesagt. (Und war das nicht gestern ein Casting für *Schweiz Tourismus*, bei dem er war?) Er hat's auch nicht leicht, sie hat ihn ja selbst mal so angekullert wie jetzt diese Frau. Ob er die Transsexuellenrolle wirklich ausfüllen kann, sich darauf einlassen? »Gastfreundschaft is the big issue, dass man freundlicher sein müsse, in der Schweiz, zu den zahlenden Gästen«, sagt Brad. »Damit uns die charmanten Menschen in Österreich nicht die Rubel der reichen russischen Reisenden wegschnappen«, ergänzt sie, und die Frau nickt verständnisvoll. »Eine Japanerin im Kimono hat die Ausländer der Schweiz repräsentiert«, ereifert sich Brad. »Ausländerinnen«, sagt sie und sieht, wie Alexa am anderen Tisch die Arme verschränkt. Wie ihr Gesichtsausdruck von Überraschung in Beleidigtsein übergeht. Alexa ist schnell beleidigt. Einmal hat sie es gewagt, den Text eines Liedes von ihrer CD zu kritisieren, weil er ihr zu vage war, zu wenig auf den Punkt. Alexa ist skrupulös. Liane Steffen hingegen skrupellos. Nein, das trifft es nicht. Sie ist unerschrocken. Schonungslos. Und jetzt hat sie offenbar Alexa vor den Kopf gestoßen. Gern wüsste sie, was die Autorin gesagt hat. Zoltan jedenfalls rutscht unruhig hin und her, sein Rücken verkrampft.

Er würde gern aufstehen. Er schaut zu Martina, aber die hat sich Pedro zugewandt, der von den Greenpeace-Aktivisten erzählt, die bis gestern in Portland den Eisbrecher blockiert haben. Und dass er selbst vor ein paar Wochen noch Zürcher Shell-Tankstellen besetzt habe. »In meinem Alter«, sagt Pedro, ohne zu lachen. Aber Liane bleibt an Alexa dran, fragt, wie diese nationalistische Deko denn bei den Schweizerinnen und Schweizern ankomme. »Da fragen wir sie doch am besten selbst«, antwortet Alexa, er kann ihr Gesicht nicht sehen, aber der Tonfall war eindeutig. »Zoltan, was sagst *du*?« Jetzt zieht sie ihn auch noch rein. »Ich bin ja nicht gerade ein Ur-Schweizer.« – »Wieso?«, fragt Liane. »Du bist doch hier geboren, in einem Urkanton sogar. Deine Mutter ist Schweizerin.« Ja, seine Mutter hat bei der Eheschließung gesagt, sie wolle nicht automatisch die Staatsbürgerschaft ihres Mannes annehmen und ihre eigene verlieren, wie das damals bei Frauen noch üblich war. Und trotzdem war sie dann eine von den Ungarn. Auch noch, als der Vater endlich den Schweizer Pass hatte. »Wir waren nie richtige Schweizer. Da konnte mein Vater noch so viele Fahnen hissen – noch so viele Feuer freiwillig löschen.« – »Aber wie fühlst du dich denn zwischen all den Lampions, Servietten und Eiern? Das ist doch die Frage«, hakt Liane nach. Eigentlich seltsam. Bei Alexa hat er das tatsächlich immer irgendwie okay gefunden. Aber vorhin, am Bürkliplatz, nachdem er die Suche nach Kamal aufgegeben hatte und als er vom Tram aus all die Fahnen und Trachten und T-Shirts mit Schweizerpsalm gesehen hat, da hat es ihn wieder so wütend gemacht wie früher als Teenager. »Ich weiß ja, wie Alexa das meint«, sagt er und spürt ganz kurz ihre Hand auf seiner. »Womit wir wieder bei Ihnen wären.« Liane lächelt freundlich. Geradezu ermutigend schaut sie Alexa an. Und dann leicht irritiert über deren Kopf hinweg. Dorthin, wo Jessica steht. »Jessica Sinn, darf ich?«, sagt die zu Liane, kommt um den Tisch rum und setzt sich neben sie. »Geht's um das Kreuz mit den roten Eiern?« Liane sagt, sie heiße Liane Steffen. Müsste er jetzt darauf hinweisen, dass auch Jessica Schriftstellerin ist? »Jessica ist meine größte Kritikerin in Sachen Deko«, springt Alexa ein, »hat sogar schon einen Text darüber geschrieben.« Elegant. Und typisch Alexa. Nützt allerdings nichts bei Liane. Die fragt bei so was nicht nach. Er will weg hier. Warum nur hat er Liane eingeladen mitzukommen? Alexa zuliebe. Die jetzt allerdings gar nicht glücklich aussieht. »Ich habe es *erwähnt*, in einem Essay«, sagt Jessica, »weil mich deine Integrationsstrategie fasziniert.« Und er fragt sich, ob man Alexas Verhalten so nennen kann. Ihre kindliche Begeisterung, wenn sie einen ganzen Satz auf Schweizerdeutsch so sagt, dass man ihr das Fremdsein nicht mehr anhört. Etwas, das sein Vater nie erreicht hat. Etwas, das Kamal nicht erreichen wird. Niemals. Weil sie ihn vorher ausschaffen werden.

»Aber ich hatte gerade gefragt, wie unsere Gastgeberin das meint, wie diese Dekoration von ihr gemeint ist«, sagt Liane Steffen. Und Alexa ist einen Moment erleichtert, dass ihre Lieblingsautorin, die ja schon damals nach der Lesung nicht durch Verbindlichkeit geglänzt hat, zu Jessica genauso streng ist wie zu ihr. (Und ist das nicht auch etwas, das sie sich von ihrer Party wünscht? Dass nicht bloß Small Talk stattfindet.) Sie sucht Jessicas Blick, wie um sich mit ihr zu verbünden, aber die ist mit ihrer Aufmerksamkeit ganz bei Liane Steffen, als gehe sie davon aus, dass diese Frau ihre Fragen selbst beantwortet. »Wie ich das meine?«, sagt Alexa und atmet aus, mit einem Puh-Laut, über den sie lachen würde, wäre das ein Gespräch mit Adrian (aber der ist gegangen). »Ich meine das ernst *und* ironisch, es hat etwas mit dem Wunsch zu tun, dazuzugehören, und dem Wunsch, eine Fahne als Deko auffassen zu können, im Sinne von Motto-Party, es hat etwas damit zu tun, dass ich Schweizerin werden will. Und damit, dass ich das Gefühl habe, bei zwei Nationalitäten würde die je einzelne weniger schwer wiegen, ich würde mich dann nur noch wie eine halbe Deutsche fühlen und wie eine halbe Schweizerin.« Sie redet zu viel, und sie hat tatsächlich *je einzeln* gesagt. Jessica lacht. »War das dein Text vom Einbürgerungsgespräch?« Aber Frau Steffen findet das nicht lustig. Sie sagt, es komme ihr beliebig vor, sie könne durchaus verstehen, dass man ein Problem mit dem Deutschsein habe. Aber man könne doch davor nicht fliehen. »Glauben Sie, Sie können in der Schweiz untertauchen? Und sich in der Niedlichkeit, der Dekoration, der Neutralität verstecken?« Sofort fühlt Alexa den Reflex: ihre Schweiz verteidigen zu wollen. Die nicht niedlich ist. Sagen zu wollen, dass man auch von hier aus etwas tun könne. Dass man hier sogar mehr Einfluss habe. Je einzeln. Dass man nicht in Deutschland leben müsse, um die Welt zu verändern. Im Gegenteil. Dass jedenfalls sie es von dort aus ganz sicher nicht tun könne. (Und doch ist ihr die Deutschlandtournee als etwas vom Größten erschienen, und doch hat sie gedacht, dass sie es geschafft hat, als sie das Konzert im Grünen Salon der Volksbühne hatte. Berlin. Ausgerechnet.) »Natürlich«, sagt sie, »könnte ich so eine Party nicht am 3. Oktober machen, mit der deutschen Fahne. Und ja«, sagt sie, »ich kann mir nicht vorstellen, dass von der Schweiz Krieg ausgeht. Waffen natürlich. Haufenweise Waffen. Aber dass man hier gegen Waffenexporte abstimmen kann, dass man Kampfjets per Abstimmung verhindern kann …« – »Und ich dachte immer, du *spielst* Schweizerin«, unterbricht Jessica, »hab mich total gewundert, als du letztes Jahr den Antrag gestellt hast.« Liane Steffen schaut neugierig zwischen ihr und Jessica hin und her. »Ich würde das auch tun«, sagt sie dann. »Natürlich müssen Sie das tun. Nicht wählen, nicht abstimmen zu können.

Sie leben doch schon seit Jahren …« – »Seit dreizehn Jahren«, sagt sie. Zoltan ist aufgestanden. Er hat etwas gemurmelt. Vielleicht holt er sich ein neues Bier. »Und ja, das ist der Grund. Und dass ich mich nicht wie Besuch fühlen will. Wie eine vorübergehende Erscheinung.« – »Gekommen, um zu bleiben«, sagt Jessica und lächelt. »Wie ein perfekter Fleck«, ergänzt Alexa und hat sofort den ganzen Text von Judith Holofernes im Kopf. »Sind Sie deshalb gekommen, wegen der direkten Demokratie?« Das hat sie noch nie jemand gefragt, obwohl sie ständig gefragt wird, was sie hierhergeführt hat (und es so lange gefragt werden wird, wie sie nicht die Sprache spricht). Manchmal sagt sie *die Liebe*. (Wegen der sie geblieben ist. Nicht gekommen.) Manchmal unterschlägt sie das Engagement. Weil sie keine deutsche Wirtschaftsmigrantin sein will. Sie ist nicht gekommen, weil hier die Arbeitslosenquote niedriger ist und das Lohnniveau höher. »Wegen der Seeräuber-Jenny«, sagt sie, »ich hatte ein Engagement.« Dass Liane Steffen nirgends wegen der Liebe hingehen würde, denkt sie. Und was für eine blödsinnige Unterstellung das ist, wo doch alle ihre Bücher auch irgendwie von der Liebe handeln. Natürlich auch von der Liebe. Und dann kommt es ihr plötzlich wie Verrat vor. Gegenüber Adrian. Dass sie nicht *die Liebe* gesagt hat. »Wir haben uns damals kennengelernt, bei der *Dreirappenoper*«, sagt Jessica. Und Alexa sagt: »Du bist meine älteste Freundin in der Schweiz.« (Brad wäre demnach ihr ältester Freund.) Jessica lächelt und sagt zu Frau Steffen: »Sie müssen Alexa erleben, wenn sie singt. Sie wird dann zu einer anderen Person«, und zu ihr: »Du singst heute doch noch, oder nicht?« Alexa seufzt. »Ja, ich singe noch, hab zwar grad eben meine Begleitung verloren, aber ich singe heute noch irgendwie das Guggisberglied.« – »Was ist das?«, fragt Liane Steffen. »Ein Volkslied«, sagt Jessica, »ein Volkslied in Moll, das bei den Söldnern früher verboten war, weil es die Schweizerkrankheit auslösen konnte.« – »Und was ist die Schweizer Krankheit? So was wie German Angst?«, fragt Liane Steffen, und Jessica sagt: »Gute Frage.«

Brad sieht, dass Alexa aufsteht, vielleicht will sie zu Zoltan, der mit der geschnorrten Zigarette allein an der Brüstung lehnt und raucht. Brad entschuldigt sich bei der Frau, die so gut zuhört und offenbar Kathrin heißt, sagt, er wolle sich ein Bier holen. Zum Glück ist ihr Glas noch voll. Was macht er auf dieser Party, auf der er fast niemanden kennt? What is he doing here? Heute Morgen, der Besuch, das war okay, so hätte er es doch stehen lassen können. Was will er noch von ihr? Closure. Aber wie sollte die aussehen? Und er hat in diesen drei Jahren gar nicht oft an sie gedacht, immer seltener. Er will, dass sie kommt, wenn er das Soloprogramm macht, dass sie im Publikum sitzt und ihn ansieht wie damals, bei der *Dreirappenoper*. Als er gut war. Big Time. Giulia hat er auch bei der Arbeit kennengelernt. In der Maske. Für Giulia ist er erfolgreich. But she doesn't care. Sie ist froh, wenn er zufrieden ist. Sie macht ihn besser, ohne ihn zu kritisieren. Ohne ihn ständig infrage zu stellen. Einfach nur dadurch, wie sie ist. Er schaut auf sein Smartphone, aber sie hat nicht geschrieben, sie arbeitet heut Abend am Set. Wegen ihr hat er die Bankenwerbung geschmissen. Alexa und

Jessica haben ihm das jahrelang vorgeworfen. Und er hat ihnen recht gegeben. Aber das Geld war einfach zu gut. Easy Money. Für Giulia hat er das aufgegeben. Von sich aus. Weil es nicht passt, in Milano Centrale Wasserflaschen und Decken an Flüchtlinge zu verteilen und am Hauptbahnhof in Zürich auf der großen Werbetafel für eine Großbank zu lächeln. Weil er das Gefühl hatte, er müsse sich entscheiden. Alexa ist selbst nicht konsequent. Er nimmt sich ein Bier aus der Wanne, die im Schatten des Schornsteins steht. Das Wasser ist kalt, aber Eis ist da keines mehr. Wieso hat sie zum Beispiel die beiden Juristen eingeladen? Den einen hat er vorhin *Schweizer Recht vor Völkerrecht* sagen hören. Out of context. Aber es klang schon verdächtig nach SVP.

»Du musst von meiner Bowle trinken.« Alexas Stimme. Direkt hinter ihm. Schaut ihn an, als wär das wichtig, er stellt seine Bierflasche weg (Bowle auf Bier, wahrscheinlich nicht so klug) und nimmt ein Glas. »Wir haben auch noch gar nicht angestoßen.« Heute Morgen haben sie doch. Die Gläser klingen hell. Sie lächelt. Und schaut ihm tief in die Augen. »Nur kein Risiko eingehen«, sagt er. Seven years bad sex. Sie hat ihm das irgendwann erzählt, dass man sich die einhandeln kann, wenn man sich nicht in die Augen schaut (was zwar keinen Sinn mache, wenn man mit Leuten anstoße, mit denen man eh nicht schlafe, aber sicher sei sicher). »Ach«, sagt sie, »ich hab mich endgültig von diesem Aberglauben verabschiedet, ich hab einfach gern deine volle Aufmerksamkeit.« Und jetzt schaut sie wirklich wie damals, als er dachte, es gebe eine ernsthafte Krise mit Adrian, dass die beiden sich womöglich trennen könnten (scared him a bit, too). Nach Adrian könnte er fragen, müsste er eigentlich, den hat er nicht mehr gesehen seit der Eisübergabe. Stattdessen sagt er, dass diese Bowle ihn irgendwie an die Fifties erinnere, an den Lieblingsfilm seines Vaters. *Operation Petticoat*. Und dass es schön sei auf ihrem Dach. »Ich hätte die Bowle farblich besser mit meiner Kleidung abstimmen können«, sagt sie lachend. Und hält das Lagunenblau gegen ihr giftgrünes Outfit, unterhalb ihres Dekolletés. »Du musst sie halt immer auf Kopfhöhe halten.« Und wieder lacht sie. Und saugt dann eine Ananas über den Rand des Glases. Und er denkt daran, wie es damals begonnen hat. Sie hatten auch irgendwelche Mixgetränke getrunken. Im Rimini. Hatten nebeneinandergestanden und runter aufs Wasser, auf das Kanupolofeld geschaut, als ob dort etwas passieren würde. Und plötzlich hat sie sich zu ihm hingedreht und gesagt, sie werde ihm das nie vergessen, dass er extra rausgefahren sei zu diesem Auftrittsdebakel im Oberland, dass er da im Publikum gesessen habe. And then that kiss. Corner of the mouth. That's how it started. »Die Bowle ist sensationell.« Der eine Jurist, der gut aussehende, schiebt sich zwischen ihn und Alexa und füllt zwei Gläser. »Und wann singst du endlich?«, fragt er Alexa, und die verzieht das Gesicht. »Wenn niemand mehr sitzt und isst«, sagt sie. »A cappella!« Davon hat sie gar nichts gesagt, heute Morgen, dass sie singen wird. »Von der neuen CD?«, fragt er (kennt ja nur, was er auf YouTube gefunden hat). Sie öffnet den Mund. Aber ein Samsung klingelt dazwischen. Er greift in die Hosentasche. No way. Er hat es doch auf Vibrieren gestellt. Suchende Blicke an den

Tischen, das Klingeln wird lauter. Hört auf. Zoltans Phone. Zoltan schnippt die Kippe vom Dach und telefoniert.

Er versteht nicht. Robert. Wieso Robert? »Adrian hat gesagt, ich soll dich anrufen. Dass du den kennst.« Wieso Adrian? Der ist doch hier. »Dass ich *wen* kenne? Adrian?« Robert seufzt, als ob klar wäre, von wem er redet. »Nein, der Mann, der Araber, den wir aus dem Wasser gezogen haben. Der Kamal heißt.« Bitte nicht! Zoltan hört sich selbst einen Schrei ausstoßen. Innerlich. Es kommt kein Ton. Kamal. Wasser. Adrian. Er schaut runter auf die Straße. Er taumelt. Tritt einen Schritt zurück vom Geländer. »Ist er im Spital? Wie schlimm ist es?« Robert sagt, Kamal sei im CT. Adrian habe er nur kurz gesehen. Er habe aber versprochen, ihm Bescheid zu geben, wenn sie mehr wissen. Das habe er ihm und Vlora versprochen. Zoltan dreht sich um, sieht Alexa, die auf ihn zukommt. Und Martina, die ihn anschaut. Er lächelt. Er lächelt Martina an und rollt die Augen, als hätte er versehentlich den Anruf eines nervigen Autors angenommen. Er will jetzt nicht mit Martina sprechen. Er muss los. Sofort. »Wo seid ihr genau? Welches Haus?«, fragt er. »Moment«, sagt Robert und hält das Telefon zu, dann wieder: »Moment.« Und er denkt an Kamal, der im Wasser lag, als er sich hier ein Bier aufgemacht hat. Vielleicht. Als er einen Cervelat gegessen hat und Kartoffelsalat. Der im Wasser lag. »Was ist passiert?«, fragt er, und Robert sagt: »Haus 1. Behandlungstrakt.« Und dass Kamal mit dem Kopf aufgeschlagen ist, am Letten ins Wasser gesprungen. Dass sie seine Sachen haben. Und der

Polizei nichts gesagt. Den Bademeistern auch nicht. »Ich komme«, sagt Zoltan, »bin in fünf Minuten da.« Er fragt Alexa, die direkt vor ihm steht, ob er ihr Velo haben kann. »Natürlich«, sagt sie, »was ist passiert?«

Sie versteht ihn nur halb. Kamal. Letten. Robert. Er rennt vor ihr die Treppe runter. Und sie hofft, dass sie den Fahrradschlüssel sofort findet. Und sonst der Zweitschlüssel dort ist, wo er sein sollte. Sie bekommt mit, dass Zoltan ins Triemli muss, dass Kamal dort ist. Und dann denkt sie an das Martinshorn. Dass vielleicht Kamal in dem Wagen lag – und sie hat an Adrian gedacht. Wenn sie doch länger gesucht hätten. Wenn sie bei Zoltan geblieben wäre. Aus der Wohnung kommt der Freund von Jonas. Was hat der hier gemacht?, denkt sie kurz, während er sie verlegen anlächelt. Die Schlüssel liegen auf dem kleinen Tisch. »Ich komm mit dir runter«, sagt sie, »zeig dir das Velo.« Sie nehmen wieder zwei Stufen auf einmal. Sie fühlt sich ein bisschen wacklig auf den Absätzen und mit dem Alkohol im Blut. Dass man immer nüchtern genug sein müsste für einen Notfall, denkt sie. »Sagst du Martina Bescheid?«, fragt Zoltan. »Sagst du ihr, dass Kamal verunglückt ist.«

Er ist sich plötzlich nicht sicher, was *verunglückt* bedeutet. Ob es nicht *tot* bedeutet. Aber dann wäre *tödlich verunglückt* ein Pleonasmus. Und das macht ihn mit einem Mal wütend, er wird wütend auf sich, weil er sich nicht sicher ist, weil er nicht mal das sicher weiß. Was er doch wissen müsste. Weil er sich mit nichts mehr sicher ist, seit er Kamal kennt. Seit Kamal ist alle Sicherheit verschwunden. Er will in die alte Sicherheit zurück, denkt er. Und dass es vielleicht kein Zurück mehr gibt, wenn Kamal stirbt. Ob es überhaupt noch ein Zurück gibt? Und dann wird er noch wütender auf sich, weil er an Kamals Tod denkt, anstatt für sein Leben zu beten, an Kamals Stelle zu beten. Der jetzt nicht beten kann. Und Alexa sagt etwas, während sie die Tür zum Hof aufschließt. Sie fragt ihn, ob er überhaupt fahren kann. Wieso soll er nicht fahren können? »Ja«, sagt er. Nicht mal drei Bier hat er getrunken. Und sie nickt. Und sagt: »Adrian ist bei ihm.« Als glaube sie, dass der Mann, den sie liebt, nun bei dem Mann ist, den er liebt, und dass das etwas besser machen würde. Sie weiß nichts und doch mehr als alle anderen. Sie allein kann immerhin ahnen, wie er sich fühlt. Sie allein weiß, warum er Kamal weggeschickt hat. Sie allein weiß, es ist seine Schuld. Und sie schiebt ihm das Velo raus und umarmt ihn. Er könnte jetzt weinen. Auf der Stelle losweinen, während sie ihn so hält, doch dafür ist keine Zeit. Er nimmt das Velo, fährt los. »Schreibst du mir, wenn du etwas weißt?«, ruft sie ihm hinterher.

Er hat nicht geantwortet. Und will sie es überhaupt wissen? Wenn es nicht gut ausgeht. Würde sie heute Abend erfahren wollen, dass der junge Mann, dem sie heute Morgen begegnet ist, nicht überlebt hat? Sie schließt die Hoftür. Und weil sie Kamal getroffen, ihm in die Augen gesehen hat, weil sie diesen Moment mit den Böllern geteilt haben, fühlt sie sich ihm verbunden, mehr noch als durch die Tatsache, dass ihr bester Freund (den sie hätte begleiten sollen, aber wie denn, ohne Fahrrad?) in ihn verliebt ist, dass ihr bester Freund, der seit Jahren eine glückliche Ehe führt, das hat er jedenfalls immer gesagt, sich in diesen Mann verliebt hat, einen jungen Mann. Und erst jetzt, während sie die Treppen hochgeht, zurück zum Fest, zurück aufs Dach, wo sie Martina erzählen muss, was er ihr selbst hätte erzählen sollen (und wieso ist sie ihnen nicht nachgekommen, als sie gesehen hat, dass sie die Dachterrasse verlassen?), erst jetzt kommt es ihr ungeheuerlich vor. Zoltan in einen Mann verliebt. In einen jungen Mann aus Tunesien. Ihr Zoltan, dessen Leben ihr immer so gradlinig erschienen ist, so ausgewogen, so unkompliziert. Und sie denkt, dass sie irgendwie froh ist, dass es keine Frau ist, keine ganz junge Frau, und fragt sich, wieso das einen Unterschied machen würde. Sie würde gern etwas tun können. Adrian tut etwas. Robert ist offenbar dort, Zoltan ist hingefahren. Und sie kehrt auf das Fest zurück, dahin, wo gefeiert wird. Sie könnte es jetzt und sofort abblasen. Die Musik ausmachen, an ein Glas klopfen (man würde denken, sie wolle jetzt singen) und sagen, dass etwas passiert ist. Aber sie kennt Kamal doch gar nicht. Und er ist eben nicht der Freund oder Mann von Zoltan. Sogar bei der ganz neuen Freundin von Urs wär es was anderes. Nimmt sie es weniger ernst, weil sie es für hierarchisch hält, der Lehrer und der Schüler, der Schweizer und der Flüchtling, vierzehn Jahre Altersunterschied? Nimmt sie es deshalb weniger ernst? Sie könnte sehr wohl abbrechen. Ein Freund ihres besten Freundes (mehr müsste sie nicht sagen) schwebt in Lebensgefahr (so hat es geklungen). Wie kann sie da weiterfeiern? »Wo ist Zoltan?« Sie stolpert beinahe, schaut hoch. »Hat Kamal sich gemeldet?« Martina steht in der Tür zum Estrich.

Alexa wirkt völlig von der Rolle. Und wo ist jetzt Zoltan? »Was ist los?«, fragt sie. »Was ist denn verdammt noch mal los?« Alexa drängt sich an ihr vorbei, schließt die Mansardentür auf und zieht sie hinein, setzt sich auf das Bett unter ein Poster mit halb nackten Leuten. *Zürich wartet aufs neue Trikot.* Dass Kamal noch hier schlafen wird, hält sie auf einmal für ausgeschlossen. Sie haben ihn aufgegriffen. »Kamal hatte einen Unfall«, sagt Alexa, »er ist im Triemli. Zoltan hat die Nachricht bekommen und ist sofort los, ich hab ihm mein Velo gegeben.« Alexa legt die Hand auf ihren Arm, als wäre Kamal ein Freund von *ihr*, als wäre das für *sie* eine schreckliche Nachricht. »Was für ein Unfall?«, fragt sie. »Wie geht es ihm?«

Und sie denkt, dass sie das selbst nicht weiß. Dass ihr ja auch niemand etwas erzählt. Dass Adrian sie nicht angerufen hat. Genauso wenig wie Robert. Der irgendwie an der Rettung aus dem Wasser beteiligt gewesen sein muss. Sie versteht immer noch nicht ganz, wieso er jetzt auch im Triemli ist. Und nun muss *sie* dieses Gespräch führen. Mit Martina. Die das nicht verdient hat. Aber so was verdient man ja auch nicht. »Ich weiß nur, dass er im CT ist, eine Kopfverletzung, aber wie schlimm, konnten sie noch nicht sagen.« Martina nickt. »Ist Adrian dort?« – »Ja.« – »Gut.« Und dann, als wär ihr das gerade noch eingefallen, sagt Martina noch: »Aber natürlich auch doof, für dich.« Und Alexa schüttelt den Kopf. »Ist doch egal«, sagt sie, »ich hab schon überlegt, ob ich das Fest abblasen soll.«

Und sie hat gerade noch überlegt, ob Alexa wohl Zoltan und seine Hiobsbotschaft so schnell wie möglich vom Dach haben wollte, ob es Alexa war, die ihn davon abgehalten hat, ihr Bescheid zu sagen, so wie sie sie jetzt hier in den Raum gezogen hat, weil sie will, dass ihre Party weitergeht, dass kein Schatten auf ihre Feier fällt. Und schämt sich ein bisschen dafür. Soll sie sich für Liane eine Ausrede ausdenken? (Hat Zoltan ihr deshalb nicht Bescheid gesagt, damit sie bei Liane bleibt, sich um seine Autorin kümmert?) Und plötzlich ist sie sich sicher, dass etwas nicht stimmt. Denn so ist Zoltan nicht. Das hätte er mit ihr abgesprochen. Wenn Alexa das Fest abbläst, wird sie Liane in ein Taxi setzen, sie wird sich nicht um sie kümmern. Die kommt bestens allein zurecht. »Was meinst du«, fragt Alexa, »soll ich es abblasen?«

Noch während sie es sagt, spürt Alexa, wie falsch es ist, Martina das zu fragen. Und sie spürt auch, dass sie ein *Nein* hören will. Hören will, dass es doch niemandem helfen würde, wenn jetzt alle nach Hause gingen. Alle, die sich auf das Fest gefreut haben. Die sich gut unterhalten. Einen schönen Abend haben. Chrigu und Stefan, die extra früher zurückgekommen sind. Evelyne, mit der sie noch bis spät in die Nacht singen will. Brad. Und sie kann sich ja nicht mal vorstellen, wie sie sich hinstellt und sagt: Die Feier ist vorbei. Ihr habt gegessen und getrunken. Gesessen und geredet. Geht nach Hause. »Ich würde noch warten«, sagt Martina und steht auf. Draußen Stimmen, aber Alexa erkennt sie nicht. »Ich rufe gleich Zoltan an, der weiß dann vielleicht schon mehr. Vielleicht ist es nicht so schlimm.«

Sie steht da, groß und kräftig, ihre rostroten Locken rund um den Kopf, nicht ein Fältchen im Gesicht, schon gar nicht um ihren großen schönen ungeschminkten Mund, und sagt, dass es ja vielleicht nicht so schlimm sei. Und dass sie das Fest nur abblasen würde, an Alexas Stelle, wenn sie selbst nicht mehr feiern möge. Aber nicht wegen Zoltan. Oder aus Pietät. »Du kennst Kamal nicht einmal«, sagt sie, »dann dürften wir nie feiern, dann könnten wir doch sowieso nicht feiern, nie. Wir feiern doch ständig neben dem Unglück der anderen.« Und Alexa steht auch auf. Martina hat so etwas Klares, Deutliches. Wie Adrian. Darüber hat sie oft mit Zoltan gesprochen, wie sehr die Menschen, die sie lieben, wissen, was sie wollen. »Mein Vater war gestern im Krankenhaus, Herzkatheter«, sagt sie. Martina, die schon die Tür aufgemacht hat, dreht sich um, schaut überrascht. »Da hab ich auch erst gedacht, ob ich absagen und hinfahren soll. Aber er fand, ich solle unbedingt feiern. In unserer Familie ist immer gefeiert worden. Wenn meine Mutter am Morgen des Festes mit Grippe aufgewacht ist, hat sie sich so mit Medikamenten vollgepumpt, dass sie am Abend feiern konnte, und sich am nächsten Tag erst ins Bett gelegt.« Martina lächelt. »Wenn jemand nach Zoltan fragt, können wir erst mal sagen, dass er zu den Kindern musste, dass Leonie einen ihrer Anfälle hatte und dass er gleich wiederkommt.« Martina geht. Sie folgt ihr und zieht die Tür hinter sich zu.
Nur noch Desserts auf dem Buffettisch, alles andere haben die Gäste mit raufgenommen. Sie nimmt ein Stück Schokokuchen vom Teller, beißt auf der Treppe hinein. Zu süß, wohin jetzt damit? Niemand schaut zu ihr hin, als sie hochkommt, aber sie traut sich trotzdem

nicht, den Kuchen in den Müllsack zu werfen. Essen wirft man nicht weg. Alle stehen. Nur Liane Steffen und Jessica sitzen noch am Tisch, jetzt einander gegenüber. Und da sind Lorena und Ruth und eine Frau, die ein Baby auf den Rücken gebunden hat, erst ein paar Monate alt. Ist das die neue Freundin von Ruth? Daneben steht Delia, spricht mit Brad, sieht wieder ganz gelöst aus, geradezu glücklich. Ein Pappteller fliegt an Alexas Kopf vorbei. Der Älteste von Clara und Pedro spielt Frisbee, die anderen Kinder versuchen es auch. Rosie schmettert ihren Teller direkt auf den Boden vor Alexas Füße. Sie hebt ihn auf, wirft ihn zurück, er fliegt ganz stabil und doch weich genug, dass Rosie ihn problemlos fangen kann (ein Lachen von Rosie und ein anerkennender Blick des großen Jungen). Dann legt sie das Kuchenstück auf einer sauberen Serviette auf dem verlassenen Biertisch ab. Später irgendwann, wenn die Leute lang genug bleiben, werden sie Kuchenreste von Servietten essen, manche von ihnen. Evelyne würde das tun. Chrigu auch. Sie selbst sowieso. Es sieht aus, als ob sich alle amüsieren, denkt sie und dann, wie frivol ihr allein das Wort vorkommt, jetzt. Amüsieren. Ein kalter Wind geht über ihren Rücken. Und Monica hat tatsächlich schon einen Pullover angezogen, unterhält sich mit ihrer Tochter. Und Brad, der Delia zuhört, die mit Händen und Füßen redet. Ganz aufmerksam hört er ihr zu. Sie hat immer gefunden, dass er ein schlechter Zuhörer ist, zu leicht abgelenkt, zu viele Antennen aufgestellt, immer in Erwartung von größeren Ereignissen, Reizen, Möglichkeiten. Aber als sie vorbeigeht, schaut er hoch, sie sieht es im Augenwinkel. Dass sie das Gefühl hat, dass er sie jetzt ansieht, ihren Rücken, ihren Nacken, auch jetzt noch, wo sie ihn nicht mehr sehen kann. Und dass sie das immer will. Gesehen werden. Warum bloß? Dass sie immer sehen will, wie sie gesehen wird. Vielleicht steht sie deshalb auf der Bühne. Nein, dafür ist ihr das Singen viel zu wichtig. *Ich singe, weil ich ein Lied hab*, kommt ihr in den Sinn. Nicht, weil es euch gefällt. Immer ihr Lieblingslied von Wecker gewesen. Bei Klaus, Stefan und Jonas bleibt sie stehen, zwei Meter von Brad entfernt. Nein, sie ist Sängerin geworden, weil sie nichts anderes tun möchte als singen, Lieder schreiben und spielen. Gehört werden. »Aber ich versteh das nicht«, sagt Stefan zu Klaus, »du wohnst doch seit dreißig Jahren in der Schweiz …«

Da ist sie ja wieder, denkt Jonas, stellt sich direkt neben ihn und schaut den Deutschen an, der ihn so sehr an den vorletzten Freund seiner Mutter erinnert, den Bürogummi vom Rheinfall. Alexa hört aufmerksam zu, wie der Typ erklärt, dass er die deutsche Staatsbürgerschaft nicht hat abgeben wollen. Wenn sie konzentriert zuhört, wenn sie nicht lächelt, nicht singt, sieht sie alt aus, zu alt für ihn. Die Falten in ihrem Dekolleté, die Flecken, Altersflecken, sagt man ja wohl, liegt vielleicht am Licht, dass die ihm jetzt mehr auffallen als letzte Woche. Trotzdem legt er seine Hand auf ihren nackten Rücken, lehnt sich zu ihr hin und fragt: »Alles gut bei dir?« Sie nickt kurz, irritiert, und sagt dann: »Musst du doch nicht mehr. Schon lang nicht mehr.« Und meint den Deutschen. Ganz aufgeregt ist sie, ereifert sich, sieht plötzlich wieder jünger aus. »Gibt doch die Doppelbürgerschaft. Und es ist nicht halb so schwierig, wie ich gedacht hatte.« Der Schwule mit den roten Haaren lacht. »Schweizer werden ist nicht schwer, meinst du?« Was der Deutsche lustig findet. Aber sie geht nicht drauf ein, erklärt ihm das ganze Verfahren, wie es gelaufen ist, was er machen muss. »Ich kann dir helfen, mit den Papieren und so«, sagt sie, als gehe es darum, eine Versicherung abzuschließen. Ist es wahrscheinlich für sie, eine Versicherung. Auf ein sicheres Leben im Schweizer Wohlstand. »Aber du bist noch nicht durch, oder?«, fragt der Rothaarige. Sie schüttelt den Kopf. Ihre glatten, fast schwarzen Haare fliegen hin und her. »Ich hätt's toll gefunden, wenn wir das heute schon hätten feiern können, aber ich glaub, ich hab eh Glück gehabt, wie schnell es ging, mir fehlt nur noch der Entscheid vom Bund«, sagt sie. »Deutsche werden in Zürich momentan vorgezogen, weil sie keinen Deutschtest machen müssen.« – »Das wär's ja noch«, sagt der Bürogummi, »wenn der Schweizer Staat mein Deutsch beurteilen wollte.« Typisch deutsch. Wenn es ein Mundarttest wäre, hätte der schon verloren, mit diesem Akzent. »Machen sie ja nicht«, sagt Alexa ein bisschen ungeduldig, »wir haben doch ohnehin Einbürgerung light.« Darum gibt es so viele deutsche Papierli-Schweizer. »Für mich ist das trotzdem nichts«, sagt der Gummi und streicht das Hemd glatt, das er sicher schon in den Achtzigern getragen hat. Nichts gegen teure Sachen, die lange halten. Aber so sollten sie nicht aussehen. »Ich will mein Leben nicht komplett offenlegen, ich will nicht vom Nachrichtendienst überprüft werden. Und ich glaub auch nicht an die direkte Demokratie. Die Schweiz ist eine Plutokratie. Der Souverän ist das Geld.« Na hoffentlich stellt der keinen Antrag. Wenn der durchkäme. Aber sie lässt nicht locker, spricht von Verantwortung. Sie ist so eine (eine Linke, garantiert sind die hier auf dem Dach alle links, außer ihm und Fabiano, und er wird sich hüten, etwas zu sagen), sie spricht von Privilegien, Möglichkeiten. Und der Rothaarige sagt, dass er früher öfter mal 'ne Abstimmung wegen der Afterhour verpasst habe (Überraschung!), manchmal einfach verschlafen. Aber jetzt schaue er jedes Bauvorhaben an, jede kleine Gesetzesänderung, sogar die Wahlen von irgendwelchen Gerichtsschreibern. (Sogar? So sehen die das. Die sind stolz, weil sie sich die Vorlagen durchlesen, bevor sie ankreuzen.) »Und was ist mit den Pflichten?«, platzt es aus ihm raus. Er hat sich doch grad noch vorgenommen zu schweigen. Alle schauen ihn an. »Wehrdienst oder Zivildienst muss ich ja nicht«, sagt Alexa, »als Frau. Beziehungsweise in meinem Alter.« Dann dreht sie sich wieder von ihm weg. »War das auch ein Grund für dich?«, fragt sie den Deutschen. »Nein«, sagt der, »mich hätten sie ausgemustert, wegen meines Rückens. Und sonst hätte ich offen verweigert.« Dass der den Blauen Weg gegangen wäre, wundert ihn gar nicht. Ob überhaupt jemand von denen hier bei der Truppe war? In seinem Umfeld, da kann er mit seinem Dienstgrad was reißen, da bringen ihm die Adidasstreifen was. Ist ja nicht so, dass er das immer toll gefunden hat. Am Anfang schon gar nicht, das ganze Geschlauche. Aber da, wo er hinwill, kommt man eher nicht hin, ohne gedient zu haben. »Das ist die einzige Pflicht? Alles andere muss man auch ohne Schweizer Pass leisten?«, fragt der Rothaarige. Der hat sicher auch keine grünen Ferien gemacht. Ist auch nicht lustig für die in der Kompanie. Sie hatten damals einen, der hat sich in der zweiten Woche geoutet. Und einen Monat später schon aufgegeben. Vielleicht wenn sie einen eigenen Zug hätten, die Schwulen, was rechtlich natürlich nicht ginge. Und es stimmt, als Frau oder über vierzig bringt der Pass keine zusätzlichen Pflichten. »Geschworenendienst?«, fragt der Deutsche. Den gibt's zum Glück faktisch nicht mehr. »Hab ich mal machen müssen«, sagt der andere und erzählt von dem Fall, über den er entscheiden musste, aber nur der Bürogummi hört zu, Alexa schaut zu dem großen blonden Typen, der ihm schon die ganze Zeit so bekannt vorkommt. Vielleicht steht der irgendwo hinter der Bar? Oder Bademeister? Nein. Eher hat er das Gefühl, der hätte ihn schon mal wegen Geld beraten. Gut aussehen tut er. Das schleckt keine Geiß weg.

Alexa lächelt Brad an. Das wäre noch kein Grund zur Beunruhigung, denkt Evelyne. Aber sie hat auch mitgekriegt, wie Brad Alexa anschaut, wenn sie es nicht merkt, und wie er gerade eben geschaut hat, als der eine Polohemdler seine Hand auf ihrem Rücken hatte. Und das hat sie noch nie verstanden, wie Alexa mit so was umgeht. Dass sie den nicht sofort abgeschüttelt hat. Die Brad-Geschichte versteht sie schon eher. Der hat Humor. *Will Tell Show.* Sie fischt eine Ananas mit den Fingern aus dem Glas, kann sich heut einfach nicht zwischen Bowle und Bier entscheiden. Brad hat was. Öpper het öppis. Öpper wot öppis. Was Verletzliches auch. Und gleichzeitig natürlich so 'ne Art Trophy-Guy, wenn man von der UBS absieht. Neben den Schuldgefühlen, der Verunsicherung und der Angst war da auch so was wie Stolz, als Alexa von der Eskapade mit Brad erzählt hat. Eskapade ist eigentlich ein schönes Wort (und wollte sie nicht fliehen mit Philippe?). Alexa geht auf Brad zu und strahlt. Wie sie das eben tut. Wie sie heut Nachmittag auf der Treppe gestrahlt hat, als sie und Rosie in Sichtweite kamen. Mitten im Gespräch, auf der Bühne natürlich oder beim Tanzen, auf einmal strahlt sie so. Hat eben noch ausgesehen, als müsste man sie zu einem Stuhl führen, ihr ein Glas Wasser bringen. Und dann dieses Strahlen. Großzügig irgendwie. Als glaube sie, das Gute und Schöne würde sich langfristig durchsetzen, Glück wäre haltbar. Philippe sieht es auch, das Strahlen, von der anderen Seite des Daches aus, nein, sein Blick geht an Alexa vorbei, direkt zu ihr, es ist immer noch sichtbar, dass er auf sie steht, egal, ob Alexa zwischen ihnen strahlt oder nicht, Philippe steht auf sie, seine große Liebe. Und grinst so verlegen, als kennten sie sich nicht, als versuche er, sie anzugraben, über das ganze Dach hinweg. Dabei rennt da irgendwo links außen in ihrem Gesichtsfeld ihre bald vierjährige Tochter herum, aber weder Philippe noch sie folgen Rosie mit dem Blick, sie bleiben eingerastet in ihrer Verbindung. Sie hat so Lust auf ihn jetzt. Und wann hatte sie zuletzt so ein eindeutiges Gefühl? Sie könnten Rosie doch hier oben lassen, bei all den anderen Eltern. Bei Alexa. Alexa könnte doch schauen. Und die hat bestimmt auch ein Kondom. Seit sie diese Reizung hat, diese komische Sache, benutzen sie und Adrian Kondome. Aber dann muss sie jetzt zu ihr hingehen und das Gespräch mit Brad unterbrechen, ihre Freundin bitten, hier oben zu bleiben. (Wie soll sie das mit dem Kondom erklären? Sie muss mit Philippe reden.) Brad strahlt zurück, strahlt Alexa an. Da muss

sie jetzt eben dazwischen. Als gute Freundin sollte sie das vielleicht ohnehin tun. Sie denkt, dass Adrian (mit allen Eigenheiten, Abwesenheiten, seiner manchmal unerträglichen Selbstverständlichkeit) das Beste ist, was Alexa passieren konnte. Und hat das Bedürfnis, ihn anzurufen, er soll wiederkommen (er muss im Spital sein, er und Brad waren noch gar nicht gleichzeitig auf dem Dach). Philippe hält immer noch ihren Blick, sieht aus, als wolle er gleich jetzt zu ihr rüberkommen, aber Chrigu redet auf ihn ein. Was will jetzt der andere Polohemdler von ihr?
»Sind Sie … Bist du nicht *E-Flow*?« Der hat sie *gesiezt*! Das ist ihr noch nie passiert, außer in der Schule, bei den Kleineren, die ständig *Sie, Frau I-Floh* sagen. Aber irritierender ist eigentlich, dass er weiß, wer sie ist. »Evelyne, ja.« – »Fabiano«, sagt er und reicht ihr die Hand. Er kenne so gut wie alles von ihr. Seit wann stehen Burschenschaftler auf ihre Songs? Nein, das ist ungerecht. Der ist in keiner schlagenden Verbindung, hat einfach nur schlechte Haut. »Meine Schwester war bei dir im Workshop. Und dann lief nur noch E-Flow bei uns, von morgens bis abends. Sie hat sich *Chiara Crass* genannt.« Er lacht. Und sie fragt sich kurz, ob er noch zu Hause wohnt. Geht doch auch schon auf die dreißig zu. Und welche Chiara? Hatte sie mal eine Chiara im Workshop? »Ist ein paar Jahre her, in Wollishofen«, sagt er. Und ihr fällt das Mädchen ein, klein und schmal, in einer Klasse mit lauter aufgepumpten Jungs, die sich wie The Game gebärdet haben, aber Chiara war die mit der Stimme, die mit dem Rhythmusgefühl. »Chiara, natürlich«, sagt sie, »tolle Stimme. Wie geht's ihr?« – »Gut. Sie ist in London. Erst Au-pair. Jetzt jobbt

sie an einer Rap Academy. Wenn ich ihr erzähle, dass ich dich getroffen hab …«, sagt er. Evelyne lächelt. Und schaut zu Philippe. Hat sie ihre Chance verpasst? Er ist mit Chrigu ins Gespräch vertieft, kein Blick mehr zu ihr, fertig geflirtet. »Bestell ihr schöne Grüße«, sagt sie, »find ich super, dass sie weiter Musik macht!« Immer freut sie sich, wenn sie so was hört. Erst vor Kurzem hat einer ihrer Ehemaligen einen Award bekommen, den sie selbst noch nicht hat (wenn sie auch jahrelang Pause macht), und sogar da hat sie sich richtig gefreut. »Am Anfang«, sagt Fabiano, »fand ich's bisschen anstrengend, immer dein Sound. Da hatten wir sogar Streit, weil ich für eine Prüfung lernen musste und sie keine Kopfhörer aufsetzen wollte.« – »Wohnst du noch zu Hause?«, fragt sie jetzt doch. Die Neugier ist größer als der Wunsch, das Gespräch schnell zu beenden. »Unsere Eltern sind zurück nach Italien, als Chiara vierzehn war. Sie wollte auf keinen Fall mit. Drum haben wir zusammengewohnt, bis sie mit der Schule fertig war.« – »Ganz schön viel Verantwortung«, sagt sie, und er grinst, als ob er ihr anmerken würde, dass sie ihm das nicht zugetraut hätte. »Na ja. Meine Schwester hat sich nie viel sagen lassen. Ich war ehrlich gesagt froh, als sie nach London ging. Darf ich ein Selfie mit dir machen? Für Chiara?« – »Klar«, sagt sie, und sie stellen sich so hin, dass sie in die Sonne schauen, die dabei ist, hinter dem Uetliberg unterzugehen. Er legt den Arm um ihre Schultern, und sie lächeln das Handy an, ihre Köpfe nah beieinander. Jetzt macht sie eigentlich dasselbe wie Alexa eben, nur dass sie keinen nackten Rücken hat. »Ich muss mal zur Abwechslung ein Wasser trinken«, sagt sie, und er nickt, hat den Code für *Vielleicht-*

sprechen-wir-nachher-noch-mal verstanden. Wo ist Alexa denn? Und Brad? Der steht da vorne und schaut auch in den Sonnenuntergang.

»War das ein Fan?«, fragt Martina und sieht Evelyne dabei zu, wie sie die Flasche Bier, die sie aus der Wanne gezogen hat, an ihrer Jeanslatzhose abtrocknet. Eher unvorteilhaft, diese Hose, denkt sie, aber Evelyne kleidet sich immer ein bisschen wie Tom Sawyer. »Nicht direkt«, sagt sie, »das Selfie ist für seine Schwester.« – »Oder für Facebook«, sagt Martina und sieht dann, dass Evelyne sich wirklich erschreckt. »Wär doch nicht schlimm.« Evelyne verzieht das Gesicht: »Bisschen belämmert, ich weiß, aber irgendwie halt ich immer noch für möglich, dass der bei der jungen SVP ist. Brad hat so was gesagt.« Der UBS-Amerikaner. Den kennt sie vor allem aus der Werbung. Hat nie sehr politisch auf sie gewirkt. »Du kannst doch nicht die Gesinnung deiner Fans kontrollieren. Aber wenn der junge Mann deine Texte mag, wird er wohl kaum total rechts sein.« Es vibriert in ihrer Tasche, endlich, denkt Martina und sagt: »Moment bitte, das muss ich annehmen.« Aber Zoltan hat nur ein SMS geschickt. Wieso ruft er sie nicht an? *Kamal ist im OP*, schreibt er. *Hämatom. Druck im Kopf. Mehr weiß man noch nicht. Warte auf Nachricht von Adrian. Dann komm ich zurück. Kuss, Zoltan.* Sie will sich bei Evelyne entschuldigen, aber die hat sich inzwischen hingehockt und spricht mit ihrer Tochter. Dann ruft sie eben selbst nochmals an. Es läutet. Immerhin kommt nicht sofort die Box. Normalerweise bespricht Zoltan alles mit ihr. Sie kennt alle Probleme aus dem Verlag, komplizierte Autoren, verkorkste Manuskripte, manchmal liest er ihr Passagen vor. Jedes Telefonat mit dem Bruder, jeder Besuch bei den Eltern wird nachher besprochen, sie kennt die Probleme der Autonomen Schule, die internen und die mit der Stadt, mit den ständigen Polizeipatrouillen, sie hat Kamals gesamte Asylverfahrensgeschichte mitverfolgt (aber von der akuten Ausschaffungsgefahr hat Zoltan nicht erzählt). Und jetzt verschwindet er und schickt ein SMS, kann nicht mal kurz rausgehen, um mit ihr zu sprechen. Als die Box kommt, drückt sie weg und schreibt: *Soll ich kommen?*

Martinas Gesicht ist verschwunden. Das schöne Foto mit dem großen Lachen, ihr schöner großer Mund, den er immer noch so gern küsst. Und dann eine Nachricht (das Lachen daneben wieder in klein), dass sie kommen würde. Und er schreibt zurück: *Danke. Nein. Ich bin bald zurück. Kann hier nicht telefonieren.* Das wird sie nicht überzeugen, auch wenn sie nicht wissen kann, dass er in der Cafeteria sitzt. *Will nicht raus. Will Adrian nicht verpassen. Kuss*, schickt er hinterher. Dann schaltet er in den Flugmodus um. Den ganzen Tag, seit dem Moment, als er Kamal weggeschickt hat, hat er all seine Hoffnungen auf dieses Gerät gesetzt, hat er Erlösung von seinem Smartphone erwartet. Und jetzt ist es nutzlos. Kamal kann ihn nicht mehr erreichen. Kamal ist nicht zu erreichen. Und wer weiß, ob überhaupt je wieder. Er hat das nachrecherchiert, Schädel-Hirn-Trauma, Hirnblutung, gar noch nicht lange her, weil ihm das unrealistisch vorkam, in Remos neuem Roman, was für fatale Folgen der Sturz der Protagonistin hatte. *Fatal*. Er denkt es auf Englisch. Und weiß auch, dass sie noch nicht viel werden sagen können, außer vielleicht, wo die Verletzung ist, wie groß, wie weiträumig. Robert hat gesagt, Kamal sei zwischendurch bei Bewusstsein gewesen. Aber wie es ihm geht, ob er noch derselbe ist, hat niemand sagen können. Da kommen die beiden, Robert und Vlora. Robert trägt immer noch Kamals Rucksack und vor sich ein Tablett mit Kaffee, Cola und Kuchen. Dass die jetzt Lust auf Kuchen haben.

»Danke«, sagt er, als Vlora den Kaffee vor ihn auf den Tisch stellt. »Was bekommst du?« Aber sie schüttelt nur ihre gefärbten Dreads. »Hat alles Robert bezahlt«, sagt sie. Und Adrians Sohn schüttelt auch den Kopf und lächelt ihn an. Er hat ihn in den letzten drei Jahren nie so viel sprechen hören wie vorhin, als er erzählt hat, was passiert ist, wie sie Kamal gesehen haben, wie lange er am Letten war (ziemlich sicher schon, als er und Alexa im Seefeld herumgekurvt sind), dass er betrunken war, jemand ihm Drogen gegeben hat, wie Kamal panisch ins Wasser gesprungen ist, wie sie den Rucksack ins Triemli gebracht haben und Adrian das Handy genommen und dann Zoltans Kontakt gefunden hat.

»Wieso ist er überhaupt geflohen?«, fragt Vlora. Zoltan nimmt die komische Kappe ab, die er immer trägt. Wenn er nur noch so wenige Haare hätte, würde er vielleicht auch was auf den Kopf setzen. Sieht nicht aus, als hätte Zoltan kapiert. Und nicht mal er schnallt ganz, wieso sie das fragt. Wegen den Bullen doch. Hatte zwar keinen Stoff bei sich (nur Kleider und Bücher).

Und auch keinen Ausweis, aber so einen nehmen sie wahrscheinlich mit, weil er keine Papiere dabeihat. Hat er oft genug auf der Langstraße gesehen. Stichproben. »Ich meine aus Tunesien«, sagt Vlora. Sie hat ihren Rüeblikuchen schon aufgegessen. Und wieder kommt es ihm wie Fake vor, dass sie da sitzt, hier mit ihm, dass sie einfach mitgekommen ist, als wär das voll normal. »In Tunesien ist Homosexualität strafbar«, sagt Zoltan. Hatten sie also recht, dass Kamal schwul ist. Wirklich schwul. Nicht wie der Russe, der einfach nur aussieht wie ein Mädchen. »Wie in Russland? Mit Gefängnis und so?«, fragt er. »Ich weiß nicht, wie es in Russland genau ist, aber …«, beginnt Zoltan. »Haben wir durchgenommen«, Vlora of course, »die neuen Gesetze von Putin«, sagt sie. »Ist nicht illegal, homosexuell zu sein. Aber drüber zu reden schon.« Zoltan nickt. »In Tunesien gibt es theoretisch bis zu drei Jahre, aber es wird ganz unterschiedlich gehandhabt. Plötzlich werden mal wieder einige verhaftet. Bei anderen wird es mehr oder weniger geduldet. Man darf es einfach nicht offen leben.«

Einfach hat er gesagt. Einfach. Er weiß jetzt, wie *einfach* es ist, etwas nicht leben, nicht darüber sprechen zu können. Und ihm droht bloß das Ende seiner Ehe. Was ihm nur beim Drandenken schon ins Herz fährt. Und er kann sich ja gar nicht vorstellen, mit Kamal zusammenzuleben. (Wenn Kamal heiraten würde, könnte er hierbleiben. Wenn jemand ihn heiraten würde. Jessica. Oder Vlora? Die würde vom Alter her besser passen.) Und sein Vater? Und Bela? Was würden die sagen, wenn er offen schwul leben würde? Er ist nicht schwul. Er steht nicht auf Männer. Es gibt keinen Plural. »Wieso bekommt er dann kein Asyl«, fragt Robert, »wieso muss er dann wieder zurück?« – »Sie sagen, einige würden nur vortäuschen, schwul zu sein, und Kamal könne es nicht beweisen, auch nicht, dass er deswegen im Gefängnis war, dass er misshandelt wurde.« – »Die Narben?«, fragt Robert, und Zoltan nickt. Jetzt geht es ihm auch schon so, dass er es nicht mehr erzählen mag, dass er es nicht erklären will. Vermutlich heben sie gerade seine Schädeldecke ab. Haben ihm die Haare wegrasiert, den Schädel aufgesägt und fuhrwerken in seinem Hirn rum. Und alles seinetwegen. Wegen seiner Verliebtheit. Seiner beschissenen fehlgeleiteten und wahrscheinlich nicht mal erwiderten Gefühle. Die er im Griff hatte. Bis heute Morgen hatte er die im Griff. Bis dahin hat er alles richtig gemacht. Er wollte diesen Gefühlen ja nicht nachgeben. Eben nicht. Sie waren einfach da. Er hat sich auf jedes Treffen gefreut. »Wir müssen was machen«, sagt Vlora. »Eine Petition starten. Online. Da haben wir megaschnell tausend Leute mobilisiert.« – »Mehr. Wo ihn die Bullen quasi ins Wasser getrieben haben. Ist doch 'ne Mega-Story«, sagt Robert und steht kurz auf, nur um sich gleich wieder hinzusetzen. Sie könnten recht haben, die beiden. *Megarecht*. Das könnte man tatsächlich versuchen, Kamal ist ein besonderer Fall. Wieso hatte er diese Idee nicht viel früher? Weil es so viele besondere Fälle gibt in der Autonomen Schule. »Am besten sofort, wo er im Krankenhaus ist«, sagt Robert. Aber Vlora runzelt plötzlich die Stirn. »Könnte allerdings auch gefährlich sein«, sagt sie, »wenn die Bullen das mitkriegen, oder? Wenn sie dann rausfinden, wo er ist. Ihn vielleicht hier abholen?« Das hat er komplett verdrängt. Er hat keine Ahnung, unter welchem Namen Kamal hier aufgenommen wurde. Und wo ist jetzt sein Telefon, hat Adrian das noch? Das müsste man doch vernichten. »Haben sie ihn als *unbekannt* aufgenommen«, fragt er, »oder als Kamal?« Adrian kann Kamals Nachnamen nicht kennen. Nicht von Alexa. Hat er ihr bestimmt nie gesagt. Und auch in seinem Adressverzeichnis steht er nur als *Kamal*. Er öffnet den Kontakt, löscht ihn mitsamt dem Foto. Wie unverantwortlich von ihm, dass er das noch in den Kontakten hat. Aber die Fremdenpolizei hat vermutlich ohnehin Fotos von Kamal. Fingerabdrücke. Die wissen, nach wem sie suchen. Und wenn da einer ohne Namen im Spital aufgenommen wird, gehen die dem sicher nach. »Als Abdullah Ibrahim«, sagt Robert. »Adrian hat ihn als Abdullah Ibrahim aufnehmen lassen.«

Sonntag lacht. (Vlora nennt ihn immer noch *Sonntag* im Kopf, denn das hat sie zuerst verstanden.) Und Robert schaut Sonntag groß an. Wie grün seine Augen sind, ist ihr erst vorhin auf der Treppe am Fluss aufgefallen. »Was?«, fragt er. Und Sonntag erklärt, dass das ein berühmter Pianist sei, einer, den Adrian toll findet. Und früher habe der *Dollar Brand* geheißen. Vlora fragt sich, ob ein Schweizer Name nicht besser gewesen wäre. Und ob die Bullen nicht in jedem Fall kommen, wegen möglicher Fremdeinwirkung oder so. Aber dann wären sie schon hier. Oder die haben Nationalfeiertagsstress. »Vielleicht, wenn wir wissen, wie's ihm geht«, sagt sie. »Weil so, wie's ihm jetzt geht, können sie ihn doch gar nicht ausschaffen, oder? Geht doch gar nicht. Ich kann meinen Bruder fragen, ob die was machen.« Und kurz fragt sie sich, ob es sogar besser für Kamal wäre, wenn er nicht sofort ganz gesund würde. »Ihr Bruder ist bei den Roten Falken«, erklärt Robert. Heut Nachmittag hatte sie noch das Gefühl, dass er zum ersten Mal von den Roten Falken gehört hat, dass er so behind ist wie Nico und Marvin. Nein, klüger schon, ist ja auch Samirs bester Freund, aber heut Nachmittag hat sie noch gedacht, dass ihn nichts andres beschäftigt als Abstiegsangst und Muskelaufbau. »Was glaubt ihr, wann wir was hören?«, fragt er und steht wieder auf. Sonntag seufzt und macht dasselbe verzweifelte Gesicht wie vorhin, als er völlig außer Atem ankam, als sie erst dachte, er wäre Kamals Freund. Schon krass viel älter. Aber gibt's ja. Sie wird auch manchmal von Typen über dreißig angesprochen. Und bei den Falken gibt's sogar einen, der ihr gefällt. FILF. Das sagt niemand. Wieso eigentlich nicht? »Ich weiß es nicht«, murmelt Sonntag, »hoffentlich schickt Adrian bald jemanden raus.« Robert schaut auf sein iPhone. »Er kommt selbst«, sagt er. Und sie hat komischerweise auch mit Roberts Vater gerechnet. Vielleicht wegen der Art, wie er gesprochen hat. Dass er sich kümmert. Aber dann leuchtet es ihr ein, dass er nicht einfach rauskann, während der OP. Sonntag schüttelt den Kopf. Knautscht wieder seine Kappe. Frau und zwei Kinder, hat Robert gesagt. Vielleicht ist er der beste Freund von Kamal. Wenn das Gresa wäre, die da oben operiert würde (bitte niemals!), dann wär sie auch so fertig, dann würde sie auch so ein Gesicht machen wie Sonntag. Das wäre viel schlimmer als bei Samir. Und jetzt findet sie es total weird, wie sie eskaliert ist, als sie erfahren hat, dass der die Schule schmeißen will. Wie sie da alles so ungerecht gefunden, wie sie da rumgezickt hat, um nicht zu heulen. Das hat nur Gresa mitgekriegt. Wegen Gresa nimmt sie auch Lilly in Kauf. Gresa ist die beste Freundin ever. »Vlora vor allem«, sagt Robert, und sie weiß nicht, was er meint. »Was, ich vor allem?«, fragt sie. »Na, du hast ihn doch festgehalten. Ohne dich wär er weiter abgetrieben.« Sein Vater hat dieselbe Zahnlücke. Irgendwie süß, wie er ihr immer den Credit gibt. Wie lang ist Kamal jetzt schon in der OP?

»Auf jeden Fall ein großes Glück, dass er nicht länger im Wasser war«, sagt Zoltan. Und das ist es. Ein Kollege von Martina war mal am Letten, als jemand ertrunken ist. Niemand hat mitbekommen, dass der Mann unterging. Jedes Jahr ertrinken mehrere Menschen in der Limmat. »Und dass er hier ist«, sagt Robert, »die sind gut hier. Adrian sagt, alle Ärzte sind gut hier, sogar die Idioten.« Vlora lacht. Und beginnt von ihrer Mutter. »Die geht auch immer ins Triemli«, sagt sie. Aber wohl kaum mit einer Kopfverletzung. »Kennt sie meinen Vater?«, fragt Robert fröhlich, als wär es eine gute Sache, mit dem Anästhesisten zu tun zu haben. Zoltan weiß nicht, ob es gut ist, dass Kamal hier ist. Wäre das Unispital nicht näher gewesen (für ihn natürlich nicht, aber ihn braucht hier auch keiner)? Wer hat die beste Neurochirurgie in Zürich? Die Kapazitäten? Nicht im Sinne von Aufnahmevermögen. Die Koryphäen meint er. Er hat damals in der *Klinik im Park* angerufen, wegen der Recherche, aber natürlich mit keiner Koryphäe gesprochen, nur mit einer Assistenzärztin. Kamal habe Glück, das A-Team sei gerade im Haus, hat Adrian offenbar zu Vlora und Robert gesagt. Dass sie sich keine Sorgen machen sollen. Muss er ja sagen. Gehört zu seinem Job, die Leute zu beruhigen. Zu betäuben. Alexa hat mal die These geäußert, Adrian sei Anästhesist geworden, weil er so gern seine Ruhe habe. Und gleich darauf selbst eingewandt, dass er dann wohl kaum in der Notaufnahme arbeiten würde. Sie korrigiert sich fast immer selbst, wenn sie ungerecht ist. Er wollte ihr doch Bescheid geben. Robert hat sich wieder hingesetzt, ist mit dem Stuhl näher zu Vlora gerückt, die sagt etwas von Dialyse und Niereninsuffizienz. Zoltan schaltet das Telefon wieder ein. Martina hat auf seine letzte Nachricht nicht reagiert.

Ein SMS. Während sie darauf wartet, dass endlich das zweite Häkchen erscheint, dass Adrian ihre Nachricht liest und zurückschreibt. Sie klickt auf das kleine gelbe Kuvert. Zoltan. *Kamal ist im OP. Hast du mit Martina gesprochen? Sie soll nicht herkommen. Ich bin bald wieder bei euch auf dem Dach.* Martina steht bei Stefan und Monica. Das wird sie ihr bestimmt nicht ausrichten. Die Nachricht an Adrian ist nach wie vor ungelesen. Kein Wunder, wenn er ja im OP ist. Sie kann nicht warten mit dem Lied, bis er zurück ist. Sie muss entscheiden, ob sie es jetzt allein singt oder gar nicht. Wenn sie das Klavier aufs Dach bringen könnte. Das wär überhaupt schön, auf dem Dach Klavier zu spielen. Das stellt sie sich großartig vor, zu spielen und zu singen, wenn die Sonne untergeht, wenn der Wind weht, wenn Schnee liegt. Hier auf der Dachterrasse. Für ihr nächstes Video. Das wäre es doch. Das Klavier gegen den alten Schornstein gestellt. An einem Tag mit großem Himmel und Alpensicht. Ihr Blick bleibt bei Brad hängen, der steht neben Lorena und Ruth und flirtet mit dem Baby (er könnte schon Kinder haben, sie weiß nichts von seinem Leben). Er hebt den Blick und flirtet mit *ihr*.

»Erde an Alexa«, sagt Evelyne. Steht sie schon länger da? »Ich weiß«, sagt sie, »ich mach Scheiß.« Das reimt sich. Und Evelyne rappt mit oberdeutschem Akzent: »Ey, ich weiß das. Ich mach'n Scheiß, krass.« Dann grinst sie und sagt: »Wenn du Brad meinst. Ich bin gar nicht von der Moralpolizei, ich brauch nur ein Kondom.« Und dann prusten sie beide los, lachen so laut heraus, dass alle, fast alle, zu ihnen herüberschauen. Das fühlt sich gut an, sie und Evelyne, auf einer Welle, zusammen wie früher, so will sie sein. Ist sie ja. »Für hier«, fragt sie, »das Kondom?« Und zeigt mit dem Finger auf den hellgrauen Boden. Und wieder lachen sie beide los. »Nicht *hier* hier«, sagt Evelyne, »aber ja, für hier in der Nähe.« Dass jemand auf ihrem Fest Sex hat, um ihr Fest herum, von ihrem Fest aus. Das gab es vermutlich noch nie, denkt Alexa. Und ausgerechnet Philippe und Evelyne. Spricht doch wohl für das Fest. »Komm«, sagt sie und geht zum gefühlt fünfzigsten Mal heute diese steile Treppe hinunter.

»Hat Philippe keine? Es ist doch für dich und Philippe?«, fragt sie. Evelyne bleibt neben der Mansardentür stehen und dreht sich um. »Für wen denn sonst?«, fragt sie heftig und sieht einen Moment lang doch ein bisschen wie die Moralpolizei aus, dann lächelt sie schief, sagt: »Ich bin mitten in den fruchtbaren Tagen«, als sei das was Verwerfliches, »und wir haben keine Kondome, weil Philippe denkt, dass wir keine brauchen.

Weil er denkt, dass wir noch ein Kind wollen.« Sie geht weiter die Treppe runter, als wäre jetzt alles erklärt. Dass Philippe mindestens zwei Kinder wollte, hat Alexa gewusst, dass er auch nach der schwierigen Schwangerschaft und den ersten anstrengenden Monaten, als Rosie noch nicht so ein Wonneproppen war, noch immer ein zweites Kind wollte, wusste sie auch. Aber sie hat gedacht, inzwischen wäre das Thema durch. (Wann haben sie zuletzt geredet, darüber, Evelyne und sie? Und vorhin haben sie dann auch nicht über Evelyne gesprochen.) Evelyne ist vor der Wohnungstür stehen geblieben. »Sollte offen sein«, sagt Alexa. Und als sie beide drin sind und die Tür hinter ihnen zu: »Ich hab noch ein fabrikneues Diaphragma.«

Das wäre die Lösung, denkt Evelyne. Und es wäre Betrug. Die umgekehrte Version von *jemandem ein Kind anhängen*. Hat sie nie begriffen, wie man das machen kann. Kennt auch niemanden, der es getan hätte, tun würde. Nur vom Hörensagen. Die Cousine einer Schulfreundin. Nein, kein Diaphragma. Sie und Philippe reden, sie streiten und einigen sich. Haben sie immer gemacht. Aber das hier ist größer als Weihnachtsplanung, Wohnungssuche oder Pensumsreduktion. Es gibt da keinen Kompromiss. »Ich nehme das Kondom«, sagt sie. Und Alexa nickt. »Weil du klug bist.« – »Hat mit klug nichts zu tun. Ich kann nicht anders.« Alexa umarmt sie. »Keine Tricks, keine Geheimnisse«, sagt sie, »du bist mein Role Model.« Und Evelyne denkt an Robert. Und an das Guggisberglied. Während sich Alexa hinkniet und eine Schachtel *Durex extra dünn* unter dem Bett hervorzieht. Zusammen mit ein paar Staubklüngeln. »Ich hätte auch gern Sex«, sagt sie, steht auf und lässt sich aufs Bett fallen. Wieder lachen sie gleichzeitig.

»Musste Adrian ins Spital?«, fragt Evelyne. Alexa nickt, während sie mit dem Fuß die Wollmäuse wieder unters Bett schiebt. »Und ich muss doch jetzt bald mal das Lied singen«, sagt Alexa. »Du musst gar nichts«, sagt ihre Freundin und runzelt die Stirn. »Aber ich will ja.« Evelyne steckt zwei Kondome in die Seitentasche ihrer Latzhose. »Und es ist doch eigentlich perfekt. So ein Testpublikum. So ein Rahmen.« Aber passt das jetzt noch?, fragt sie sich. Passt das zur Party, zur Stimmung auf dem Dach? Will sie nicht wieder zu viel auf einmal? Sie denkt an Kamal. Der operiert wird. Dem ihr Antiausschaffungslied überhaupt nichts nützt. Ihre harmlose Liebesgeschichte vom rasenden Albaner und dem netten Mädchen mit dem Schweizer Pass. Aber das ist nun mal das, was sie kann: Klavier spielen, Lieder schreiben und singen (Gesangsstunden geben). »Wenn du es singen willst, helf ich dir«, sagt Evelyne. Sie setzt ganz langsam die Beatbox in Gang. Als würde sie das immer machen, mal schnell einen Beat unter das Guggisberglied legen. Perfekt. »Super. Genau so. Das passt auch viel besser zu meinem Liebespaar.« Sie singt über den Beat. »Ich scheiß auf die Matura. Die Anna-Verena aus Rüschlikon. Und der Hashim-Elmedin aus Wiedikon. Ich scheiß auf die Matura. Und fahr nach Elbasan.« Evelyne bricht ab und lacht. »Die kannte ich noch gar nicht, die ist super.« – »Und vielleicht nachher das Original noch alle zusammen?«, fragt Alexa. »Klar, die erste Strophe können doch fast alle. Ich kann dir die

Bridge singen.« Evelyne beginnt wieder mit dem Beat, geht in *With a little help from my friends* über und landet beim *Vreneli*. Sie kann nämlich auch richtig gut singen, wenn sie will. »Und s Vreneli ab em Guggisbärg. Und ds Simes Hans-Joggeli änet em Bärg.« – »Du bist die Beste«, sagt Alexa und fragt sich, wieso sie Evelyne nicht sofort um Hilfe gebeten hat. Stattdessen vorhin noch überlegt, ob sie es Brad vorsingen soll. Sie steht auf. »Aber erst der Sex!«

»Dann die Musik«, ergänzt Evelyne und findet es plötzlich vollkommen bescheuert, wie wenig spontan das jetzt noch ist. Dass sie jetzt ein Zeitfenster hat, sozusagen, vor Lied und Feuerwerk. Philippe und sie lieben Quickies, das ist nicht das Problem. Sogar bei Rosie war es so. Ein Wunschkind, zwischen Tür und Angel gezeugt, im wahrsten Sinne des Wortes. Aber wenn sie dann doch anfangen zu streiten. Wenn es dann doch ums Grundsätzliche geht. Dann muss sie sagen, dass sie jetzt leider wieder auf die Party muss, wegen Alexas Lied. Das ist ja das, was sie so nervt. Dass nie genug Zeit ist für alles. Liebe. Familie. Freundschaft. Musik. »Ich geh schon mal hoch«, sagt sie. Und Alexa umarmt sie und sagt tatsächlich: »Viel Glück.«

Sie geht ins Bad und zieht den Lippenstift nach, schon wieder ist was in die Falten gelaufen. Sie presst die Lippen zusammen und nimmt ein Wattestäbchen zu Hilfe. Warum hat sie so viel getrunken, jetzt schon, so früh schon, es ist ja noch nicht mal richtig dunkel. Aber warum muss auch schon um halb sieben begonnen werden? Und sie weiß, dass das ein fragwürdiger

Reflex ist, den sie da hat, ist doch gut, dass sie so früh begonnen haben, dass so viel Zeit vor dem Feuerwerk ist. (Und wer hat Sex auf dem Fest? Menschen mit Kindern. Menschen mit einem Kind.) Wenn sie was getrunken hat, sieht sie sich manchmal mit dieser merkwürdigen Distanz, als wäre sie irgendeine interessante Frau mit einem interessanten Gesicht. Die interessante Frau lächelt. Wie immer. (Jessica lässt sich nie lächelnd fotografieren.) Eigentlich schön, die lächelnde Frau. Adrian stören die Falten nicht. Der sagt allen Ernstes, sie werde je älter, desto schöner. Projektion. Auf ihn trifft das tatsächlich zu, immer schöner, reifer und stärker, und dabei nach wie vor die staunenden grünen Augen, das arglose Lächeln, ein Notfallmediziner mit kindlichem Lächeln, sie kennt niemanden mit so wenig Bitterkeit im Gesicht. Und dann lässt sie das Lächeln weg. Schaut ganz ernst. Hallo Falten! Hallo Narben! Nimmt das Handy hervor und macht ein Foto von ihrem Spiegelbild. Eigentlich schön, die todernste Frau. Sie schickt es an Adrian. Mit Kuss. Der hat ihre letzte Nachricht noch immer nicht gelesen. Sie ruft Zoltan an.

»Ja«, sagt er, »alles okay bei euch?« Er klingt geschäftlich. »Bei uns? Meinst du wegen Martina?«, fragt sie irritiert. »Ich hab nicht mit ihr gesprochen, seit deiner letzten Nachricht. Was ist mit Kamal?« Im Hintergrund hört sie Roberts Stimme und das Lachen einer Frau. »Wir warten immer noch«, sagt Zoltan, »stehen gerade draußen und rauchen.« Er hat so lange gebraucht, um aufzuhören, sich so gequält. »Ich weiß«, sagt er, »aber ich hab nur ein paar Mal gezogen.« Sie glaubt es nicht. Robert und Zoltan teilen einen Joint.

»Im Krankenhaus? Ihr kifft im Krankenhaus?«, fragt sie und hört die Stimmen leiser werden, Zoltan sich von den anderen entfernen. »Wir stehen draußen. Auf der Terrasse. Ich halte das gar nicht mehr aus«, sagt er, »was, wenn er stirbt?« – »Er stirbt nicht. Bestimmt nicht.« Wie kann sie das sagen? So was behaupten? Ist sie der Engel der Vorsehung, oder was? »Ich hab immer diese Frage im Kopf: *Hast du nicht alles selbst verschuldet, heiligglühend Herz?* Ist dauernd in meinem Kopf.« Das kommt ihr entfernt bekannt vor. »Was ist das?«, fragt sie. »Gibt es gar nicht. Es heißt *selbst vollendet*. Prometheus. Goethe. Aber in meinem Kopf heißt es *selbst verschuldet*. Was sagt dir das?« Er holt kurz Luft und spricht sofort weiter. »Dass ich es versaut habe. Alle Prioritäten falsch gesetzt. Wenn er stirbt, dann stirbt er wegen mir.« – »Aber er stirbt nicht.« Wieder hat sie es gesagt. Wie ein Mantra, eine Beschwörungsformel. Und wünschte, Adrian würde sich melden, würde eine verlässliche Prognose abgeben, eine gute, würde schreiben, dass Kamal außer Gefahr ist. Und ihr Vater? Seit Stunden hat sie nicht an ihren Vater gedacht, der dreimal so alt ist wie Kamal. Und dessen Tod eine Katastrophe wäre. Für sie. »Er stirbt nicht«, wiederholt Zoltan leise. Den Tod ihres Vaters kann sie sich nicht vorstellen. Adrian hat seinen mit vierzehn verloren. »Was hat Adrian gesagt, wie lang es dauert?«, fragt sie. Wenn Adrian nach Hause kommt, nach einer OP, bei der jemand gestorben ist, dann redet er darüber. Manchmal versteckt er sich vor den Lebenden, aber nie vor dem Tod. »Ich weiß es nicht«, sagt Zoltan. Und dann sagt er etwas zu den anderen. Zu Robert und der Frau. Dass er gleich nachkomme. Wegen Adrian hat sie eine Patientenverfügung, ein Testament, alles haben sie besprochen. Lange vor Robert. Und dann nochmals neu. Und sie weiß nichts anderes zu sagen als: *Er stirbt nicht.* Vielleicht hat Aurelia ihr deshalb nicht Bescheid gesagt, weil sie weiß: Ihre kleine Schwester hätte von ihr die Versicherung erwartet, dass ihr Vater nicht sterben wird. »Da kommt jemand«, sagt Zoltan, »ich muss rein. Vielleicht ist die wegen Kamal da.«

Jetzt hat er nicht mal Tschüss gesagt, denkt er, aber er will nicht, dass die blonde Frau zu sprechen beginnt, bevor er dabei ist. Es ist sowieso schon keine Information aus erster Hand. »Sie gehören zu Abdullah Ibrahim?«, fragt die blonde Frau, eine junge Deutsche. »Ja«, sagt er und setzt sich an den Tisch zu den beiden. »Doktor Büchi hat mich gebeten, Ihnen Bescheid zu geben, dass die OP erfolgreich und ohne Komplikationen verlaufen ist.« Und jetzt schüttelt er sich, zittert, jetzt bricht es aus ihm heraus, er fängt an zu heulen. Und die Frau wartet. Steht da und wartet. Robert und Vlora schauen ihn an. Es ist ihm egal, was sie denken, was irgendwer denkt, es ist ihm auf einmal alles egal. Er muss sich trotzdem zusammenreißen, damit die Frau weiterspricht. Er versucht, ihr mit einem Nicken anzuzeigen, dass sie weitersprechen soll. So eine klar konturierte Person. Aber jetzt komplett verschwommen. Vlora reicht ihm ein Taschentuch. Er versucht zu lächeln. Nickt nochmals der Frau zu. »So gut wie möglich«, sagt sie. »Die Blutung ist gestoppt. Der Druck ist gesunken. Professor Fontani hat minimal invasiv gearbeitet, es war nicht nötig, die Schädeldecke zu öffnen.« – »Kann ich ihn sehen?«, fragt Zoltan.

Conny muss immer den kleinen Adrian ansehen. Nicht klein, aber jung, Adrian als Teenie-Bodybuilder, mit cooler Freundin. »Leider nein«, sagt sie zu dem älteren Mann, der so aufgelöst ist, als wäre er der Vater. »Doktor Büchi«, sagt sie, obwohl wahrscheinlich alle hier Adrian duzen, »Doktor Büchi hat den Patienten ins künstliche Koma versetzt. Aber das ist normal, bei so einem Eingriff.« Und es ist wirklich gut gelaufen. Soweit man das jetzt schon sagen kann (und natürlich darf sie das noch nicht sagen), stehen die Chancen gut, dass er keine bleibenden Schäden davonträgt. Das denkt sie, hofft sie. Denn tatsächlich hat sie das zweite Loch bohren dürfen. Weil Fontani sie gefragt hat, sie und Olivia. Und weil Olivia gesagt hat, wenn Conny wolle, dann sei das okay. Und immer noch fragt sie sich, welchen Schuss sie nicht gehört hat. Olivias Hidden Agenda. Ob die sich das nicht zugetraut hat, weil sie noch nie auf einer richtigen Hirnchirurgie war. Oder ob sie erwartet hat, dass sie genauso höflich ist. Egal. Sie hat das Loch gebohrt. »Doktor Büchi hat mich gebeten, Ihnen dieses Update zu bringen, aber auch zu sagen, dass Sie nicht mehr warten sollen. Dass Sie morgen wiederkommen sollen!«, sagt sie in das enttäuschte Gesicht des älteren Mannes und in die zuversichtlichen Gesichter der beiden bekifften Jugendlichen, die das vielleicht für den bestmöglichen Ausgang des Abends halten, weil sie noch in den Ausgang wollen. Jetzt denkt sie schon selbst dieses Wort. So weit kommt es noch. »Und er wird wieder ganz gesund?«, fragt nun doch der kleine Adrian. Und die junge Frau mit den Dreads will wissen, wie lange der Patient im Krankenhaus bleiben muss.

»Das kann ich Ihnen heute noch nicht sagen«, antwortet die blonde Ärztin, die ihn an Heidi Klum erinnert. Frau Dr. Cornelia Willich. Erst hat Robert gedacht, die wäre 'ne Schwester, weil sie kaum älter aussieht als er und Vlora. »Der Oberarzt kann Ihnen da morgen mehr sagen, sobald Herr Ibrahim wieder bei Bewusstsein ist.« Er schaut zu Vlora, die auch enttäuscht aussieht. Darum fragt er weiter: »Aber Sie können doch sagen, ob etwas verletzt ist, im Kopf?« Zoltan sagt, dass ja auf jeden Fall etwas verletzt sei, sonst hätte man nicht operieren müssen. Und dass Frau Dr. Willich jetzt sicher wieder zurück an die Arbeit müsse. Vielleicht hätte der nicht kiffen sollen. Der sieht ganz komisch aus. »Wir meinen nur«, sagt Vlora, »ob das jetzt heilt. Ob so etwas auch so heilen kann, wie wenn man sich das Knie aufschlägt. Oder was anderes Schlimmeres.« Sie sieht schön aus, noch schöner als sonst. Sie hat *wir* gesagt. Ihre Hand nehmen. Würde das drinliegen? »Es tut mir wirklich sehr leid«, sagt die Frau, »dass ich Ihnen noch nicht mehr sagen kann. Aber ja. Letztendlich ist ein Hämatom ein Hämatom, eine Schwellung. Die man mit Medikamenten behandelt. Die zurückgeht. Das Problem im Kopf ist, dass dort kein Platz ist. Aber deswegen haben wir ja die Löcher gebohrt, um die Blutung zu stoppen und damit kein Überdruck im Kopf entsteht.«

Er will jetzt nichts mehr davon hören. Es würde ihn nicht wundern, wenn die Frau gleich noch ein Bild malt, um ihm zu zeigen, was in Kamals Kopf los ist. Er will ihn ja nur sehen. Es ist so gut wie möglich verlaufen. So gut wie möglich. Wieso darf er dann nicht an seinem Bett sitzen? »Wir haben seinen Rucksack«, sagt er. »Kann ich ihm den bringen, da sind Kleider drin und so.« Er hat gar nicht reingeschaut. Wieso hat er nicht reingeschaut? Vielleicht ist doch was Wichtiges drin. Etwas, das nur er als wichtig erkennen kann. Er nimmt den kleinen Rucksack vom Boden und stellt ihn vor sich auf den Tisch. Die Frau schaut ihn erstaunt an. »Ich nehme den gerne mit«, sagt sie, »er selbst kann im Moment nichts damit anfangen.« Und dann nimmt sie den Rucksack und geht. Sagt *Auf Wiedersehen* und geht. Jetzt ist auch noch der Rucksack weg. »Wieso hast du ihr den gegeben?«, fragt Vlora aufgeregt. Weil er ein Idiot ist. Weil er alles falsch macht, den ganzen Tag schon, weil das der beschissenste Tag überhaupt ist. Aber es ist so gut wie möglich verlaufen. Die Blutung gestoppt.

Sonntag läuft der Frau hinterher. »Frau Willich«, ruft er. Und kommt dann tatsächlich mit dem Rucksack wieder. Der ist doch irgendwie sehr awkward, denkt sie. So war sie nicht mal, als ihre eigene Mutter die Diagnose hatte. Nicht mal während der Transplantation. »Was machst du denn jetzt?«, fragt sie. Und Sonntag sagt: »Ich fahr zurück auf die Feier. Und ihr?« Robert sagt nichts. Er schaut bloß sie an. Irgendwie jetzt noch auf den Üetliberg? Zum Bräteln. Kommt ihr blöd vor. Robert wohnt ja da, wo diese Party ist. Aber er müsste schon was sagen. »Willst du noch zum Grillen, zu deinem Bruder?«, fragt er. »Nö«, sagt sie, »einfach noch ein paar Bier trinken. Und du?« – »Ja«, sagt er. »Ich fahr los«, sagt Sonntag, »hab versprochen, dass ich zurückkomme.« – »Sollen wir mitfahren?«, fragt sie jetzt halt doch, Robert wird nie fragen. »Da gibt's Bier, oder?« Er nickt. »Ja, voll. Und das Feuerwerk kann man auch sehen. Hat aber lauter Zombies da.« Er lacht, sieht ganz fröhlich aus, lacht Sonntag zu, der in dem Fall auch ein Zombie wäre. Sie muss Gresa texten. Das glaubt die ihr nie, dass sie mit Robert das Feuerwerk schaut, bei Roberts Familie auf dem Dach. Und dann fällt ihr ein, dass sie ihr noch gar nicht wegen der OP geschrieben hat, hatte sie doch versprochen.

Er geht den beiden hinterher, die so aufgestellt wirken, als wäre alles gut, als gebe es schon ein gutes Ende. Aber wie soll es das geben? Für Kamal? Und was ist jetzt mit dem Unterschriftensammeln? »Vlora«, ruft er. »Ja.« Sie bleibt stehen. »Könntest du das wirklich machen? Mit deinem Bruder. So eine Aktion?« Er muss jemanden von der ASZ erreichen. Die Geflüchteten sind ja nicht in den Ferien. Und wissen sowieso am besten Bescheid. Bloß hat er von niemandem eine Telefonnummer. Aber er muss. Er hat die Verantwortung. Er muss dafür sorgen, dass das Krankenhaus keine Daten weitergibt. Da war doch mal ein Fall, wo sie wegen Kostenübernahme eine Anfrage gemacht haben. Er muss das klären. Vlora nimmt ihr Telefon raus. »Nein, warte!« Aber wie kann er die Nummer rauskriegen? Wer kann ihm helfen? Und Patricia in Paris. Er muss sie trotzdem anrufen. »Ich muss noch was regeln erst«, sagt er, »fahrt schon mal vor. Ich komm gleich nach.« Und sucht Patricias Kontakt raus. Dann fällt ihm Martina ein. Dass er ihr wenigstens schon mal schreiben sollte. Bevor Robert und Vlora da ohne ihn ankommen.

Sie spürt das Vibrieren in ihrer Tasche. Adrians Schulfreund spricht von einem fantastischen Konzert im Moods. »Moment«, sagt sie. Er schaut sie verwundert an. Verärgert. Und sie mag das ja selbst nicht. *Alles gut gelaufen*, schreibt Zoltan, *so gut wie möglich, sagen sie. Ich bin in zehn Minuten da. Sagst du Alexa Bescheid?* Soll sie sich freuen, dass er diesmal ihr zuerst geschrieben hat? Kann er nicht einfach zwei Nachrichten schicken? Alexa tanzt mit dem UBS-Amerikaner. Sogar Liane tanzt. Das würde sie am liebsten für Zoltan fotografieren, wie Liane tatsächlich tanzt. *Da bin ich froh*, schreibt sie und: *Sag es ihr doch gleich selbst.* Jetzt hat Alexa gesehen, dass sie das Handy in der Hand hält, und hört auf zu tanzen. Aber das soll sie nicht. Soll jetzt nicht rüberkommen. Sie macht ihr ein Zeichen.

Sie sieht, wie Martina den Daumen hochhält. Sie hat Nachricht von Zoltan. Soll sie zu ihr gehen? Aber Martina dreht sich weg. Daumen hoch. Und Brad nimmt wieder ihre Hand. Alle tanzen. Tatsächlich tanzen alle außer Martina und Klaus. Liane Steffen tanzt. Und redet dabei mit Delia. Jessica tanzt mit Pedro. Sogar Pedro tanzt. Und sie. Sie tanzt mit Brad. Sie wirbelt herum. Weg von ihm. Und dann wieder so nah. Alle tanzen, und es ist noch immer nicht richtig dunkel. Aber die bunten Glühbirnen leuchten. Sie liebt diese Lichterkette. Und die gehört zu Adrian (für sie ist das so). Sie und Adrian gehören unter diese Lichterkette. Nicht sie und Brad, der sie anfunkelt und hin und her schleudert, sie stößt gegen Chrigu, der lacht. Und Liane Steffen dreht sich im Kreis, auf der Stelle, stampft mit dem Fuß auf, als wäre sie eine Flamencotänzerin, als singe Amy Winehouse Flamenco. Es muss nur das richtige Lied kommen. Und plötzlich sind alle auf der Tanzfläche. Das ist noch nicht mal ihr Verdienst. Schon als sie hochkam. Chrigu und Stefan und Jonas und Delia. Random. Irgendwer hat auf Random gestellt. Wieder dreht sie sich unter Brads Arm durch. Die Playlist auf Random. *Rehab* wäre sonst noch nicht dran. Was, wenn als Nächstes ein Downer kommt? Bitte kein Downer jetzt. Ihr ist schwindlig. Sie ist so betrunken auf einmal. Eine Ebene höher auf der nach oben offenen Betrunkenheitsskala (offen bis zur Vergiftung). Sie will doch noch singen. Wo ist denn Evelyne? Haben die immer noch Sex? Hoffentlich keinen Streit. Brad sagt etwas. Im Augenwinkel sieht sie die Kinder. Auf dem Boden im Kreis. Mit Urs und Kathrin. Die spielen ein Spiel. Nobelpreis für Urs und Kathrin. Nur Rosie tanzt (dreht sich und stampft wie Liane). Rosie, auf die sie schauen soll, während ihre Eltern irgendwo vögeln. Sie muss lachen. Und Brad dreht sie ein, wie früher, Tanzschule, Discofox ist wohl universell, sie mit dem Rücken zu ihm, er umarmt sie, ihr Po gegen seinen Unterleib. Ist doch falsch. Und sie dreht sich aus. Denkt an Adrian. Der nie Discofox tanzen würde, der keine Feste mag und keine Quickies. Aber mit niemandem vor ihm war es so schön. Ganz andere Ebene. Auf der nach oben offenen Glücksskala (ist die nach oben offen?). Brad lacht. Lacht sie an, und dann ist das Lied zu Ende. Dann lässt er sie los. Und sie stolpert ein bisschen. Dieser Scheiß-Curaçao. Wo ist jetzt Martina? Die redet mit Franz. Der ist ja auch noch da. Nein, denkt sie. Das kann nicht sein. Dieses Lied jetzt. Marlene Dietrich.

They're playing our song, denkt er. Kann gut sein, dass jetzt alle aufhören zu tanzen. Von der Tanzfläche gehen. Soll er auch? Gleich jetzt? Auf jeden Fall strahlt sie ihn an, auf jeden Fall will sie weitertanzen, das kann er sehen. Aber wo soll das hinführen? Soll er gehen? Chrigu und Stefan tanzen schon eng. Und Jessica und der SVP-Typ (even Jessica). Und sie beide? *Die Sonne, die Sterne gehören doch auch allen.* Er nimmt ihre Hände. Und sie sagt: »Das werd ich dir nie vergessen.« Wie damals. Same sentence. Same phrase. Just a phrase. »Was?«, fragt er. Er hält sie auf Abstand. Twenty inches. »Dass du da rausgekommen bist, ins Oberland. Und die Schallplatte.« – »Das hast du mir schon mal gesagt.« – »Hab ich?«, fragt sie. Als wär sie nicht dabei gewesen. He doesn't know what to do. Remind her? »Diese Platte? Wo hast du die hergehabt?« Nachts um drei. Premierenfeierverlängerung. Einem Regisseur aus der Plattensammlung geklaut (for her). Aber ob sie das toll finden oder die Platte zurückschicken wollen wird, weiß er nicht. »Hab sie einem Regisseur abgekauft.« – »Jetzt echt?« – »Ja, in Berlin. Diese krasse Cabaret-Inszenierung mit den toten Tieren.«

Das ist sicher fünf Jahre her. Er hat vor fünf Jahren eine Platte für sie gekauft und ihr zwei Jahre später geschenkt. Was bedeutet das? Bedeutet das etwas? Sie drehen sich noch immer im Kreis, halten sich an den Händen wie Kinder. »Du hast mich gar nicht gefragt, was ich jetzt mache, in Mailand«, sagt er. Und sie nickt. »Was machst du in Mailand, lieber Brad?«, fragt sie. Er lächelt ironisch. »Ich lebe von Werbung, ganz selten Film, ich helfe meiner Freundin in einem Projekt für Flüchtlinge am Bahnhof. Giulia. Sie ist Visagistin.« Natürlich. Er hat eine Freundin. Das ist gut. »Bist du glücklich?«, fragt sie. Jetzt zieht sie es durch. Er schaut sie erstaunt an. »Ja, bin ich, bin ich tatsächlich«, sagt er. »Und du? Bist du glücklich? Mit Adrian?« Ihr fallen englische Ausdrücke ein. *He's the one*, könnte sie sagen. Ja. Mit Adrian ist sie glücklich. Mit sich selbst nicht immer. »Sehr«, sagt sie. »Fast immer sehr glücklich.« Er lächelt. »Right«, sagt er und nimmt sie in den Arm, drückt sie auf einmal ganz fest an sich, als sei die Gefahr gebannt. Und es kommt ihr vor, als ob etwas einrasten würde, wie ein Klapptisch, denkt sie, der immer gewackelt hat. Und dass sie ihn gernhat. Sehr. Ist einfach so. *Ich glaub, ich gehöre nur mir ganz allein*, singt Marlene. Und singt das einfach überzeugender als sie. Da kommt sie nicht ran. »Bist du dann wieder öfter in der Schweiz?«, fragt sie. »Mit der Will Tell Show und Jessicas Monolog?« – »Hab ich vor, ja«, sagt er. »Schön«, sagt sie und dann: »Weißt du, du bist mein ältester Freund in der Schweiz.« Er lacht. Drückt sie nochmals an sich. »Love ya«, sagt er, nahe bei ihrem Ohr. Und so, wie er es sagt (so amerikanisch), weiß sie, dass sie es erwidern könnte, ohne zu lügen. Stattdessen drückt sie seine Hände fest. »You have to change the music«, sagt er. Und sie nickt, holt sich ein Glas Wasser und geht zum Computer. Schaut auf das Handy. *Alles gut gelaufen, so gut wie möglich, sagen sie. Blutung gestoppt.* Das ist gut. Das ist gut, denkt sie. Und sieht Evelyne. Evelyne ist wieder da. Wo ist Philippe? Hoffentlich nicht gegangen? Doch nicht im Streit gegangen? Rosie läuft ihrer Mutter entgegen, und Evelyne nimmt sie hoch, tanzt mit ihr zu den letzten Tönen von Marlene. Was für ein Lied jetzt? Sophie

Hunger. Und dann das Guggisberglied. Jetzt, wo alle ein bisschen runtergekommen sind. Nur Jonas und Jessica tanzen noch. Die anderen reden oder bewegen sich in Richtung Getränke. »Ich wäre parat«, sagt Evelyne, mit Rosie auf dem Arm. »Und Philippe?« – »Der kommt auch gleich«, sagt Rosie. Und Evelyne lacht. »Alles gut«, sagt sie, »so weit.« Kein Streit. Alexa würde gern fragen, wo sie waren. »Evi und Flip waren was holen«, sagt Rosie. Aber was? »Flip hat es«, sagt Evelyne. Was soll der arme Philippe jetzt aus dem Hut zaubern? Da kommt er, und Evelyne lässt Rosie runter. Er hat einen Vulkan in der Hand. War extra noch an der Tankstelle. »Wo wart ihr?«, fragt sie schnell. »Hinter dem Bienenhotel, kriegt fünf Sterne von mir«, antwortet Evelyne, ihr Blick bei den beiden, ganz weich (Love ya, denkt Alexa). Und würde doch gern wissen, was jetzt mit der Kinderfrage ist. Wer wen überzeugt hat. Aber der Rest der Familie ist schon wieder da. »Ein Vulkan«, ruft Rosie. Philippe wird schon geschaut haben, ob man den hier auf dem Dach abbrennen kann (nicht auf dem Gummiboden, aber es gibt doch die feuerfeste Platte). Sie stellt die Musik leiser, faded Sophie Hunger aus, bevor sie beim Guggisbergteil angekommen ist. Alle schauen zu ihr. »Ihr Lieben«, sagt sie, »an sich bin ich ja die Letzte, die das Tanzen abbricht. Und es gibt nur wenig, weswegen ich das Tanzen abbrechen würde. Aber Singen gehört dazu.« – »Endlich«, ruft Jonas. Jessica, gleich neben ihm, ruft: »Guggisberg, Guggisberg.« – »Evelyne hat spontan eingewilligt, mich zu begleiten. Aber euch brauchen wir auch, das merkt ihr dann schon.« Brad stellt sich schräg hinter sie und Evelyne (sie hat ihm gesagt, dass er schon bei *With a little help* mitsingen soll). Die anderen bilden einen Halbkreis gegenüber. »Ihr kennt das Lied alle, ich hoffe, ihr seht mir nach, was ich dem Schweizer Liedgut angetan habe.« Liane Steffen stellt sich in die erste Reihe, dabei ist sie größer als die meisten und wird auch nicht mitsingen können. Der Freund von Jonas sagt »Cool« zu Evelyne. Rosie stellt sich neben ihre Mutter, offenbar will sie auch mitsingen. Und dann beginnt Evelyne. Und Pedro schnippt schon mit. Auch die anderen bewegen sich, so ein verhaltenes Schunkeln. Und wenn sie die erste Strophe gut hinkriegt. Und wenn bei der zweiten oder dritten gelacht wird … Weil ich ein Lied hab, denkt sie, nicht, weil es euch gefällt. Und dann setzt sie ein: »Was soll denn jetzt aus uns werden. Wenn du in Elbasan bist.«

Was für ein seltsamer Abend, denkt Liane. Sie sollte langsam ins Hotel gehen, morgen schon um elf Uhr. Kein guter Termin. Sie mag selbst keine Matineen. Wer wird da kommen? Wenn alle Schweizerinnen und Schweizer heute feiern. Wenn sogar die Nochnichtschweizerinnen Partys veranstalten. Zoltan wollte sie zurückbegleiten. Sie wollte noch mit ihm sprechen. Das kleine Mädchen summt mit. Aber was steht der große blonde Mann mit den absurd guten Zähnen da herum? Der eben mit der Gastgeberin Standard getanzt hat. Brauchen sie einen Mann zur Verstärkung? Klingt gut, was die Frau mit der Latzhose macht, und die Stimme der Gastgeberin auch. Zoltan ist einfach verschwunden. Aber morgen braucht sie ihn. Sie muss mit ihm über den Termin sprechen. Frühling geht nicht. Auch wenn sie die Kur nicht macht. Auch wenn sie die wieder verschiebt. Sie lässt sich nicht vorschreiben, wann ihr Text fertig sein muss. Ihr Text lässt sich das nicht vorschreiben. »Was musste er auch so rasen. Und damals die fünfzig Gramm Dope«, singt die Gastgeberin. Das ist eine Geschichte. Diese Alexa erzählt eine Geschichte.

Singen zu können, denkt Jessica. Musik machen, wie die beiden. Das ist immer noch was anderes. Irgendwie mehr. Auch wenn der Text nicht für die Ewigkeit ist. Wie die Texte von Liane Steffen es sind. Da will sie hin. Das strebt sie an. Und sehnt sich doch auch manchmal nach einer Leichtigkeit, wie die beiden sie haben. Alexa und Evelyne. Und immer noch diese Innigkeit, die sie selbst mit niemandem so hat. Obwohl sie Alexa viel länger kennt (und sie beide keine Kinder haben), ist sie ihr nie so nah gekommen. Alle wippen mit. Selbst Jonas neben ihr. Das spürt sie. Was soll sie jetzt machen mit dem? Recherche? Einfacher kommt sie heut nicht mehr zu Sex.

Okay, denkt er, jetzt muss er sich langsam entscheiden. Soll er hier zuschlagen? Oder doch noch runter an den See zu der Grillparty. Schriftstellerin wäre schon mal was Neues. Und irgendwie hat die was Unberechenbares. Das Lied von Alexa hingegen ist so vorhersehbar. Die Linken sind so vorhersehbar. Natürlich ein armer Secondo. Immerhin hat er keinen Apfel gestohlen. Obwohl: Albaner und Raser ist ja wohl auch ein Klischee. Es geht ja nicht um Secondos. Secondos ausschaffen ist natürlich scheiße. Es geht doch um ganz andere Fälle. Und früher oder später wird sich das durchsetzen. Er umarmt die kleine Schriftstellerin. Und sie schaut ihn ein bisschen so an, als wäre er in die Falle gegangen. Von wegen.

Ausschaffung. Was für ein Begriff, denkt Liane. *Ausschaffung.* Nicht, dass *Abschiebung* ein schönes Wort wäre. Aber Ausschaffung? Vielleicht weil es sie an Ausschabung erinnert. Es hat etwas Brutales, etwas Endgültiges. Und es kommt auf die Sprache an. Texte schaffen Realität. Nicht bloß Gesetzestexte. Dass diese kluge Autorin jetzt mit diesem Juristenjüngelchen da steht. Als ob sie was von dem wollte. Eine kluge Frau. Wenn wir nicht immer so anfällig wären, denkt sie. Wenn wir nicht so bedürftig wären. Sie braucht doch Zoltan nicht (um den sie gekämpft hat, beim Wechsel ins Mutterhaus). Ihre Position im Verlag ist stark genug, sie hat Druckmittel. Aber das stimmt nicht. Nicht einmal sie. Immer noch nicht. Um jedes Buch muss sie kämpfen. Und das nimmt Energie, die sie für Wichtigeres braucht. Warum ist sie hierhergekommen? So eine Frau wie diese Jessica Sinn, die eine Radikalität hat, Mut, die Bereitschaft zu scheitern, aber auch die Gastgeberin, die ja offenbar mit diesem Lied etwas will, wenn auch sehr zahm, die sind zehn oder fünfzehn Jahre jünger als sie, und was machen sie mit ihrer Energie? Wohin geben die ihre Energie? Wenn das nicht aufhört, dieses Gefallenwollen, dieses Gewolltwerdenwollen, dann sind wir in zwanzig Jahren noch keinen Schritt weiter. Irgendwann helfen dir die Hormone, hat Jana gesagt, die neun Jahre tot ist, dann wirst du stärker, noch stärker (ist sie stärker geworden, seither?). Die Jana war stark. Und ist doch gestorben. Hat die Anerkennung nicht bekommen, die sie verdient gehabt hätte. Erst nach ihrem Tod. Und immer noch nicht genug. Und wer sind jetzt diese beiden? Hänsel und Gretel. Oder Hashim-Elmedin und Anna-Verena, von denen die Gastgeberin singt. Das muss der Südkurven-Bewohner sein. Und die Frau mit den Rastas lässt den Jungen stehen, stellt sich mittenrein und singt mit. Sieht ein bisschen aus, als könne ihr keiner was. Sieht ein bisschen aus, wie sie gern ausgesehen hätte, in dem Alter: sportlich, unangepasst, gesund. Sie geht nicht in Kur. Sie hat keine Zeit dafür. Wer weiß, wie lange sie noch hat. Und es gibt noch so viel zu schreiben. Sie geht jetzt ins Hotel. Schlafen. Und morgen noch laufen. Sie muss sich nicht verabschieden. Sie muss keinen guten Eindruck hinterlassen. Die Leute sollen gefälligst ihre Bücher lesen.

Er holt zwei Bier. Jetzt werden sie wohl bis zum Feuerwerk hier oben bleiben. Vlora steht in der ersten Reihe, direkt vor Alexa und … der Frau aus dem Rap-Workshop. Das ist E-Flow. Wie die beatboxt, hat ihn schon da so geflasht. Und die Haare wie er. Nachher haben sie die gegoogelt. Samir und er. Wenn Samir jetzt weg ist, vielleicht muss er dann was machen, damit das aufhört mit dem Russen. *Der Russe ist einer, der Gurken liebt.* Die hat das gecheckt. Mit dem Buch. Aber nicht, dass es was mit Oleg zu tun hat. Dass Oleg der Russe ist. Das haben alle sofort gecheckt. Nur nicht die E-Flow. »Ich mache 'ne Kampagne. Wir sind doch mehr als ihr.« Meint Alexa Kamal? Kann ja nicht. Jetzt muss er auch in die erste Reihe. Die hat Alexa nichts davon erzählt. Von dem blöden Russen-Rap. Hätte Alexa sonst hundertpro 'ne große Sache draus gemacht. »Hast du gesehen?«, flüstert er Vlora ins Ohr und drückt ihr das Bier in die Hand. Sie nickt nur. Singt mit. Hebt die Flasche der Frau entgegen. Die hat sie jetzt auch gesehen. Wie hat die noch in Echt geheißen? Auch was mit E.

Robert und Vlora. Jetzt sieht sie das erst. Dass das die Vlora aus seiner Klasse ist, die da steht, die ihr sogar zugeprostet hat, beide lachen ihr zu. Muss ja nicht zum Problem werden. Muss es nicht. Kommt jetzt nicht bald die Bridge? Sie hat vergessen, wann genau. Nach der Strophe mit der Matura? Philippe lächelt. Lächelt abwechselnd sie und Rosie an. Aber er sieht auch müde aus. Und vorhin, als sie das Gummi rausgeholt hat, dass er da gesagt hat, er würde immer noch nur mit ihr schlafen, dass er da gefragt hat, ob das bei ihr anders wäre. Und tatsächlich so was wie Angst in seinem Blick. Und sie hat nur fest den Kopf geschüttelt. Wie er das denken kann. Sie hat nur *Gar nicht so was* gesagt. Dass sie ihm das später erklären würde. *Gar nicht so was.* Und dann dieses heftige Wollen. Wie lange nicht mehr. Bei ihnen beiden. Obwohl er es irgendwie wissen muss. Rosie singt leise ein Weihnachtslied. Das *Zimetsternlied*. Hoffentlich hört das Alexa nicht.

Rosie summt irgendwas anderes. Aber das bringt sie nicht raus. Was sie rausbringt, denkt Alexa, obwohl sie lieber nichts denken sollte, beim Singen, was sie rausbringt, sind Leute, die mittendrin gehen. Sogar in der Bar nervt sie das. Dass die Leute nicht wenigstens das Ende vom Lied abwarten. Besser das Ende des Sets. Man geht, wenn geklatscht wird, dann stört es niemanden. Man geht nicht mittendrin. Immer fühlt sich das wie ein Kommentar an. Und ausgerechnet Liane Steffen. Stellt sich in die erste Reihe und geht dann einfach. Kommt offenbar nicht wieder. Dabei hat sie vorhin noch getanzt, ausgesehen, als hätte sie Spaß. Dafür Robert. Und diese junge Frau. Die singt sogar mit. Robert ist wieder da. Wo ist Zoltan? Und Adrian? Der hoffentlich mehr sagen kann. Hoffentlich mehr Gutes. Der letzte Refrain. Jetzt hat sie es gleich geschafft. Der Rest ist easy. *Und fahr nach Elbasan*, singt sie und sieht Zoltan, der gerade die Treppe raufgekommen sein muss (der noch Liane Steffen getroffen haben muss) und der sie nicht anschaut.

Er weiß selbst nicht, wieso er erwartet hat, dass nichts mehr los sein würde, es war ja eben erst zehn. Wieso er dachte, es würden bloß noch ein paar Leute rund um die Tische sitzen, die Hälfte wäre schon gegangen. Liane scheint die Einzige zu sein. Liane, die ihn umarmt hat, zum ersten Mal, seit sie einander kennen. Er hat ihr von Kamals Unfall erzählt, und sie hat ihn kurz und fest umarmt. Als könnte sie wissen. Und Alexa singt *With a little help from my friends*. Er kommt aus dem Spital zurück, und hier singen sie *With a little help from my friends*. Vlora und Robert auch schon mittendrin. Interessiert hier keine Seele, wie es Kamal geht, was aus Kamal wird. Nicht mal Martina hat bemerkt, dass er da ist. Alexa schon, aber die singt weiter. Er hat gedacht, sie würde das bleiben lassen, sie würde nicht auch noch singen. Sie hätte ja auch alle nach Hause schicken können. Keine sechs Stunden her, dass er ihr alles erzählt hat. Sie weiß es. Sie weiß, was das für ihn

bedeutet. Und biegt jetzt locker in das Original-Guggisberglied ein. Fordert alle zum Mitsingen auf. Wie eine billige Animatorin. Das ist alles so falsch. Und sogar Martina steht da und schunkelt mit. Das Guggisberglied ist kein Lied zum Mitschunkeln. Das ist ein todtrauriges Lied. Im Guggisberglied wird gestorben.
Er macht sich ein Bier auf. Extra laut. Aber niemand hört das. Alle stehen mit dem Rücken zu ihm. Außer Alexa und Evelyne und UBS-Posterboy. Der ist auch da. Und sogar der kann den Text. Er muss wieder weg hier. Er muss was tun. Irgendwas tun, um Kamal zu helfen. Dass er nicht ausgeschafft wird. Schon wieder ist ihm schwindlig. Vorhin hat er sich fast mit dem Velo hingelegt. Er muss sich setzen. Er muss es nochmals bei Patricia in Paris versuchen. *Die* sollte doch begreifen, dass es dringend ist. Heute Morgen hat sie doch noch geklungen, als wollte sie unbedingt helfen. Er schreibt ihr eine Nachricht. *Bitte melde dich. Wir müssen was tun. Wegen K. Er ist im Spital. Hast du die Nummer von B. oder R. oder jemandem von der Donnerstagabendklasse?* Wen könnte er noch anrufen? Ausgerechnet jetzt ist Sommerpause. »Da bist du«, sagt Martina. Steht plötzlich vor dem Tisch, als er hochguckt. »Da bist du ja.« Sie kennt sich doch aus mit dem ganzen Scheiß. Mit Twitter. Und Facebook. Und alldem.

»Kannst du mir helfen?«, fragt er. »Ich muss irgendwas machen, damit sie Kamal nicht ausschaffen.« Wo ist seine Kappe, denkt sie und setzt sich ihm gegenüber. Hat er seine Kappe verloren? Und was ist mit dem komischen kleinen Rucksack, den er vor dem Bauch trägt? »Wie geht es ihm?«, fragt sie und nimmt seine

Hand, mit der er auf den Tisch trommelt, dass die Gläser wackeln. »Bevor er nicht wieder bei Bewusstsein ist, kann man nichts Definitives sagen. Es kann ja alles Mögliche passiert sein in seinem Gehirn.« Er ist laut geworden. Aber niemand achtet auf sie, die anderen singen noch immer. Wie viele Strophen wollen die noch singen von dem Lied? »Lass uns runtergehen«, sagt sie. »Hilfst du mir?«, fragt er. »Eine Kampagne. Das kannst du doch. Du weißt, wie das geht.« Er steht auf, nimmt ein Päckchen Zigaretten aus der Tasche, bewegt sich in Richtung Brüstung. Er raucht wieder. Er hat eigene Zigaretten. »Warum nimmst du das so auf dich?«, fragt sie. Sie würde am liebsten auch eine rauchen. Sie kann das ja, eine rauchen, ohne mit dem Rauchen zu beginnen. Aber das wäre ein ganz falsches Zeichen. »Es geht auf mich«, sagt er. »Es geht auf mich. Es ist alles meine Schuld.«

Endlich haben sie aufgehört, denkt er. Jetzt klatschen sie. Jetzt klatschen sie Beifall, sich gegenseitig Beifall. Er hat Kamal nicht einmal sehen dürfen. Das Letzte, was er zu ihm gesagt hat? Geh ins Hotel, hat er gesagt. In einem Hotel haben sie ihn damals festgenommen. In Tunesien. Kamal könnte jetzt bei ihnen zu Hause auf der Couch sitzen und lesen. Er könnte einen Film schauen. Sie waren ein paar Mal zusammen im Kino, damit er Deutsch lernt. Schweizerdeutsch. Im Xenix zuletzt. Um zwei Stunden nebeneinanderzusitzen und nachher über den Film zu reden. »Ich hab ihn weggeschickt. Ich hab ihn angelogen«, sagt er, »ich hab gesagt, deine Eltern wären da.« – »Warum?«, fragt sie. Hat sie wirklich gar nichts gemerkt? »Warum?«, sagt sie nochmals ganz langsam. »Weil ich …« Sie schaut ihn fassungslos an. »Weil du was?« – »Weil ich … Gefühle habe.« Sie geht einen Schritt zurück. »Das meinst du nicht ernst.« Meint er das ernst? Er weiß es nicht. Er sieht, wie alles zusammenbricht. »Für Kamal?«, fragt sie. Er nickt nur. Jetzt kann er nicht mehr zurück. Warum tut er das? »Und darum hast du ihn weggeschickt?« Sie dreht sich um und dann doch wieder zu ihm. »Du bist so ein Feigling. Du bist so ein Feigling. Meinst du, ich hätte noch nie Gefühle gehabt, seit wir zusammen sind? Meinst du, ich …?« Sie kommt auf ihn zu. »Liebst du ihn?«, fragt sie.

»Ich liebe dich«, sagt er. Sie wusste, dass er das sagen würde. »Liebst du ihn?«, sie fragt das jetzt einfach noch mal. Diese Antwort ist er ihr schuldig. Sie ist sich das schuldig. Kamal. Sie versteht das nicht. Wieso ein Mann? Sie hatten doch immer … Wieso Kamal? Und der ist doch. »Ich weiß nicht«, sagt er. Und sie sieht hinter ihm Alexa, nur noch zwei, drei Schritte entfernt. Die stehen bleibt. Die wohl gerade erst realisiert hat … Ja, was? Weiß sie schon, was hier gerade passiert? Weiß Alexa das alles schon? Sie sieht aus, als ob sie es wüsste. »Mir wär lieber, du kommst heut Nacht nicht nach Haus«, sagt sie zu Zoltan, und er nickt. Er nickt einfach.

»Hast du es gewusst?«, fragt Martina, ohne stehen zu bleiben. Sie kann es nicht fassen. Er hat es Martina tatsächlich gesagt. Warum? »Du wusstest das, klar! Und dann lässt du ihn so einen Scheiß machen.« Als ob sie eine Komplizin wäre. Als ob sie hätte eingreifen müssen. Aber Martina soll nur alle Wut zu ihr schieben. Außerdem hat sie recht. Und trotzdem ist Alexa erleichtert, dass Martina einfach an ihr vorbei ist, keine Antwort erwartet hat, sie ist schon an der Treppe. Sie geht die Treppe runter. Und Zoltan bewegt sich nicht. Idiot, denkt sie. Er ist so ein Idiot. Warum tut er das? Wieso macht er alles kaputt? »Sie hat gesagt, ich soll nicht nach Hause kommen.« – »Willst du ihr nicht hinterher? Mit ihr reden?« Er schüttelt den Kopf, macht sich noch eine Zigarette an. Wo ist seine Kappe? »Das will sie nicht. Sie will mich jetzt nicht sehen.« Wie kann er das wissen? Und müsste er es nicht wenigstens versuchen? Sie würde es versuchen. Sie würde das gar nicht aushalten. »Ich geh zurück ins Spital«, sagt er, »ich bleib heut Nacht dort.«

Er kann einfach da in der Cafeteria sitzen. Wenn sie ihn nicht zu Kamal lassen. Was hat er getan? Wieso hat er das getan? Er will mit Martina zusammen sein, mit ihr und den Kindern leben, er will nicht mit Kamal leben (und Kamal sowieso nicht mit ihm). Aber jetzt ist er diese Angst los. Diese Angst ist weg. Es kann nicht mehr passieren, weil es passiert ist. »Das ist kein Narrativ mehr«, sagt er, »das ist ein Klischee. Ich bin ein Klischee.« – »Du bist ein Idiot«, sagt Alexa. Die anderen tanzen. Fast alle tanzen. »Was ist mit Kamal?« – »Die OP ist so gut wie möglich gelaufen. Keine Komplikationen. Mehr weiß man erst morgen. Adrian hab ich gar nicht gesehen.« Sie umarmt ihn. Er lässt seine Zigarette fallen.

»Willst du ihr wirklich nicht nach?«, fragt sie. »Ich würde das wollen, dass du mir nachkommst, dass du mir zeigst, dass ich dir …« Aber würde sie das wirklich wollen? Nach so einem Schlag. Wenn Adrian sagen würde, er wäre in Conny verliebt (oder in einen Mann), würde sie ihn dann sehen wollen? Was könnte er dann tun, um es besser zu machen? Sie kann sich das nicht vorstellen. Kann sich überhaupt nicht vorstellen, dass Adrian so etwas sagt. Oder nur, wenn er sich trennen wollte von ihr. »Nimm unseren Schlüssel mit, du kannst im Musikzimmer schlafen. Kannst jederzeit kommen. Wenn du doch nicht die ganze Nacht dortbleiben willst.«

Er weiß, dass er den Schlüssel nicht brauchen wird. Doch er nickt trotzdem und geht ihr hinterher. Vlora und Robert schauen rüber, sehen aus, als wollten sie zu ihnen kommen. Was ist jetzt mit der Kampagne? Wie hat er Martina das nur fragen können. *Hast du nicht alles selbst verschuldet, heiligglühend Herz*? Aber die OP ist so gut wie möglich gelaufen. Das war doch eben erst, dass ihm Alexa den Veloschlüssel gegeben hat. »Soll ich mitkommen?«, fragt sie, schon auf der Treppe. Es knallt. Den ganzen Tag hat es immer wieder mal geknallt. Aber jetzt. Jetzt geht das Feuerwerk richtig los. »Willst du nicht oben bleiben?«, fragt er. Sie dreht sich um, stolpert beinahe. Einmal hat er sie auf dieser Treppe gerade noch halten können. Da war sie so betrunken. Ist sie jetzt auch betrunken? Was soll er machen? Er würde gern die Kinder sehn. Zu den Nachbarn gehen und die Kinder holen. Ist Martina nach Hause gegangen? Oder zu der Feier von dem Kollegen, zu der sie ohnehin lieber wollte. Oder in irgendeinen Club. Früher hat sie das gemacht, wenn sie Streit hatten. Ist tanzen gegangen. Und er war eifersüchtig. *Meinst du, ich hätte nie Gefühle gehabt*. Er war immer der Eifersüchtige. Wenn sie jetzt einen One-Night-Stand hätte. Fast wünschte er das. Als ob sie dann wieder bei null beginnen könnten. Die Wohnungstür steht offen. Alexa geht rein, macht nicht das Licht an. Besser so, er will gar nicht sehen, wie sie ihn anschaut. »Soll ich mit dir ins Spital kommen?«, fragt sie und schließt die Tür.

Blaues, grünes, rotes Licht. Die blauen Raketen sind seltener, hat sie gelesen, teurer. Sie könnte ihn begleiten. Zu Fuß. Es eilt nicht. Oben stehen jetzt alle und schauen Feuerwerk. »Danke«, sagt er. Und sie weiß nicht, ob er den Schlüssel meint oder ihr Angebot. »Schau«, sagt sie und macht jetzt doch Licht im Musikzimmer. »Das Bett ist frisch gemacht, ich leg dir noch Handtücher hin.« – »Danke«, sagt er schon wieder. »Aber ich gehe allein. Oder fahre, wenn ich nochmals das Velo nehmen darf.« – »Klar«, sagt sie, »aber willst du sie nicht wenigstens anrufen, ihr eine Nachricht schicken …« – »Sie ist nicht wie du«, sagt er, »Martina gibt nichts auf gute Worte. Du hättest ihren Blick sehen sollen, als sie begriffen hat, dass das alles nur meine Schuld ist, was Kamal passiert ist.« Sie löscht wieder das Licht. »Ist es nicht«, sagt sie und geht in die Diele zurück. Denkt: *Er stirbt nicht*. »Ist es nicht. Das ist Größenwahn, wenn du so denkst. Bist du schuld, dass er ausgeschafft werden soll? Bist du schuld, dass sein Handy nicht ging? Bist du schuld, dass er den Unfall hatte?« Aber während sie das fragt, spürt sie, wie kontraproduktiv es ist. Weil der Unfall nicht passiert wäre, wenn er *Ja* gesagt hätte. Sie umarmt ihn fest. »Ich wünsch dir ganz viel Glück, dass alles viel besser wird, als es jetzt aussieht.« Es wird ganz hell in der Diele, eine weiße Rakete, sie sieht, wie er heftig den Kopf bewegt, als wolle er ihre Wünsche abschütteln. Sie kann ihm nicht helfen. »Willst du vielleicht noch ein Glas Wasser?«, fragt sie. »Danke«, sagt er einmal mehr, »aber ich muss weg hier. Irgendwie. Tut mir leid. Tut mir leid. Alles.« Und er nimmt den Rucksack, den er die ganze Zeit vor der Brust getragen hat, auf den Rücken und rennt die Treppe runter, als müsse er wirklich so schnell wie möglich das Haus verlassen. Die Kappe muss er verloren haben.

Langsam geht sie die Treppe wieder hoch. Ihre Beine sind schwer. Soll sie sich bei Martina melden? Was sollte sie sagen? Sie kann hier gar nichts ausrichten. Weiß nicht mal, was richtig ist. Vielleicht ist es richtig, dass Zoltan jetzt bei Kamal ist, dass er jetzt dazu steht, wie viel Kamal ihm bedeutet. Aber Martina? Sie hat gedacht, das ist die Liebe seines Lebens. Dass Martina Zoltan verlassen würde, hat sie sich vorstellen können (und vielleicht tut sie das jetzt). Martina ist noch nie verlassen worden. Sie hat immer Schluss gemacht, wenn es irgendwie nicht mehr passte für sie, hat Zoltan mal gesagt und lange Angst gehabt, dass es auch ihm so ergehen könnte. Und da stehen sie tatsächlich alle, mit dem Kopf im Nacken. Evelyne hat Rosie auf den Schultern. Nur Franz sitzt am Tisch, neben ihm einer der Söhne von Pedro und Clara. Franz dreht ein gekochtes Ei auf dem Tisch, wie einen Kreisel. Brad steht neben Delia. Wo ist Martina jetzt wohl? Die eben noch vorgeschlagen hat, einen von Leonies Anfällen vorzuschieben, um Zoltans Abwesenheit zu erklären. Die eben noch gesagt hat, dass wir doch immer neben dem Unglück der anderen feiern. Was würde sie selbst tun, wo würde sie hingehen? Hat Martina eine Evelyne? Brad dreht sich um. Er sieht, wie sie da halb aus dem Loch hervorschaut, in ihrem knallgrünen Outfit, wie der Frosch aus dem Brunnen. Aber das ist sie nicht mehr. Und sie hatte doch ihre Jacke holen wollen. Beim Tanzen hat sie geschwitzt. Jetzt friert sie. Sie macht ihm ein Zeichen. Ein Es-ist-kalt-ich-muss-eine-Jacke-holen-Zeichen. Das Handy liegt unten in der Diele. Der einzige Mensch, mit dem sie das Feuerwerk sehen will (auch wenn ihm das Feuerwerk grundsätzlich ziemlich egal ist), ist Adrian. Vielleicht hat er geschrieben. Jetzt läuft sie fast so schnell wie Zoltan eben die Treppe runter. Sie will das Feuerwerk mit Adrian sehen. Vielleicht geht er ans Telefon. Die Tür hat sie offen stehen gelassen, das Handy liegt auf der Kommode und leuchtet. *Adrian*. Genau jetzt. »Hallo«, sagt sie atemlos. »Hallo. Ich wollte dir gerade draufsingen.« – »Was wolltest du singen? Singst du es mir jetzt?«, fragt sie, tritt im Wohnzimmer gegen einen Luftballon, schlägt sich durch den Luftschlangendschungel zu dem Fenster durch, an dem Zoltan früher immer geraucht hat. Jetzt raucht er wieder. »Der Adrian Büchi aus Untergrund. Und die Alexa Albrecht aus Lövenich. Es gibt einen Menschen auf Erden. Mit dem möcht ich jetzt Feuerwerk schauen.« Seine schöne rauchige Stimme. Er raucht nicht mehr, schon siebeneinhalb Jahre. »Oh«, sagt sie, »schön. Wo bist du denn?« – »Im Treppenhaus. Weil du rangegangen bist.« Sie versteht nicht. Ach so, weil es im Aufzug keinen Empfang gibt. »Wie geht es Kamal?« – »Sieht aus, als hätte er wirklich noch Glück gehabt.« Sie hat Glück, denkt sie. Kamal hat nicht Glück. Aber sie unterbricht Adrian nicht. »Genauer wissen wir das erst morgen. Fontani war auf jeden Fall hochzufrieden mit sich.« – »Dass der überhaupt da war.« – »Ja, wegen eines anderen Patienten. Wollte gerade wieder gehen, als sie Kamal brachten. Sonst hätten wir ihn ins Uni-Spital schicken müssen.« Sie würde gern fragen, ob Kamal wieder gesund wird. »Habt ihr ihn melden müssen?«, fragt sie stattdessen. »Er hatte nichts bei sich, ich habe ihn als Abdullah Ibrahim aufnehmen lassen.«

Sie lacht, aber hört gleich wieder damit auf. »Weiß denn bei euch im Spital niemand, wer das ist?«, fragt sie. Und hat vollkommen recht. Erst letztes Jahr waren sie zusammen bei einem Konzert in der Tonhalle. Ibrahim kommt alle paar Jahre nach Zürich. Hier ist er berühmt geworden. »Ich weiß«, sagt er, »war vielleicht überhaupt ein Fehler, mit dem falschen Namen. Er sollte ja auch eine Unfallversicherung haben.« – »Gilt die denn noch, nach Ablauf der Ausreisefrist?« – »Glaub schon, normal läuft so was nicht sofort aus. Ich weiß nur nicht, ob die Polizei das irgendwie mitkriegen könnte.« – »Pro bono gibt's nicht bei euch, oder?«, fragt sie. Sie scheint das zumindest halb ernst zu meinen. Allein die Vorstellung, der Herr Professor aus der Privatklinik würde einen abgewiesenen Flüchtling pro bono operieren. »Bei Fontani?«, sagt er. »Eher nicht.«

»Vielleicht weiß Zoltan mehr, vielleicht hatten die so was schon mal an der Autonomen Schule. Man könnte ja auch Geld sammeln«, sagt Alexa. Und denkt, dass man da wahrscheinlich sehr viel Geld sammeln müsste. Ob irgendeine Stelle dafür zuständig ist? Für die Krankenhausrechnung von jemandem, der keine

Identität hat. Oder sie nicht preisgibt. »Ist Zoltan wieder da?«, fragt Adrian. »Er war da. Jetzt müsste er bald schon wieder im Spital ankommen. Robert und seine Freundin sind hier.« – »Meinst du, sie ist seine Freundin?«, fragt er. »Nein, so nicht. Noch nicht, glaub ich.« Sie hat extra nicht Zoltan die Mansarde gegeben. »Aber sie sind auch auf dem Dach?«, fragt Adrian. Sie wusste, dass ihn das freuen würde. »Ja, sie haben sogar mitgesungen, und jetzt schauen sie Feuerwerk. Siehst du das Feuerwerk?« – »Hab's bisher nur gehört. Dafür bin ich bald bei dir. Zoltan wird nicht zu Kamal können. Das hat Conny ihm doch sagen sollen.« Wieso Conny? Wieso war Conny denn auch da? »War die auch auf Bereitschaft?«, fragt sie. Und Adrian sagt, dass Conny bleiben musste. Wegen des Patienten mit der Komplikation. Und dann wegen Kamal. »Fontani hat sie die Trepanation machen lassen. Sie hat eins der Löcher gebohrt. Der war erstaunlich gut drauf.« – »Ich hab dich vermisst«, sagt sie. Jetzt gerade vermisst sie ihn. »Wir könnten vom Top of Triemli das Feuerwerk schauen, nur wir beide, wenn du dich beeilst«, sagt er. »Das wird knapp. Ich glaub, das ist schon das Finale.« Adrian lacht. »Da gibt's kein Finale. Das geht einfach so weiter. Weißt du doch. 1. August.«

Sie seufzt. Und er weiß nicht, ob es noch mit Kamal zu tun hat. Oder damit, dass sie jetzt nicht zusammen sind. »Willst du nicht wieder hochgehen, ich bin auch gleich da«, sagt er. »Nicht wirklich«, sagt sie. »Läuft es denn nicht? Wie war dein Auftritt?« – »Der war gut. Außer dass Liane Steffen mittendrin gegangen ist. Aber sonst wirklich gut. Mit Evelyne zusammen. Und vorher haben schon fast alle getanzt.« – »Vor dem Feuerwerk? Das ist ja rekordverdächtig«, sagt er und sieht Zoltan in der Cafeteria. Es sind nur ein paar Tische besetzt. An einem sitzt Zoltan und liest. »Zoltan ist hier. In der Cafeteria.« – »Er ist in Kamal verliebt. Er hat es Martina eben gesagt.« – »Was?«, sagt er, viel zu laut, aber nicht so laut, dass Zoltan dahinten am Fenster ihn hören könnte. »Er weiß, dass ich dir alles erzähle. Dass es bei dir sicher ist. Sonst weiß es niemand.« Zoltan in Kamal verliebt. Das kann ja nicht sein, denkt er. Zoltan. Und dass er nicht sicher ist, ob es ihm recht ist, wenn er das weiß. Er muss hingehen zu ihm, mit ihm reden, wegen der OP, wegen Kamals Identität. »Wo ist Martina?«, fragt er. »Wie geht es ihr?« Jetzt hat Zoltan ihn gesehen, sein Winken, sein Zeichen.

Adrian ist noch da. Das ist gut. Oder ist es nicht gut? Soll er zu ihm hin? Aber er telefoniert. Er wird zu ihm kommen, wenn er fertig ist. Adrian wird nicht gehen, ohne vorher mit ihm zu reden. Wie hat er bloß Kamal dieses Buch geben können? Folter, Übergriffe, Verrat, Flucht, Tod. Verrohung. Wieso ist *Das große Heft* dein Lieblingsbuch, hat Kamal gefragt, wo doch alles immer noch schlimmer und schlimmer wird. Und die Worte, die er eingekreist hat. Die er nachgeschaut hat. Arabische danebengeschrieben. *Kauern. Liebkosung. Galgenstricke. Getreu.* Kamal hat das Buch ganz oft gelesen. Sätze unterstrichen. *Ich werde euch sagen, wie man lebt.* Und: *Aber wir sind zu zweit.* Sie haben so viel darüber gesprochen. Warum bleibt der eine Bruder zurück? Das hat Kamal nicht verstehen können. Wieso geht nur einer über die Grenze, wieso trennen sie sich?

Adrian telefoniert noch immer. Und er blättert weiter hin und her. Seine Bücher, nicht nur seine Lieblingsbücher, sehen immer zerlesen aus. Das von Kamal ist ordentlich, er hat ordentlich unterstrichen und ordentlich an den Rand geschrieben. Er wünschte, er könnte das lesen. Wieso hat er nicht Arabisch gelernt, es nicht mal richtig versucht? Kamal hat ihm angeboten, es ihm beizubringen. *Warum habt ihr mir nicht gleich geholfen? Wir wollten sehen, wie du dich wehrst.* Doppelt unterstrichen. Und er kann nicht lesen, was Kamal danebengeschrieben hat. Den Adjutanten hat er korrigiert. Das schlechte Deutsch des Adjutanten verbessert. Und ein einzelnes Zeichen über dem Deserteur-Kapitel, das er nicht kennt. Kein Kreuz. Kamal hat nicht ein Kreuz darübergemacht. Es gibt in diesem Rucksack keine Zeichen für ihn. Es gibt keine Fotos. Keine symbolträchtigen Dinge. Nur einen Pullover, etwas Wäsche, das Buch und einen Brief. Auf Arabisch. Sieht aus wie ein Brief. Er hatte sich irgendein Zeichen erhofft. Aber da ist nur das Buch, das er Kamal geschenkt hat, das er sein Lieblingsbuch nennt, weil es so schonungslos zeigt, was der Krieg, was der Faschismus mit den Menschen macht. *Du musst mich nicht vor Büchern beschützen. Vor Büchern habe ich keine Angst.* Hintendrauf steht, dass die Bücher von Ágota Kristóf im reinsten, im zartesten Sinn von der Liebe handeln. Und auch das eine doppelte Unterstreichung, auf Seite 29: *das Wort »lieben« ist kein sicheres Wort, es fehlt ihm an Genauigkeit und Sachlichkeit.* Sachlichkeit eingekreist. Er hat *Ich weiß es nicht* gesagt, zu Martina. Ich weiß es nicht. Adrian kommt auf ihn zu. Immer noch am Telefon.

»Sag ich ihm«, antwortet er. Und denkt, dass Zoltan einzig von ihm wird hören wollen, dass alles wieder gut wird. Zumindest, was Kamals Kopf angeht. Aber nicht mal das kann er ihm heute schon verbindlich sagen. »Und frag ihn wegen der Versicherung. Oder dem Geld, was man da machen kann. Ob wir was machen können. Ihm bei was helfen. Das wäre überhaupt gut, wenn Zoltan was zu tun hätte, sich kümmern müsste.« Zoltan hat sein Buch zugeklappt. *Das große Heft*. Das wird Robert demnächst in der Schule lesen, hat er gesagt. Und Adrian hat gedacht, dass sie ihm dabei werden helfen müssen. Alexa vor allem. »Er liest *Das große Heft*«, sagt er leise. »Was?« Fast so laut wie er eben. »Das liest er jetzt? Kannst du nicht versuchen, ihn wieder mitzubringen?«

»Ich versuch's«, sagt er. Und sie denkt daran, wie sie das Buch kaum ausgehalten hat, beim ersten Mal Lesen. »Oder vielleicht«, sagt sie, »dass er doch Kamal sehen kann. Nur kurz. Geht das nicht?« Bestimmt geht das, denkt sie. Aber weiß nicht mal wirklich, wie es da aussieht im Triemli. Nicht auf der Intensiv. Kennt nur die Cafeteria. Und die Frauenklinik, wo sie Evelyne besucht hat. »Aber das wird ihn vielleicht eher beunruhigen. Kamal ist ja noch nicht bei Bewusstsein.« – »Trotzdem. Dass er ihn wenigstens gesehen hat.« Ihr würde das helfen, denkt sie. Sie würde das wollen. Immer denkt sie so. Wie es für sie wäre. In der Lage der anderen. Das ist ihre Art Mitgefühl. »Ist gut«, sagt er. Und dass er sich dann beeilen wird. Bald da sein. Oder sie beide. Dass er sich freut auf sie. Sehr. Und sie sagt, dass er vorsichtig fahren soll. Und dass sie sich auch freut, egal, wann er kommt. Und dann legt er auf. In ihrem Fensterausschnitt beginnt ein neues Feuerwerk. Kein Quartierfeuerwerk. Dafür ist es zu wenig organisiert. Hier eine silberne Chrysantheme. Da ein roter Leuchtstern. Und jetzt schon goldene Trauerweiden. Hat sie nie gewollt, selbst ein Feuerwerk zünden (absurd teuer ja auch, lieber drei Feste feiern, hat sie immer gedacht). Ob sie jetzt oben den Vulkan abbrennen? Ob Philippe damit auf sie wartet? Ob sie da oben jemand vermisst? Sie hat gesungen. Mit Evelyne gesungen. Sie hat getanzt. Geflirtet. Zu viel getrunken. Vielleicht war das ihr letztes Fest. Vielleicht macht sie keines mehr. Nicht am Nationalfeiertag. Und auch sonst nicht. Morgen gehen sie und Adrian Fisch essen. In ihr Lieblingsrestaurant am See (wenn Zoltan sie nicht braucht). Dienstag hat sie den Auftritt in München, mit der Band. Es gibt genug, auf das sie sich freuen kann. Es gibt noch genug Leben. Wahrscheinlich. Soll sie jetzt einfach hier unten bleiben und auf Adrian warten, Wasser trinken, ein bisschen Klavier spielen? Aber da oben sind ihre Freunde. Evelyne. Fast alle wichtigen Menschen. Adrian kommt gleich. Sogar Robert ist da. Sie zieht die Jacke an, geht wieder die Treppe hoch. Auf dem Buffet nur noch Kuchenreste und Wackelpudding. Die Musik ist laut. Schon hier im Estrich. Lauter als vorhin. Jemand hat sie bis zum Anschlag aufgedreht. Und dieses Lied. Shakespears Sister. Das ist nicht auf ihrer Playlist. Das ist von Gina. Die hat das als Klingelton. Die Bandmädels müssen gekommen sein. Tatsächlich. Da sind sie. Und tanzen. Es wird schon wieder getanzt.

ICH DANKE der Stadt Zürich, der Schweizer Kulturstiftung Pro Helvetia und der Landis & Gyr Stiftung für die Unterstützung meiner schriftstellerischen Arbeit, insbesondere an diesem Roman.
Ich danke meinen Eltern, meinen Schwestern, meinen Freund*innen und Autorenkolleg*innen, den vielen, die beides sind, ganz besonders meinen Erstleser*innen, meiner Agentin und meinem Lektor, den Menschen von der Sans-Papiers-Meldestelle und der Autonomen Schule Zürich.
Für schwierige Fragen und uneingeschränkte Begeisterung, für grundlegende Unterstützung und schnelle Hilfe, für geduldiges Antworten und inspirierendes Engagement, für Diskussionen bis tief in die Nacht und genaue Lesarten morgens um zehn, für das Austauschen von Texten und Haltungen, für unvermutetes Feiern.
Ich danke Werner, für all das und all das andere auch.